The Unique World

方
寸

方寸之间　别有天地

THE
MOTH
SNOWSTORM

Nature
and Joy

消失的
飞蛾
自然与喜悦

〔英〕

迈克尔·麦卡锡 —— 著
Michael McCarthy

姚 瑶 —— 译

社会科学文献出版社
SOCIAL SCIENCES ACADEMIC PRESS (CHINA)

纪念诺拉

如果失去了湿地与荒野，

世界将会如何？

让它们留下吧，哦，让它们留下吧！

湿地与荒野。

愿野草与荒野长存。

——杰拉德·曼利·霍普金斯，《因弗斯内德》

What would the world be, once bereft

Of wet and of wildness? Let them be left,

O let them be left, wildness and wet;

Long live the weeds and the wilderness yet.

——Gerard Manley Hopkins, 'Inversnaid'

目　录

1-奇异之窗

A Singular Window

001

2-邂逅荒野

Stumbling Upon Wilderness

035

3-纽带与失去

The Bond and the Losses

064

4-物种锐减

The Great Thinning

094

5-日历中的喜悦

Joy in the Calendar

134

目 录

6 - 享受地球之美

Joy in the Beauty of the Earth

168

7 - 惊 奇

Wonder

209

8 - 一种全新的爱

A New Kind of Love

239

致 谢

279

译后记

282

索 引

286

1/奇异之窗

1954 年夏天，英国首相温斯顿·丘吉尔垂垂老矣，输了战争的法国人正从中南半岛撤回，猫王埃尔维斯·普雷斯利（Elvis Presley）刚刚出道。那个夏天，我的母亲精神崩溃了。那一年我 7 岁，哥哥约翰（John）8 岁。我们的母亲诺拉（Norah）40 岁，是个教师，虽然在我们出生时她就放弃了教职。她出身贫寒，但获得了奖学金，接受了良好的教育。她拥有文学天赋，博览群书，在帕德里克·科勒姆（Pádraic Colum）与外祖父相识之后，她便与科勒姆开始书信往来。科勒姆是一位爱尔兰诗人，作品有《她穿过集市》（*She Moved Through the Fair*）。外祖父是个商船船员，彼时正在横渡大西洋。我的母亲创作了一部小说（讲的是一个儿科医生，和孩子们相处时十分愉快，同其他人交往则一塌糊涂）。她温柔，善待过错，完全无私，特别诚实，是非常虔诚的基督徒。

在我们的生活中，父亲杰克（Jack）长期缺席，母亲的性情逐渐暴躁起来。父亲是"玛丽皇后号"上的电报员。那是冠达邮轮最后的辉煌时期，他定期往返南安普顿和纽约，人们或许会说，这种航行生活与众不同。我们居住的联排房屋位于伯肯黑德（Birkenhead），从利物浦奔流而来的默西河穿城而过。他每隔三个月便回家待上两周，回来后的生活远没有在海上刺激。他并没有在爱，无论是作为丈夫还是作为父亲——他不知道如何去爱——虽然他并不是个坏男人；他用咆哮掩饰了持续一生的不安，所以总显得脾气不大好。医生后来的临床记录上写着，母亲这段维持了 10 年的婚姻"还算幸福"。

母亲在漫长的孤独之中将我们抚养长大。她有个好心却专横的姐姐玛丽（Mary），还有个温顺的姐夫戈登（Gordon），两人始终是她的后盾。他们没有孩子，1953 年他们和一些朋友在美国待了好几个月，他们在考虑移民。就是在这段时间里，母亲更加孤独，精神开始恍惚。玛丽和戈登回来后发现了她的变化。从1953 年到 1954 年，母亲开始变得怪异：她失踪了整整一天，被找到的时候人在 20 英里① 外，独自走了好几个小时。这一年里她变得越来越不安。事情的高潮降临在夏日，她将自己交给了主母教堂，60 年前这座教堂严格控制着默西塞德郡（Merseyside）的爱尔兰天主教家庭的生活，教区的铁腕统治者迦南·奎因（Canon Quinn）下令将我母亲送往精神病院。

没人能够挺身而出反对这个判决，因为人们只知道她思绪混乱，极度苦恼，却不知道她究竟怎么了。作为这个家庭的一员：

① 1 英里 =1.609344 千米

杰克、玛丽、戈登和其他亲戚不仅茫然不知所措，还因此感到羞耻。这时R.D.莱茵①（R. D. Laing）还没有将精神疾病变成某种殉道，父亲唯一能做的事情就是为她借钱，让她前往精神病院，作为自费病人接受治疗。很久之后我才意识到，在那个时代，去了那种地方就很难出来了。

　　母亲肯定是有什么问题，负责给她治疗的医生也同样困惑不解，除了对她进行电击治疗，别无他法。每次用高压电击头部之前，她都觉得自己会死。但是几周后，就是那么稀松平常的一天，一个极富洞察力的精神病专家忽然抓住了重点，给她痛苦不堪的精神打开了一道缺口，为她的最终康复铺平道路（这是41年后，我和医院联系后了解到的事实，很神奇，他们仍旧保留着她的病历，并让我看了）。

　　如此过了3个月，诺拉回家了。但是自打8月份她离开以后，我们的家庭生活已经四分五裂。父亲根本无法将这个家凝聚起来，他是个遥远而易怒的存在，对约翰和我毫无耐心。再说了，他仍旧远在海上，所以玛丽扛起了照顾我们的重担。她卖掉了我们的房子——她卖掉了我们的房子！——把我们带去了她在贝宾顿（Bebington）的家，就在不远处的城郊。她对我们的照顾无微不至，但是伤害已经铸成。约翰的精神被破坏了。几十年后，我遇到了他的老师道林（Dowling）女士。她告诉我，在9月进入

———

① 罗纳·大卫·莱恩（Ronald David Laing），通常被称为 R.D. 莱恩，其精神病学著作与学说曾风靡全球。对传统精神医学的反叛和声讨使他毁誉参半。莱恩在精神治疗中使用了致幻药物，类似的行为始终让他饱受抨击。

班级后，约翰会一动不动地坐着，凝视前方，用两只手去折弯木尺，直到折断为止，一把接一把地折——那时他8岁。道林告诉全班同学，我们要善待约翰，不可以取笑他，因为他的母亲去了远方，他非常难过。从那以后，约翰的变化无常持续终生，这意味着他要努力应付生活的方方面面（除了钢琴键，那是他的阵地）。为了获得理解，他付出了高昂代价。这一切毫无道理。没人能完全理解诺拉身上究竟发生了什么，一个人都没有——直到半辈子后，她的医疗记录到了我的手中。可是约翰，这个比我大一些的敏感男孩，已经完全理解了这件事——他感觉到了她需要承受的种种，竭力保护她，想让她远离消沉、绝望以及毫不理解她的成年人的伤害，然而这些远远超出他的承受能力。

我的表现比不理解还糟糕。我和约翰截然不同，7岁的我一点儿也不担心失去母亲。这看起来非常奇怪。多年来，每当我谈及此事，想要厘清头绪时，我才明白这是一种自我应对机制。天啊，我心想，我竟然有自我应对机制？我什么都记不得了。她不会再被打扰，彻底清静了，她走了，没有许诺会再回来——这种观念存在于我心里，贯穿我的整个童年时代、青春期，并延续至成年，直到母亲死去。我和母亲之间业已建立起桥梁，我崇拜她胜过所有人，但我发现我无法哀悼她。正如她刚刚离开家时我的表现与众不同一样，如今她永远离开了，我的表现依然和别人不同，连我自己都很震惊——我无忧无虑地生活在巨大的裂缝上，假装这些裂缝并不存在。此刻，我的生活开始瓦解，于是我踏上了去往他乡的漫长旅途。

1954 年 8 月，生活对我来说既没有什么困难，也没有什么丰富的情感。当我们搬去和玛丽还有戈登同住时，约翰觉得一切都艰难极了，每天都很沮丧，大声尖叫；可对我来说一切如常，就好像我的灵魂在一块板子上被熨平了一样，没有一点儿涟漪，也没有一丝褶皱。他们住在一条短短的死胡同里，巷子叫阳光银行（Sunny Bank），因为是在郊区，所以比我们在伯肯黑德的房子的绿化更好。这些房子的前面都有花园，其中有些两户人家之隔的某个花园的墙上挂着醉鱼草（buddleia）。

那里有许多因治疗能力而闻名的植物，也有许多因毒性而声名狼藉的植物，还有一些常见植物，我们以此为食。我们也会用到一些植物的纤维，但是确定能够强烈吸引某种野生动物的植物却并不多见。这就是 1869 年由漫游四方的法国耶稣会大卫神父（Père David）在中国的深山中发现的醉鱼草（他把醉鱼草和许多异国野生动物介绍到了欧洲，包括以他的名字命名的鹿，还有第一只大熊猫）。搬来这里后不久，一个明媚的早晨，我偶然发现了这些植物宝藏。我跑出家门，冲到阳光银行巷去玩，邂逅了布满"宝石"的高大灌木丛。那些"宝石"和我 7 岁时的手掌一样大，闪烁着五彩斑斓的炫目光泽，猩红色与黑色相间，紫褐色与黄色交错，粉白相融，橘色与松绿色交织——醉鱼草上落满了蝴蝶。它们主要是英格兰夏末的四种蛱蝶，红纹丽蛱蝶（red admiral）、孔雀蛱蝶（peacock）、小玳瑁蛱蝶（small tortoiseshell）和姬红蛱蝶（painted lady）。这类蝴蝶在 8 月份贮存能量，以应对冬日的蛰伏或迁徙。这些英国鳞翅目最艳丽的成员在饱满的紫色花穗上彼此冲撞，贪婪地寻找花蜜。

　　我凝望着它们，如痴如醉。我用目光爱抚它们斑斓的色彩，就像一只手轻抚着小猫。世间怎会有如此灵动的宝石呢？在那个酷热而又黯淡的夏日，每一个早晨，在母亲默默承受着痛苦、哥哥放声尖叫时，我都会跑去探访它们，毫不厌倦地观察这些自由飞翔的灵魂。它们拥有彩旗般明艳的翅膀，醉鱼草似乎奇迹般地驯化了这些生灵，用花蜜的微妙魔力，将这些蝴蝶全都收服在自己的花朵上，不让它们造访别的花朵。我也能闻到那气味，蜜一般香甜，但隐隐约约徘徊在酸腐边缘。饮下它们吧，美妙的来访者。美妙？分明是令人心旌荡漾。它们充斥着我的所有的感官。因此，通过这扇奇异之窗，在我还是个穿着短裤的干瘦幼童时，蝴蝶已经飞入了我的灵魂。

　　我们可能会热爱大自然，而不是警惕大自然，或本能地意识到它的功能性。想到自然界，可能只觉得稀松平常。然而这些年来，自然界于我而言愈发成为一种值得关注的现象。毕竟，它是我们生活的背景，我们生活的环境，和其他生物一样，我们就是从中诞生的。那么，它为什么会唤起我们内心超越生存所需的情感呢，比如恐惧或者渴望？一只水獭会热爱它的河流吗？然而事实正是如此——自然界能够给我们的远不止生存的手段，一方面，它给我们带来需要规避的致命的危险；另一方面，它也能给我们带来喜悦。

　　我强烈地意识到，对大自然的感受是我们生命当中最了不起的感受之一，至今它的重要性都无法被超越。可这种感受的源头却无处可寻，而且它所能发挥的力量也是如此。自然中的某些事物，比如这些蝴蝶，让我们沦陷，心驰神往——这种感情是自然本身所拥有的吗，还是来源于我们自身？基督教曾经提供过一个解释：地球上的美好，万物带给我们的喜悦，都是我们对造物主神迹的喜悦。然而随着基督教的衰落，自然仍旧能够点亮我们心中的热爱，这个不争的事实越发成为不解之谜。

　　在面对那些大型猛兽时，你更容易明白它为什么能激发出更为强烈的情绪。我第一次在野外看见巨兽是在纳米比亚，那是一只黑犀牛，离我大概有 90 多米远。这头 1 吨重的两角统治者正直勾勾地盯着我，而我们之间除了低矮的灌木外什么也没有。我知道它视力不行，可它正抖动超级灵敏的耳朵，就像是转着圈的雷达天线，试图捕获我，瞄准我，吓得我动都不敢动。我的心脏猛烈跳动，口干舌燥，四处寻找庇护所。可是，一旦我感到害怕，就会有一种更强烈、更奇怪的感受贯穿全身。我整个人会更有活力，前所未有地感觉到自己是活着的。

　　第二天，我头一回见到非洲水牛。那是一大团黑黢黢的威胁，比犀牛还让我紧张，于是我又经历了那种感觉。我知道这头水牛能杀了我，然而随着它的逼近，与不安和被杀死的恐惧交织在一起的，却是更加强烈的活着的感觉。人生不知怎的仿佛进入了一个新境界。那天晚些时候，在一条干涸的河床上，我第一次近距离看到了野象，在我看到的所有动物中，它是最危险的。相同的感觉再度袭来，在警惕中夹杂着某种类似激情的东西。

这些感受真的很古老。它们深深蛰伏在我们的细胞里，随时准备浮出水面，吓我们一跳。因为我们忘记了自己的起源。我们在镇子和城市里，盯着屏幕生活，要不断提醒自己，我们这一代人全都成了计算机的俘虏。虽然此前三四代人在灯火通明的办公室里工作，但是在那之前我们作为农民已经五百代了，而成为农民之前超过五万代人都是游猎采集者，作为大自然的一部分与之共存。我们不断进化，但遗留的痕迹是无法抹掉的。

我们对巨型猛兽的着迷要回溯到那五万代人身上。猛兽硕大瑰丽的外形触发了我们内心的敬畏，并烙印在我们的血脉之中。先人们怀着强烈的恐惧与希望，虔诚地将它们的形象描摹在洞穴岩壁之上。在拉斯科洞穴[①]和肖维岩洞[②]的岩壁上，恐惧与希望甚至结合成了崇拜。我们震撼地窥探了远古先民的世界，他们与危险的动物共生共栖，因此，死亡也与他们如影随形。当一个人在巨型猛兽生存的环境中与之狭路相逢，那种突如其来的激动，我们至今仍能感受得到。

然而在我的思绪里，一个飘忽不定的想法在四处游荡，萦绕

---

① 拉斯科（Lascaux），保存史前绘画和雕刻较为丰富精彩的石灰岩溶洞。位于法国多尔多涅省。发现于 1940 年。因洞中各种图像种类繁多，制作方法多样，被誉为史前的卢浮宫。

② 肖维岩洞（Chauvet）也译作萧韦岩洞，亦称为肖维 - 蓬达尔克洞穴，位于法国南部阿尔代什省，因洞壁上拥有丰富的史前绘画而闻名。部分历史学家认为洞内岩画可以追溯至 32000 年前。

在角落里，不肯离开：游猎采集者看到蝴蝶时，肯定也是这种情形。他们漠不关心吗？他们对这一切都毫无兴趣吗，即便对燕尾蝶（swallowtail）也是？反正我不太相信。我认为那个为自然着迷的时刻肯定来得出其不意——智慧生物变成了自然的观察员，即便是痴迷于生存、暴力和死亡的人类——那个时刻肯定出现在史前时代，那是第一次，人类等待一只燕尾蝶停留下来，只是为了更好地观察它，并为眼前的小生灵发出惊叹。

　　人类的童年并没有整齐划一的模式，但我们假设它有。我们的脑海中有人类生活的模板，应当如何开始、如何成熟、如何终结，总而言之就是生命画卷应当如何展开。我们常常试图通过将自身经验与一个或另一个模板对比，并观察其差异或对应程度，来验证自己的经验。然而事实上，我们的经历形形色色，有着无穷无尽的可能性。

　　现在我已经活了大半辈子。在尝试治愈早年的大量心理创伤时，我是幸运的，更为重要的可能是我学会了与无法治愈的部分和平共处。这话我曾经对约翰说过，当时我刚刚结束周一上午一场关于解决古老烦恼的会议。希腊人给了我们政治、历史，还有戏剧，但他们从未给出家庭疗法。约翰微微一笑，表示同意。或许正是这种与反常和平共处的想法，让我接受了一个奇怪的事实。正是在一个充满巨大不幸的动荡时期，我初次恋上了自然。

当我的童年与母亲撕裂后，我便全身心投入到昆虫身上。

我是真的接受了现状。那时我 7 岁，不会有人责怪我，再说了，蝴蝶那么诱人，就连头脑比我发达得多的人，也早已向蝴蝶的魅力缴械投降——尽管我会说，在某一时刻，或许并不是所有的头脑都那么多情敏感。把真正发生的事情抛开，我的精神就是空白写字板，敞开着，接受一切印记。红纹丽蛱蝶那猩红色与黑色相间的斑纹在上面涂抹下难以磨灭的印记，正如它那些色彩艳丽的远亲一样。我满腔热情，喋喋不休地对玛丽说起这事，她贴心地给我买了《观察家书系·蝴蝶卷》(*The Observer's Book of Butterflies*)。她计划让我们接受由她替代母亲，这本书也是计划的一部分。（"会有很多好吃的！"她在抱起我们、把我们带走的时候就这么说过。）

那时我真正的母亲远在我不知道的地方，而我翻开老式的书页，对着图画中梦幻般的物种惊叹连连。有些蝴蝶不仅外表绚丽，而且还有令人肃然起敬的名字：勃艮第公爵蝶（the duke of burgundy）！大陆小紫蛱蝶（the purple emperor）！银豹纹斑蝶（the queen of spain fritillary）！世上竟然有如此奇妙的生物，这真是一个崭新的世界！接下来的几周甚至几个月，这种热情在我身上越来越旺盛，越来越根深蒂固，即便那对我来说是充满精神创伤的一年。到了 10 月，有位洞察力极强的医生让诺拉离开了医院，诺拉恢复得很好，完全可以出院，但绝不是真正意义上的康复。诺拉和我们一起住在阳光银行巷，直到我们再次拥有属于自己的房子。

这是玛丽未曾料到的。她以为妹妹会永远离开（恐怕大多数人都是这么想的）。她准备万全，甚至可能还暗自高兴，接手两个年轻男孩，迅速拥有一个属于自己的家庭。但现在这种新情况却意味着她要和一个独立的家庭共享房屋，而这个独立家庭如今伤痕累累。这与她想象的生活天差地别。不过她不得不接受这一切，毕竟是她卖掉了我们的房子。

诺拉现在极为多愁善感，毫无活力可言，最初的病痛已然让她陷入炼狱般的折磨。更严重的是，被监禁，并将孩子从她身边夺走，这段经历同样让她遭受重创。许多年后她告诉我，她以为永远也见不到我们了。她唯一的安慰就是杰拉德·曼利·霍普金斯（Gerald Manley Hopkins）两首痛苦的十四行诗，这两首诗分别以"没有最糟，没有"和"我醒来，感觉到黑暗降临，而非白昼"开头。至少这两首诗告诉她，这世上也曾有其他人和她此刻的处境一样，并且得救了。她的安宁已经被摧毁了，出院后她心惊胆战，疑神疑鬼，坚信人们在街上窃窃私语都是在谈论她（或许他们真的是）。最艰难的是回归，不是回到充满爱意的丈夫的照顾之中——他远在北大西洋的某处，正和船长一起吃饭——而是像一个租客那样回到姐姐的房子里。从她极度不安的情绪状况来看，很可能会认为这个姐姐在试图偷走她的孩子们。

她们的相处就像炸药。把玛丽和诺拉强扭在一起，对她俩来说都是如鲠在喉。那一年充满了大吼大叫、痛苦的争吵和沮丧，让约翰因痛苦而失控。我至今还能回想起那时的情景。我记得诺拉脸上带着奇怪的表情在楼梯上想要推玛丽，戈登冲她嚷嚷："什么什么，妹妹！"那气势汹汹的嘲讽，劈头盖脸地砸向她。这些事依然没有对我产生丝毫影响，也许是一种自我应对机制，也许是别的，我心里想的只是肯特郡贝克斯利（Bexley）的一座蝴蝶园。这座蝴蝶园属于 L. 修·纽曼先生（L. Hugh Newman），他名字前奇怪多变的首字母，某种程度上增加了蝴蝶园的神秘感。你可以期待它用最华丽的英国蝴蝶幼虫来款待你，让你在家中悉心照料，直到破茧成蝶。在邮购目录里，我又发现了一桩趣事：纽曼先生把他出售的毛毛虫和蝴蝶称为"家畜"。随着 1955 年的春日临近，我寄出了 5 先令的家畜邮购单，随后准时收到了一个硬纸筒，里面的黄华柳（sallow）枝丫上有两只紫色帝王蝶幼虫，黄华柳是它们的食物。但它们在变形之前就死掉了。第二对也是。显然，我做错了，但这无伤我对蝴蝶的热情。蝴蝶已经深深嵌入我的灵魂，我能够感受到与它们之间强烈的关联。我当时可以向你描述，在小玳瑁蛱蝶翅膀底部的边缘，有一行微小的松绿色月牙纹路——我猜自己这样下去极有可能变成一辈子的蝴蝶迷

恋者，心胸狭隘，强迫症般心事重重，排斥蝴蝶之外的一切，就像约翰·福尔斯[①]的小说《收藏家》（*The Collector*）里的弗雷德里克·克莱格（Frederick Clegg）那样。幸好母亲给我指出了一条通往荒野世界的道路。

　　她和父亲最终决定重新寻找属于自己的家，做了这个打算后

————

① 约翰·福尔斯（John Fowles），英国当代作家，代表作为《收藏家》《法国中尉的女人》《魔法师》。

不久，她就给我指了那条路。那是 1955 年 11 月，种种纷争尘埃落定，我们终于能够离开阳光银行巷，尝试重新开始。她是用一本书来指的路，那是当年的圣诞礼物，是为了鼓励我对蝴蝶的热情。因为玛丽已经给了我一本有关鳞翅目昆虫的书，诺拉便选了另外一本。如今我很想知道，究竟是怎样一种本能引导她做了这样的选择。那是我看的第一个真正意义上的故事，充满各式各样的人物和精彩的叙事技巧。我马上津津有味地翻看起来。

那是一本叙事诗，措辞老派而考究；是一部有关英雄冒险的长篇叙事作品，但并不算是大部头，不是《伊利亚特》和《奥德赛》那种厚重史诗，可能因为这个故事里的英雄都是小矮人。书的名字是《小灰人》（*The Little Grey Men*），作者的署名只写了"BB"。过了好几年我才搞清楚，他真正的名字是丹尼斯·沃特金斯 - 皮奇福德（Denys Watkins-Pitchford）。

从第 1 页起，我就迷失在主角们的世界中。主角的名字都是极其罕见的英国野花，分别叫菟丝子（dodder）、苦龙胆（baldmoney）和喷嚏草（sneezewort）。他们都是小矮人，身高在30 厘米到 46 厘米之间，有着瀑布般的长胡须；菟丝子年纪最大，有一条木头腿。不同于近年来让我们着迷的《哈利·波特》《魔戒》以及其他魔幻作品里的精灵，这些小矮人并没有魔法，他们基于现实而非魔幻。

尽管他们可以同周围的野生动物交谈——这是作者向基因差异做出的一种妥协——他们活着，拼尽全力活着，活在和我们一样的世界里，关心如何找到充足的食物，如何穿暖。但他们还要背负更多：他们的种族已濒临灭绝，他们是英格兰最后的小矮人。

我还记得初次读到这些文字时的战栗。我们对事物的终结都有一种本能的恐惧，我认为当时的战栗便是这种恐惧的雏形，即便是一个 8 岁男孩的心灵也有所感受。很显然，他们无法在悄然推进的城市化和农业现代化中生存下来，那时现代化也已经蔓延到了乡村。他们已经过时，世界抛下他们一往无前，就像《虎豹小霸王》（*Butch Cassidy and the Sundance Kid*）里的卡西迪和太阳舞王子一样。属于他们的时代已经落幕，所以他们决定去大冒险，真是相当勇敢。他们准备远行，去寻找失散已久的兄弟野生黄莓（cloudberry）——啊，野生黄莓！太难过了！——他在某一天出发去探索沃里克小河的源头愚溪，结果再也没回来。沃里克河岸是他们的居住地，他们就住在一棵橡树的庞大根系里。

我沉迷于他们的探索，以及那出人意料的结局；它的续篇《顺流而下》（*Down the Bright Stream*）也深深吸引了我，我想要这部续集，并在次年圣诞节收到了它（在续集中，小矮人的生存危机达到顶峰。最终他们以独特的方式成功化解了危机）。但我的收获却远不止这个故事本身。从阅读伊始，我就完全能够理解书中那个构成冒险的社会环境。它同《魔戒》的环境背景大相径庭，《魔戒》里有黑魔王和男巫，堡垒和山脉，还有大量的作战部队；而这个故事的发生地就在沃里克郡。枝繁叶茂的沃里克郡是莎士比亚式的乡村，有愚溪，有翠鸟（kingfisher）、水獭和米诺鱼（minnow），红隼（kestrel）在水流上方盘旋，在这个范围狭小、关系密切并且生机勃勃的乡村，居住着形态矮小、关系密切并且生机勃勃的人类。他们的生活与互动都是那么明艳动人，我爱上了他们，也爱上了自然界。我的眼里不再只有蝴蝶，而是迈向了丰盛的大自然。

我真的很幸运：我发现我正身处"自然丰度"（natural abundance）时代的尾声（至少在我的祖国英格兰是这样）。距离集约农业扼杀这片大陆还有若干年时间，届时，可恨的有机氯与有机磷农药将大规模流行，像酸灼烧躯体一样冲刷整片大陆。而"自然丰度"时代的尾声，那丰富的自然，那些世间理所当然的美妙事物尚且存在。8 月，我遇见那些蝴蝶时，它们在醉鱼草上落了许许多多。

这并不是通过玫瑰色的双筒望远镜所看到的童年，我对一切记忆犹新。不知何故，这是吸引人的核心。我不认为一只孤零零的红纹丽蛱蝶能对我有那种影响，尽管它本身也是个奇迹。当时，还有许许多多的事物影响了我。郊外花园挤满了鸫鸟（thrushes），野兔惊天动地地蹿过每一片牧场，蜉蝣在春日的河流上成群结队地孵化，灿烂夺目。空中遍布百灵鸟，田间遍布罂粟，如果蝴蝶遍布夏季的白天，那么飞蛾就会充满夏夜。有时候飞蛾数量庞大，会包裹住汽车前照灯射出的光束，宛如暴风雪中纷纷扬扬的雪花，那真是十足的飞蛾暴风雪。在旅程结束时，你将不得不擦洗挡风玻璃，用海绵拂拭掉如此丰富的生命。

面对这样一个飘着飞蛾暴风雪的世界，我奉上了年轻的心。

21世纪对自然界来说是一场大灾难。这让当时还是少年的我，逐渐变得压抑起来。

我是婴儿潮时期出生的孩子。作为那一代人，我出生在"二战"后富裕的西方，在20世纪60年代的新自由主义爆发中长大。年轻时，我们以为自己天生就能掌握宇宙，或许吧。早年我们很冲动，这令我们整代人都因此被定义，并延续至今。摇滚乐在我们身上留下了深深的印记，就像我们的父母和祖父母的身上标记着两次世界大战一样。音乐让每个人都成为交流者，让每个人都参与进来，人人都觉得自己参与了年轻这桩盛事。然而当我们走到这个时代的尽头时，我们身上开始浮现出一个新的标签：在漫长的一生中，我们是目睹阴影划过地球脸庞的一代人。

让我们来数一数。我们的世界正经受前所未有的威胁，而这些威胁皆来自一个前人未曾预料到的痼疾：人类活动的范围。几个世纪以来，但凡思考人类事务，我们始终将注意力集中在方向上，集中在从打火石到月球这段不可思议的奇妙旅程上。途中我们获得了读写能力、医学和法制，被激动人心的冒险过程牢牢抓住，却未曾注意到危险已悄然逼近。我们一直是世界这片睡莲池旁睁一只眼闭一只眼的旁观者，在这片举世闻名的池塘里，起初几乎看不见的睡莲每一天都在成倍蔓延。它们大概只要50天就能覆盖池塘表面的一半，但我们并没有认识到这种情况。结果，剩下的池塘一夜之间就沦陷了。

这是指数级的飞速增长，让我们目瞪口呆。漫长的人类历史中，我们经过了史前时代和几千年有文字记载的历史，而这一切的发生仅仅用了40年，不过就是一个人一生当中的某段时间，事实上，就发生在我自己的人生中：从少年到中年，从1966年到2000年，世界人口数量翻倍，从30亿增长到60亿（之后的10年又增加了10亿人口，未来40年还将再增加30亿）。不仅如此，尤其是在较贫穷的国家，这一数字还有很大的增长空间；在较富裕的国家，随着他们越来越富裕，消费量也在激增，婴儿潮一代将发展成果照单全收，真是有史以来最幸运的一代人；在人口翻倍的同时，世界经济总量也增长了6倍以上。如今回望，似乎这就是20世纪下半叶最重大的历史事件，甚至超过了核武器的发展与传播，也超过了帝国衰退、阿以冲突和苏联解体。

究竟是何时，人属动物首次显著改变了这个世界，这里说的是我们人类。毫无疑问，解剖学和行为学意义上的现代人，即智人，大约6万年前出现在非洲，随后开始一路向东遍布全球，先是亚洲，再到澳大利亚，又向西北回流至欧洲，最终跨过白令海峡大陆桥，从西伯利亚挺进美洲。他们的语言能力发展速度惊人，因此他们——是我们！——取代甚至消灭了早于他们生活在非洲的其他人种，亚洲的直立人和欧洲的尼安德特人（这些人种可能还没有发展出健全的语言）。在那里他们从经过数百万年进化的大型动物身上看到了相似的命运，这些动物逐渐进化至哺乳动物的顶端，有些则进化成了有袋动物，我们至今仍拥有这些动物。那是一场绝无仅有的屠杀。在更新世末期，漫长的冰河时代，整个大陆上的巨型猛兽被人类这些狩猎采集者消灭了，比如澳大利亚巨型动物群，包括两吨重的袋熊（wombat）、双门齿兽（diprotodon）；还有南美洲的巨型动物群，包括巨型地懒（colossal ground sloths），是达尔文发现了它们的化石；还有欧亚大陆的巨型动物群，包括巨型爱尔兰麋（Irish elk），当你在杜伦大学生命科学系的中庭与它们相遇时，那 3 米宽、3 米高的鹿角会让你目瞪口呆。

016

　　当然了，没人知道究竟发生了什么，有些古生物学家坚信气候变化或许是罪魁祸首，然而最具说服力的论点却指向了人类，认定这一切都是由人类造成的：我们干的。两三万甚至四万年前，我们就已经改变了周遭世界，并且一直在进行大规模的破坏；要知道，那时人类的数量还如此微小。在我们飞速发展的过程中，从手斧到链锯，从鹿的肩胛骨到推土机，从鱼钩到以英里计的漂网，从投枪到自动步枪，但进步的不仅仅是改变地球的技术，人口数量也急剧上升，这个数量只能用庞大来形容了，这种情况会产生怎样的影响呢？

　　这一切极不寻常：我们正在损毁地球，就像窃贼有时候会恶意毁坏房屋。那是历史中怪异而可怕的时刻。我们正在糟蹋自己依存的这个薄弱的、环绕着行星的生命包围圈；我们急着破坏头顶的大气与脚下的海洋，破坏最重要的土壤，还有土壤所支撑的一切；我们攫取、撕扯、驱散、粉碎、焚烧、劈砍，恶劣地对待这一切。已经有半数以上的雨林消失无踪，杀虫剂的使用使农田和河流的野花及昆虫锐减，海床已经遭到严重破坏，大部分鱼类濒临灭绝，海洋的酸度正稳步上升，珊瑚礁受到多重攻击。全球气候变化导致大气每年要增加400亿吨的碳排放量，目前已经占据大气含量的五分之一，比例还在不断攀升。所有脊椎动物——哺乳动物、鸟类、鱼类、爬行动物和两栖动物——全都面临灭绝威胁。许多物种就算还没消失，也是命悬一线。越南爪哇犀牛（Vietnamese rhinoceros）发现于1988年，是中南半岛丛林当中最牵动人心的秘密之一。这片丛林长期以来都是战场，与世隔绝。这些犀牛灭绝于2010年，因为犀牛角而被屠杀，传统亚洲医学相信这些犀牛角能够治疗癌症，其实大错特错。很早之前我们就知道渡渡鸟（dodo）的存在。夜莺，世界上最会吟唱的鸟类，2010年时有数据显示，过去40年里英国夜莺数量锐减了90%，也就是说，在披头士乐队解散的过程中，他们每10个演出地中有9个没有夜莺的吟唱。地中海金枪鱼（Mediterranean bluefin tuna）是一种外表斑斓、营养丰富的鱼，但不幸的是味道鲜美，逐渐被寿司食客的食欲锁定；7种海龟全部濒危，其中3种情况危急；还有两栖动物成群结队地锐减至灭绝，包括哥斯达黎加云林中的金蟾蜍（golden toad），因失踪而举世闻名，巴拿马的金蛙（golden frog）可能没那么有名，但也同样消失无踪。到处都在失去，21世纪，自然界的特征不再是美丽、丰饶、繁盛，而是失去了蓬勃的生命力，21世纪的大自然变得无比脆弱。

　　毋庸置疑，并非自然灾害导致了这些灭绝，比如海啸或者火山爆发。所有的损失都是拜人类所赐——是我们干的——随着我们继续发展，需求不断扩张，毁灭范围也将继续扩大。近因不胜枚举，目之所及包括栖息地破坏、环境污染，还有过度采伐或者过度捕猎，入侵物种引发的浩劫，还有越来越严重的气候变化——但是这种大规模的毁灭，其终极因素还是智人：地球上有着数以百万计的辐射式生命形式，智人不过是其中的一种，可他们的数量已经超越了这个星球的承载能力，如今正坚定地走向毁灭。

在那些奇特的历史巧合中，在人口爆炸开始时，我们也获得了一种看待地球的全新视角，那就是人口爆炸的影响非常可怕。我们可以确定一个准确日期：1968 年的平安夜。得出这个结论的
那个人是威廉·安德斯（William Anders），一名美国宇航员，阿波罗八号的船员，那是第一艘离开地球轨道、绕月飞行的载人飞船。12 月 24 日，当他和同伴弗兰克·铂尔曼（Frank Borman）、吉姆·洛威尔（Jim Lovell）搭乘的飞船自月球背面绕出来时，眼前出现了令人震惊的图景：一颗精美的蓝色球体悬浮在漆黑的宇宙之中。安德斯为它拍下的照片以 *Earthrise* 为名，这张照片广为人知，它的拍摄无疑是人类文明史中最为伟大的事件之一。在这个瞬间，我们第一次从远距离看到了自己，包裹在黑暗太空中的地球不仅美得难以置信，更是脆弱得难以置信。最重要的是，我们能够清清楚楚地看到，它是有限的。站在地球表面的我们看不到这一点；地面或者海洋全都延伸向地平线，但地平线之外还有广阔空间：无论我们跨越了多少条地平线，总还有另一条在前面。然而在从外太空一窥这颗星球，我们不仅看到了它闪烁的蓝色之美，还看清了自然真正的极限：从整体上看，它并不

大——阿波罗八号上的宇航员，用拇指的指甲就可以盖住它，而且很明显，地球只有一个。感谢 *Earthrise*，我们终于用一种直观的方式理解了：我们正在破坏我们的家园。

我们必须为此做点什么，以阻止全球范围人类的毁灭浪潮。在余下的四分之一个世纪里，这种想法已经成为道德和智力上的重大挑战，因为压力巨大，人们难以承受，而且也只有少数人完全承认这个问题。他们通常被归为环保主义者或者自然资源保护主义者。他们遍布所有国度，常常高声呼号，听上去似乎很有影响力，然而从全球范围来看，他们的数量其实很少。大多数普通人并不在意环境，因为恶果还没有砸到他们头上（总会有那么一天的），并且人们只关心自身。一般情况下，这样似乎也没什么坏处，但他们不明白麻烦的本质是他们的选择，但这个选择要乘以 70 亿次。

不仅如此，人类破坏自己家园的行为，在我们现有的信仰体系内——或许可以称之为自由、世俗人文主义——根本无法充分应对，同时也意味着，无法回避。二战以来，这个信念占据了主导地位，且有一个高尚的目标：增进人类福祉。它希望世界各地的人都能衣食无忧，不忧不惧，无病无灾，在可能的范围内过上幸福和充实的生活。这种信念很有责任感，而且很正直。但它的内核却有一个漏洞：未能认识到人类未必是好人。更要命的是，他们或许就没搞清楚人类也只是一个物种：智人可能是地球上的问题儿童。

事实上，这个观点可能会激怒很多人，因为贫穷、饥饿和疾病已经很可怕了，这种时候提人类作为一个整体在某种程度上是有缺陷的。然而，对人类文明的奠基者希腊人来说，这个观点恰恰是他们道德准则的核心。人类的问题可谓层出不穷。人类文明辉煌夺目，不断向前发展；然而只有神才真的高高在上，要是人类试图爬得太高——人类总是这样做，神就会毁灭他。诸神代表了人类的极限。显然，我们想到了伊卡洛斯（Icarus），但是还有更深刻的教训需要吸取。记住，索福克勒斯（Sophoches）的《俄狄浦斯王》(*Oedipus Rex*)中，俄狄浦斯最为致命的错误，并不是弑父娶母——那只是他既定命运的偶然事件。他真正的错误是认为自己无所不知。他答出了斯芬克斯的谜语，无疑聪慧绝顶，但神向他表明他的智慧并不足够。在这出最伟大的讽刺悲剧中，他未能看清自己真实的处境，因此自毁双目来惩罚自己，此后他才算看得一清二楚。

因此人类有局限性，不能想做什么就做什么，并且还是潜在的问题生物——毕竟这是一个损毁自己家园的物种。然而在现代共识中，从自由、世俗人文主义出发，这种颇具精神高度的看法彻底消失了，完全无迹可寻。竟然提出这种看法，真是可恶至极。随着宗教信仰死去，精神性消失，我们便成了自身的道德准绳：在有关好坏的观念中，处于核心位置的是人类的苦难，以及我们如何才能免于苦难。这种观念如今深植于我们心中，成为一种本能，已经融入我们的语言：我们最为珍视的美德之一就是人性，我们对他人最深刻的致敬就是——他们是人类，他或者她是一个有人性的人。现在我们的道德标准完全是人类中心论：什么目标对我们有利，我们就自动判定为好的。所以，如若人类的兴趣与其他物种的兴趣产生冲突，那这些物种必定在我们这里受到冷遇，哪怕其中包括我们赖以生存的唯一星球。

近几十年来保护自然的有效机制已经变得非常困难了，尤其是面对最要紧的大发展。人类的发展似乎是压倒性的：环保主义者和自然环境保护主义者，这些关心地球生态系统命运的人，在发展运动中被轻蔑地称为中产阶级观鸟者。但长期以来，人们一直很难反驳那些将拥有丰富物种的雨林变成贫瘠农田的人的坚定的战斗口号：我们需要它！

因此，守护者们试图给出令人信服的回答。其实"人类需
要"这个咒语再简单不过，他们要找的便是这条咒语的答案，以阻止人们对自然界不假思索的破坏。守护者们在这方面已经有两次非常严肃的尝试。第一次尝试是已经失败的可持续发展理论（或者说项目）。

格罗·哈莱姆·布伦特兰（Gro Harlem Brundtland）夫人提出，给予世界母亲般的照料。她曾担任挪威首相，1987年便将环境问题与发展问题联系起来，在联合国发表了《我们的共同未来》（*Our Common Future*）的报告。可持续发展致力于让庞大的人类事业继续发展，本质上是扶贫，同时不损坏自然资源的根基。有时也被称为"绿色发展"。官方说法是，"能满足当代人的需要，又

不损害后代人满足其需要的能力"。重申一次，这个理论很令人钦佩，而且有可能实现，只要你能听进去，并愿意尝试；这个理论精确诊断了问题所在，也给出了潜在的解决办法，但其软肋在于执行。可持续发展依赖人类的善意，引申开来，就是依赖政府的诚意践行；依赖各国政府改变自己的行为方式。这种理论没有考虑到人类并没有那么好——严格说来，它和自由、世俗人文主义真是天造地设的一对，因为后者也没有将"人类可能不够好"纳入考量——人们是不会自发改变的，如果这种改变意味着停止我们自私自利的行动，那绝对不可能。不然你试试让猫不要追逐小鸟。

当然，追求可持续发展确实带来了改变：首先它在政府和企业里深深扎根，将其核心观点作为实践方针，无论做什么，都将环境问题纳入考量，之前是完全不管的。但它没有从根本上转变毁灭自然的大方向并减慢对自然界的破坏速度。但在当时，人们却认为这是可以做到的，所以在 1992 年里约热内卢召开的地球峰会上，超过 100 个国家的领导人齐聚一堂，支持这项理论和为在全球实施这一理论而制定的庞大工作方案《21 世纪议程》。那时人们曾短暂地报以极高期望，并自鸣得意，仿佛起草解决问题的详细方案和制造问题一样简单，是一回事。对此，我记忆犹新，因为我就在现场。然而 20 年后，在后续的里约 20+① 会议上，从"拯救地球"的角度来说，除了根本无法兑现的可持续发展之

① 2012 年在里约热内卢举行的联合国可持续发展大会。

外，没有什么是明朗的。

到了 2012 年也几乎没什么好转：世界人口又增加了 15 亿；导致气候变化的二氧化碳年度排放量增长了 36%，并持续走高；另有 6 亿英亩①的原始森林遭到砍伐；污染猛增，尤其是在发展中国家；越来越多的物种濒临灭绝……从本质上来说，什么都没有改变。或许在涨幅上确实有所降低，但是破坏的主要方向并没有转变。这一年，里约 20+ 会议再一次在巴西的城市召开，这是联合国举办过的最大规模会议，4.5 万名与会代表和评论员、记者出席，其中包括 130 名国家元首、政府首脑，他们重新做出了脆弱的承诺，将可持续发展作为行为准则，但会议一结束，便把什么都抛之脑后。

但是寻找答案的第二次尝试还没有失败，目前正席卷全球。

亚瑟·坦斯利（Arthur Tansley）绝不是个家喻户晓的名字，和那些极富创造力的同辈人欧内斯特·卢瑟福②、约翰·罗杰·贝尔德③、亚历山大·弗莱明④相比，我们显然更熟悉后面这些名字。 023 然而在两次世界大战期间，科学技术飞速发展，一切都保持着积

———

① 1 英亩 =0.0040469 平方千米

② 欧内斯特·卢瑟福（Ernest Rutherford），英国著名物理学家，原子核物理学之父。学术界公认他为继法拉第之后最伟大的实验物理学家。

③ 约翰·罗杰·贝尔德（John Logie Baird），工程师及发明家，是电动机械电视系统的发明人。

④ 亚历山大·弗莱明（Alexander Fleming），英国细菌学家、生物化学家、微生物学家，1923 年发现溶菌酶，1928 年首先发现了青霉素。

极昂扬的势头，牛津大学的植物学教授坦斯利构想并推广了一种观念，同卢瑟福的核物理学、贝尔德的电视以及弗莱明的青霉素一样，有着极大影响力：那就是生态系统。

忙于对万事万物进行分类的自然科学用了很长时间才最终确认，植物和动物绝不会以个体形式单独存在，它们必须存在于和其他有机体组成的紧密群落中，不仅与同类之间相互作用，也同周围的一切唇齿相依。这是生态学里的新科学，直到20世纪初这种观点才得以确立。坦斯利是当时最杰出的生态学家之一，他对生态系统进行了介绍（在1935年的一篇论文中，他专门讨论了有关生态学术语的争论）。对于非专业的人来说，也能理解一个由动物和植物组成的生物综合体的强大概念，作为一个基本的功能单元与环境中的非生命体部分通力合作——比如土壤和天气。

这些单元可以大如一面湖泊或小如一块水洼，可以是一片森林也可以是一棵树，但是很清楚，它们都是真实存在的，确实具有各自的功能。在20世纪60年代、70年代和80年代，随着愈加深入的研究，生物学家逐渐开始理解，从生物到土壤，从海洋到大气，它们在调节全球水流、养分、沉积物和碳元素方面扮演着重要角色。

这种理解最终形成了一种更加恰切的观点，那就是生态系统和与之相关联的野生动植物为我们做了许多事情，都是维持生命必不可少的事：它们提供了生命支持服务。或许我们总以为这无所谓，其实必不可少。最显而易见的例子或许就是蜜蜂和其他昆虫为农作物授粉：没有它们授粉，全球农业都将崩溃。于是在

20 世纪 90 年代，科学家们着手列出越来越多的自然服务，其中 包括：气候调节，大气构成，提供新鲜水源，防洪，防止水土流失，维持土壤肥力，分解污染物，防治虫害，渔业供应，废物处理，营养循环，更微妙的是，建立了一座庞大的基因库，以此提供潜在的救命新药和其他新产品。

　　除了以上这些，还有很多，我们全都不假思索地向自然索取，如此过了千万年，因为这些服务都是免费的，并且很难意识到它们的存在。科学家们对生态系统真正扮演的角色进行了阐释，也进一步阐明了我们对生态系统的绝对依赖，这已经成为我们认识自然的最大突破之一。随着这个理论而来的，是这些大自然给予的服务正受到严重威胁，遭遇空前破坏，这在人类历史上还是第一次。

　　看看失衡的雨林，破坏者们再也不能不屑一顾，只将它们当作中产阶级观鸟者的乐园。现在我们明白了，它们不仅提供燃料、水和食物，还帮助我们调节气候。曾经有一段时间，人类的二氧化碳排放量已经严重到引发灾难性后果，它们构成了一个庞大的碳储藏库，许多科学家和政策制定者开始呼吁：牺牲雨林等于自杀（雨林中植物种类丰盛，极可能含有未被发现的物质，或许能够拯救我们的孩子，就像马达加斯加丛林里的玫瑰色小蔓长春花〔rosy periwinkle〕，给我们提供了长春新碱〔vincristine〕，这是治疗儿童白血病的良药）。

　　我们完全依赖于自然：这可能是对自然最可行的保护，恐怕比可持续发展那不切实际的希望更有影响力。环保主义者紧紧抓住了其要意,生态系统服务科学理论也很快发展成为一门学科。我们可能会说,1997 年出版的《生态系统服务:社会对生态系统的依赖》(*Nature's Services: Societal Dependence on Natural Ecosystems*)的论文汇编太过形式化,它是由斯坦福大学的生物

学家格雷琴·戴莉(Gretchen Daily)编纂的。从此以后,这个学说才推广开来,并由联合国通过"新千年生态系统评估"在全球范围内广为传播。2005 年出现了大量民意调查,着眼于全球范围内自然对人类生活的 24 种支持系统,并声称其中至少有 15 种支持系统正在严重衰退。我们或许严重依赖自然界,但这并不是人们对生态系统服务的唯一关注点。国外还有另外一种关于大自然的看法,这让许多人兴奋不已:其中有经济利益。

纵观全球,一项出人意料的行动正在推行,是卓越的人类社会从未执行过的任务:一场轰轰烈烈的宇宙大标价。这场行动席卷了整个星球,人们给自然界的大量资源打上价格标签,就像超市员工用标签枪给货架上的物品打价签一样,嘭,嘭,嘭。当然了,这些不是你在一罐豆子或者一袋玉米脆片上看到的那种价格,这些价签截然不同,写的是传粉、授粉:1310 亿美元;珊瑚礁,3750 亿美元;雨林,5 万亿美元。嘭,嘭,嘭。

环境经济学因此发展起来,让我们有机会赋予生态系统服务价值,并且是现实世界中的经济价值。虽然我们完全依赖于大自然,但是比起这种认识,标价行动反而唤醒了更多人。拿红树林(mangroves)来举例,在热带地区的海岸线周围能发现这种咸水林区。想象一下,某海岸区域背后有急速扩张的城市,作为决策

人，决定砍伐红树林，因为它们扎根其中的浅水区是养虾的理想场所，如果开发得当，那些虾类养殖场可以大批量繁殖，粗略估计，5 年后就是 200 万美金的出口价值。

但红树林并不仅仅是浸在水中的软木头，它们还可以抵挡风暴和潮汐的强大自然力量。让我们看看，红树林消失后会发生什么。汹涌的潮水出现，甚至可能会是海啸，不费吹灰之力扫荡虾场，淹没近海区域，包括城市，酿成恶果，某地的决策者别无选择，只能建造一道长长的海堤，防患于未然。建造海堤需要多少开销？建设时间超过 5 年，花费 2 亿美金。

而红树林则一分钱不花。所以 2 亿美金就是它们的等价价值。

所以你会抛弃价值 2 亿美金的红树林而选择虾场的 200 万美金吗？

这种计算让人们收住脚步，开始思考。那是一道计算题，当人们装聋作哑，假装听不到"请别这么做"的劝告时，这道计算题就能让他们放下链锯。

环境经济学家和自然环境保护主义者都被此深深吸引，脑海中翻来覆去都是这些巨额计算。马里兰大学的罗伯特·康世坦（Robert Constanza）率团队计算出了总量，他们的诉求是，给地球上所有支撑人类生命的主要自然系统计算出一个总的经济价值。计算结果发表在 1997 年 5 月 15 日的《自然》（Nature）杂志上，吸引了全世界的眼球。康世坦等人的论文估算，17 种地球主要生态系统服务的核心价值是 3.3 万亿美元——那是 3.3 万个亿，记住，33 后面有 12 个 0，世界上所有人造物品和服务算在一起，全球 GDP 每年的估算值也只有 1.8 万亿美元。就是这样，对比人类社会，自然的价值比其他一切加在一起都要高，事实上，几乎是其两倍的价值。

现在答案有了，是经济，这下你终于能明白，为什么在新千年里，有那么多人想要保护自然免受伤害；尤其是，比起可持续发展，经济利益同人类麻木不仁的真实状态更契合，亚当·斯密对此有过振聋发聩的表达：我们不能指望屠夫、酿酒人和面包师的仁慈获得晚餐，而是要考虑到他们的利益。然而可持续发展主要呼吁人们展现出本能的善意，而生态系统服务概念则直接迎合了人们的自身利益。人跟着钱走，正如"深喉"（Deep Throat）对鲍勃·伍德沃德①说的那样。

作为新千年生态系统评估的后续，发达国家的政府一直积极行动，建立 TEEB（生态系统及生物多样性经济学）项目，这是一项重要的全球性研究，研究对象是生态系统服务与生物多样性经济学。2010 年，这项研究发布了令人信服的报告，报告指出，比起让这野生物种彻底消失，从重重危急中拯救它们反而花费更少（毫无疑问，取代它们所提供的服务相当昂贵）——财长们的这份声明让许多政府机构中大权在握的人都坐不住了。

当尼尔·阿姆斯特朗（Neil Armstrong）那肥大的靴子踩在月

---

① 鲍勃·伍德沃德（Bob Woodward），1970 年退役后进入《华盛顿邮报》成为实习记者。1972 年，鲍勃·伍德沃德与另一名记者卡尔·伯恩斯坦通过其内线"深喉"的情报及协助，率先披露水门事件丑闻，迫使总统尼克松下台，名噪新闻界。两人也因此获得了 1973 年的普利策新闻奖。

球上时，我们确实敬畏勇气与科技的巨大胜利，但难免惋惜，有些东西不再属于我们。你一定和我一样，不是唯一这么想的人（为什么？因为神秘不再）。这些确实是进步，是强大的辅助科技，可我不觉得它们是以拯救地球为目的的。虽然拯救地球可能是他们的初衷，但我深感不安。

部分原因是，自然商品化或许会打击许多人，让他们极为不快，虽然不能说是用心险恶，但给河流、山脉和森林明码标价并不是什么高尚的事业。将自然界的元素当作商品对待，为它们被交易、被投机，最终被跨国公司拥有和掌握铺平道路。随着金融界的术语附加到自然物身上，它们不再是让人快乐的地方，而是成了自然资本和绿色基础设施。

更重要的是，自然的商品化选择性太强，只有那些能够精确度量其实用性的服务才有价值。比如最近有个创新研究，提出了4项美国生态系统服务的年度价值：粪便清除（每年3.8亿美元），农作物授粉（30.7亿美元），防治虫害（44.9亿美元），野生动物营养（499.6亿美元）。这些价值的衡量标准是建立在人类社会试图提供的人造替代品的基础上的。可是，一旦自然物的功效不可度量，对我们来说便全然失去了实用价值，说白了，就是不值得保护了。

在所有这些激动人心的尝试中，我们给蝴蝶确定了怎样的价值呢？这种生物在我7岁时俘获了我的灵魂。同样，我们又赋予鸟鸣怎样的价值呢？它们的鸣唱俘获了更多人的心灵。这些生物只能随着自然的大肆破坏而消失吗？还有漂亮的春日花朵与秋日蘑菇，还有舒展的蕨类植物，跃起的鲑鱼，它们也同样没有实用价值，是不是？对野生动植物来说，现在是否只存在一种价值，即会计师所确认的那种价值呢？

我们此刻正处在一个特殊的历史节点，自然界正遭遇前所未有的致命威胁，热爱它的人们为了保护它振臂高呼，看啊，新的保护机制正在运行，它比先前的种种保护措施都更现实也更精明冷静，这种方式一定会有更大的成功机会——然而，随着实践检验，我们意识到，这种保护方式也同样有着非常致命的缺陷。

那我们到底该怎么做呢？

约瑟夫·康拉德[1] 在某个短篇小说的著名序言中指出，科学家和知识分子或许会更有影响力，但艺术的影响更深远，因为艺术更持久；事实的陈述，无论多么强有力，都不如图像那般深入人心。我相信在保护自然方面，提供图像的时代即将到来。

我的意思是，现在是时候对自然界进行截然不同且正式的保护了。我们应当赞美自然，而不只是抱着理解自然、对自然负责的观念，即可持续发展的理念；也不能只认识到它巨大的实用和经济价值，即生态系统服务的概念。我们要走的是第三条路，是

① 约瑟夫·特奥多·康拉德·科尔泽尼奥夫斯基（Joseph Conrad），英国作家，1857 年 12 月 3 日生于波兰。康拉德有 20 余年的海上生涯。在此期间，他曾航行世界各地，积累了丰富的海上生活经验。康拉德最擅长写海洋冒险小说，有"海洋小说大师"之称。1886 年加入英国籍。

与之前截然不同的方式：我们应当赞美自然万物给我们带来的精神满足，我们要热爱它，要赞美它的美好。

当然了，这种说法已经存在了好几个世纪，但从未发展成为保护大自然的正式方式，原因有二：首先，对自然界的致命威胁并非持续了好几个世纪的老问题，只是在我那个时代才出现的；其次，大自然给予我们的喜悦无法以广义方式来量化。自然服务能够满足人类实际需求的那部分，我们可以汇总，计算，甚至将其价值真正地货币化，因为我们都需要源源不断的食物与庇护所；但是我们对于慰藉、理解和快乐的渴求却千差万别。它们的价值可大可小，这种价值的大小并不能通过经济价值来评估，而要通过个体的私人经验。所以我们不能说——唉，真可惜我们不能——鸟鸣能像珊瑚礁一样在经济领域创造出一年 3750 亿美金的价值；但是我们可以说，每个人都可以，此时此刻，此情此景，它对我来说值得所有。对雪莱（Shelley）而言，这份无价之宝是云雀（skylark），对济慈（Keats）而言则是夜莺，对托马斯·哈代（Thomas Hardy）来说是雪莱的云雀，对爱德华·托马斯（Edward Thomas）来说是不具名的鸟儿，对菲利普·拉金（Philip Larkin）来说是春日阴冷花园里鸣唱的鸫鸟，但是我们要不断翻新、翻新，再翻新，不能只依赖于过去的诗歌，我们要亲力亲为——通过我们的自身经验，宣告这些生灵的价值，在即将到来的大破坏时代，大声宣告这一切，让大家知道，这是自然不能崩塌的理由。

　　只有独特的个体经验才能说明问题，因此我要提供属于我的私人经验。为什么水獭不热爱自己的河流，而就我们所知，作为人类，我们却有可能热爱孕育我们的大自然？我会对这些问题进行深入探究。我也会通过这些年与大自然的亲密接触，去探究大自然如何为我们提供喜悦，琢磨它触动我的方式，它也同样能触动你；我会这么做，不仅仅是为了颂扬它，更是有意识地、努力用行动去保护它。如果你愿意的话，就通过喜悦去保护大自然吧。对大自然来说，当人类社会手持破坏之剑来到这个星球，大自然从来没有像现在这样需要更多的保护。

2/邂逅荒野

大自然总能在我们心中唤起强烈的感情，这种感情的范畴相当广阔，我们不应忘记其中也包含恐惧，甚至是仇恨。大自然并不总是仁慈的。它也可以很危险，能够置人于死地。它在我们心中所诱发的某些感受可以是极端消极的（比如，野外的狼在一些人身上可能引发强烈的憎恶，而在另外一些人身上引发的则可能是崇敬）。如今人们对于自然的主流态度是漠不关心，尤其是沉溺于屏幕和电子生活的年轻人，如果抛开这种漠不关心，我们心中涌起的情感大多还是积极的，哪怕积极并非全部。我们或许会将有些情绪描述为满足，比如热爱熟悉的风景；其他情绪则是对新奇与美的更敏锐的享受，比如偶遇稀有如同神赐的野生动物。有一种特别强烈的感受是惊奇感，即便是那些实践经验极其丰富的人，心底也难免泛起涟漪。我关心的是多年来越来越让我难以释怀的事情，一种强烈的感受。

这很不寻常。不过这种感受也没有那么罕见，虽然它本身是如此与众不同，但也有不少人都曾有过类似的感受。就是这种感觉：会有这样的时刻，忽然之间，我们无意中发现自己对自然界有着惊人的爱，发现自己处于一阵难以完全理解的激动之中。在我看来唯一合适的词语就是"喜悦"（joy），我们能够在大自然中找到喜悦，我说的就是这个意思。

这种感受似乎毫无道理可言，有些事物是那么独特而非凡，超越了我们的日常经验，大自然作为一个整体，超越了它各部分的总和，即便其中有些部分本身已经足够好，从天堂鸟到珊瑚礁，从西伯利亚虎到蓝铃森林，都好极了。这种感觉或许可以描述为，大自然拥有了某种精神层面上的特质，就连思维当中占比极大的世俗化部分也能够被这种感觉所穿透。它可以在任何地方出现，呈现在一片完整风景或者一个单独的有机体中；你可能会在大自然的诸多方面与它不期而遇，比如它的丰饶，或者它能够带来的平和；尤其可以在日历的变迁中与之邂逅，洞察地球的生命节奏中所发生的巨大改变，尤其是在春日伊始，感受到万物复苏轮回。一个特别的观点：你所接触的那部分自然，越是野性难驯，你就越是有可能感受到它。我不认为能够通过二手经验获得这些感受，比如通过电视上的野生动物纪录片，虽然有些纪录片能够震撼人心。

人们似乎鲜少谈及这件事情，或许是因为，人们也只能隐约感觉到这种难以言喻的感受究竟是什么，也可能是因为它几乎从未被清楚地表达过；让我们也同样承认吧，将它说成是喜悦或许对于直接理解它也没什么帮助，毕竟喜悦并不是一个概念，也不是完全迎合当下的一个词。当今时代的个性标签是辛辣和讽刺，讽刺式的态度更受欢迎，所以喜悦这种情感似乎和这个时代格格不入；它暗示了某种毫无节制的热忱，或许会被人认为不那么酷；对于我们大多数人而言，喜悦只是过时的东西，还有点儿蹩脚。它散发着浪漫主义的气息。它就在那里，不时髦并不影响它的存在。

要是我们查阅一下"joy"这个词的传统意义，就会明白，它指的是一种强烈的幸福，但不知何故，这种幸福是与众不同的。它绝不是快活（fun）的同义词，甚至和愉悦（delight）也不同，与描述终极满足的那些措辞也不大一样——比如极乐（bliss）或者狂喜（rapture），在我们这个推崇讽刺的时代，大家几乎不太可能用喜悦这类词，除非是在烹饪写作里（用优质初榨冷榨橄榄油炸新鲜土豆——太美味了〔bliss〕），虽然还是有那么一点别扭，但它至少是以本义存在于我们的语言体系里，它所表示的是一种含义更为复杂的幸福感，我们或许会称之为升华，本质上是一种精神特质。

我们通常不会使用这个词来表达我们的开心，即便是吃了一块格外美味的猪肉馅饼，心情大好，但也不会用到这个词；可是，当家长以为孩子走失甚至死亡了，结果却发现孩子很安全、一切都好，这种时候我们或许会想要用这个词来描述我们的感受；又或者，某个人对心爱之人的情意长久得不到回应，但是最终，他发觉对方开始回应这份爱，那他也会用"喜悦"来描述当时的心情。我认为，这不是一个我们用来描述自我满足的词（所以我们不会用它来描述由药物引起的感受，即使是毒品引发的最强烈的兴奋也不行）；喜悦这个词看起来是向外的，面向另一个人，另一个目标，另一种力量。喜悦并不是由道德组成的，但它至少是庄严的。它所表达的是非常严肃认真的幸福感。大自然偶尔会在我们心中唤起突如其来的强烈的幸福感，在我看来，这完全可以用喜悦来形容。

这种感受并不是排他的，也不是智者、有识者或者少数特权阶级的私有财产，它对我们每个人开放，在我 15 岁时，我遇见了这种喜悦，纯属偶然。

那段记忆如今依旧挥之不去。那次意外纯属地理原因，家附近的环境完全陌生，与以往截然不同，等着我去探索，而将我引过去的，是鸟儿。虽然是蝴蝶最先支配了我——在我的一生当中，它们以独有的方式持续对我产生影响——但当我的热情扩展到整个自然界时，是鸟儿引导我离开童年，进入青春期。在这一点上，我和英国 20 世纪 50 年代的 100 万小男孩一样（从英国皇家鸟类保护协会〔Royal Society for the Protection of Birds, RSPB〕的会员人数来看，之后的几十年里，100 万不算夸大其词）。

事实上，从很多方面来说，我都觉得自己拥有一个典型的（20 世纪）50 年代的童年，虽然严格说来，这都是因为我忽视了周围的一切反常——我的母亲诺拉于 1954 年精神崩溃，回家之后，她的情绪极不稳定，生活里麻烦重重，显然她只恢复了一部分，因此在 1956 年和 1958 年，她又经历了两次精神崩溃。两次发病时，家里并没有发生什么大悲剧——我还能记起泼到墙上的好几杯热茶——每一次她都在医院里住几周。在此期间，父亲仍远在海上，玛丽和戈登再次负责照顾约翰和我，因此暂时搬进了我父母新买的房子里，这栋房子也坐落于贝宾顿的某条死胡同里，名叫诺伯里巷（Norbury），距离阳光银行巷 1.6 公里远。

我现在才明白，为了在这一团乱麻之中将我们所有人凝聚起来，玛丽和戈登付出了太多。可是同第一次相比，这一次，约翰更加难受。他无法承受诺拉的消失。他太过沮丧，几乎歇斯底里，就是字面上的意思：他开始在街道上尖叫。他因为她再次离开的可能性尖叫，在她离开后也尖叫，他尖叫着说耶稣不爱他（我们俩都作为严格的天主教徒长大），附近的孩子开始叫他"那个疯小子"——有一次，两个女孩儿踩着轮滑鞋从我家门前经过，我真的听到其中一个人对另一个说："这就是那个疯小子住的地方。"

我又一次无动于衷。但是如今再看，这种不同或许不是那么合乎情理。虽然，很明显，是某种强有力的心理机制在支配我的感受，但其中还是悄然混入了某些不道德因素：一种窘迫感。随着年纪渐长，约翰让我觉得丢人，我并没有试着去缓解他的痛苦，也没有偶尔成为他心灵的慰藉，我把他视作令人尴尬的累赘——这与"他并不是麻烦，他是我哥哥"的态度背道而驰，只要一想到他，我就觉得他足足有 1 吨重——我也逐渐因母亲感到羞耻，因为她的行为异乎寻常，且令人不安；直到今天，我依旧后悔自己故意转过身去背对他们，没有支持他们，也愤怒于我应该感到内疚，应当在正式的场合、在安静的房间去谈论这件事，这两种情绪始终在撕扯我，在他们全都去世后，我突然间明白过来，我认为他们成立了一个将我排除在外的"疯子俱乐部"，而他们之所以将我排除在外，是因为我想做个正常人，这有什么错吗？

所以我背对这一切，背对母亲和哥哥的痛苦；我坚定地看向别处，假装一切都好，努力保持正常，与生活和平相处，而大自然则占据了我生活的大部分，尤其是鸟儿。60年前，不列颠的许多男生循着几个世纪以来根深蒂固的传统，依然觉得鸟类魅力无穷，尤其是鸟蛋，仍旧是他们如饥似渴的搜集对象（虽然在1954年，法律正式界定这种行为不合法）。我亲手掏鸟蛋——我真该死，我清楚地记得一群9岁男孩关于斑尾林鸽蛋外表的对话，放在今天简直难以想象。也有很多男孩搜集蝴蝶，甚至飞蛾——没错，这些瘦巴巴的无名小卒很像黄夜蛾（yellow underwing），也像朱砂色五瓣地榆（虽然野花是属于女孩们的）——但最为风靡的还是鸟类，是如今被称为青年文化的重要组成部分。鸟类有多重要呢，或许和今天电脑游戏的重要性差不多。那时天然丰度还很可观，我们周围全都是小鸟，就连城郊也是——每一天，诺伯里巷的草坪和后面的山楂树篱都挤满了家雀（house sparrow）、麻雀（tree sparrow）、篱雀（hedge sparrow）、椋鸟（starling）、蓝山雀（blue tit）、大山雀（great tit）、乌鸫（blackbird）、画眉鸟（song thrush）、知更鸟（robin）和鹪鹩（wren）——所以对它们感兴趣再自然不过。但我觉得，大多数情况下，真正的热情需要一些具体的引子来点燃，在我这里，这个引子就是茶卡（tea card）。

茶卡是香烟卡的同类，是些小小的卡片，一开始上面印的通常是体育明星，比如英国的棒球运动员和美国的棒球运动员。从19世纪末开始，烟草公司为了吸引用户，开始随烟盒附送卡片，有25套或者50套图案可供收集。事实证明这些卡片非常流行，最终发行了数千套不同的卡片，主题也从运动员扩展到万事万物，从车辆到教堂，从鱼类到世界各国的国旗。这种市场推广策略也渐渐从香烟扩展到其他热门商品，比如在美国是口香糖，在英国是茶。战后几年，不列颠的主要茶叶公司全都随茶叶盒附赠卡片，最活跃的就是布鲁克·邦德公司"PG Fips"红茶（它最终成为英国领先的茶叶品牌，这都要归功于它们广泛传播的宣传广告，广告主角是穿着人类衣服的黑猩猩，它们正在开茶会，半个世纪以前人们觉得非常好笑——多可笑啊）。

布鲁克·邦德的卡片广受欢迎，因为公司不仅生产多种多样的套系，还不厌其烦地提供能够收藏不同套系卡片的相册。相册工艺不复杂，但很有吸引力，而且附有大量文字说明，定价也才 6美元。在那些十进制之前的日子里，我们通常说6便士（或者就像我们经常说的，半先令）。我们在家里喝"PG Fips"红茶，卡片内容形形色色，抓住我眼球的那套卡片发行于1958年，那时我11岁。那套卡片的图案叫作"观鸟图"，是某个名叫 C.F. 塔尼克利夫（C.F. Tunnicliffe）的人画的一系列小鸟，我刚看见第一只小鸟，就对它产生了强烈兴趣，那是一只黑喉石䳭（stonechat）。那只鸟真是光彩照人。这只鸟的光泽度、色彩和生命力都令人过目难忘。这只鸟儿，栖息在开满鲜花的荆豆顶端，警觉的样子非常经典，它探出黑色的头颅与颜色迥异的白色脖子，胸口则是炽烈的橘色。这只鸟和诺伯里巷草坪上的鸟儿形成鲜明对比，诺伯里的鸟儿也同样令人愉悦，但灰头土脸的没什么颜色，不仅如此，它也同我在《观察家书系·鸟类卷》（*The Observer's Book of Birds*）里凝视过的那些鸟儿形成强烈反差。

我将年轻的敬意毫无保留地给了《观察家书系·蝴蝶卷》，而后面这本《鸟类卷》却让我困惑不已，深深失望。这两本书都是《观察家书系》当中较早的两卷，这个系列的书非常多，是费德里克·沃恩公司出版的，这家出版社为世界带来了毕翠克丝·波特 ① 和《彼得兔》（*Peter Rabbit*）。《鸟类卷》是这个图书系列在 1937 年出版的第 1 本，《蝴蝶卷》是 1938 年出版的第 3 本；第 2 本是《野花卷》〔*Wild Flowers*〕）。它们都是很招人喜欢的口袋书，内容囊括野生动植物、爱好和运动、蕨类和真菌、硬币和蟋蟀等，书很小，价格也不贵，每本只要 5 先令（或者 5 Bob，在使用十进制之前我们都这样说）。它们让三代英国儿童获得乐趣，大人们也同样受益匪浅。1982 年出版的《观察家书系·歌剧

---

① 毕翠克丝·波特（Beatrix Potter），生于维多利亚时代的一个英国贵族家庭，英国童话作家。波特非常喜爱孩子，并富有童心。她常用自编自绘的童话给朋友的孩子写信。1893 年，在波特写给男孩儿诺尔·莫尔的信中，绘制了一只调皮的小兔子彼得的故事，该故事在 1902 年经由朋友推荐，波特重新整理上色，由英国费德里克·沃恩出版社正式出版，成为《彼得兔》系列的第一本书。该书出版后，深受读者喜爱，一个世纪以来，该书畅销不衰，构筑了世界童书史上的世纪经典。

卷》是第 98 本，也是最后一本。

《观察家书系·鸟类卷》既是一本迷你手册，也是一本原始田野导览，非常有趣，我的意思是和真实信息一样有趣。里面有 S. 维尔·班森（S. Vere Benson）小姐撰写的文本，她是个勇敢强悍的活动家，在 1923 年创立了鸟类爱好者联盟。而这本书的问题在于全手绘的插图。有些插图特别棒，让人过目难忘，但是有些则非常怪异，看起来不那么真实（而且没有画家信息）。几年之后，和其他热爱大自然的藏书家一样，我也开始搜集并寻找那些系列卡片，有好多卡片仍然可以在旧货商店便宜淘到，别问我为什么，我也不知道。后来我才了解到，费德里克·沃恩公司拥有自维多利亚时代以来的许多野生动植物的插图版权，所以只是把这些图片重复利用到了《观察家书系》里。

用在《鸟类卷》里的插图是从一个系列图集里找来的。这个图集拥有 400 多种鸟类图画，非常著名，蔚为壮观，从 1885 年到 1887 年，共出版了 7 卷，至今仍在售卖，名为《不列颠群岛鸟类彩色图鉴》（*Coloured Figures of the Birds of the British Islands*）。这本书是第四代利福德男爵（Baron Lilford）做的汇总，他长期担任英国鸟类协会的主席（在位于北安普顿郡的私人领地上，他将女神雅典娜之鸟引入英国，即小鸮〔the little owl〕）。利福德男爵找来三名艺术家绘制《彩色图鉴》：一个是苏格兰人阿奇巴德·索伯恩（Archibald Thorburn），一个是英格兰人乔治·爱德华·拉吉（George Edward Lodge），两个人都只有 26 岁（这份工作将使他们美名远播），还有一个荷兰人，约翰·杰拉德·科尔曼（John Gerrard Keulemans），时年 40 岁。索伯恩继续在这个领域发展，成了最伟大的鸟类画家，如今与之齐名的是约翰·詹姆斯·奥杜邦[1]；拉吉也同样受人敬重，哪怕没有达到苏格兰同侪的高度。科尔曼的情况则比较复杂。权威的现代野生动植物艺术史在提到他的作品时称之为"技术娴熟"，而我也最终发现，9 岁或者 10 岁时，我在《观察家书系·鸟类卷》中看到的那些不太真实的画作，基本都是他的作品。它们看上去就是不够逼真，这让我有些苦恼。就拿黄鹡鸰（yellow wagtall）来说，单说外表，那真是娇小的典范，可是在科尔曼的画作里，黄鹡鸰却成了肥胖的傻大个。白鹡鸰也没好到哪儿去。但最让我困惑不已的还是柳莺，它只有一个人的拇指那么大，甚至更小一点。但是，感谢科尔曼的演绎，在我少不更事的童年时代，我始终深信柳莺有 2.5 英尺[2]那么大。

但塔尼克利夫的柳莺就没什么问题。它从茶盒里跳脱出来，整洁、严谨、灵巧，像一只真鸟。他抓住了它的神韵，在覆满柳絮的枝条上，鸟儿正要腾挪，从嫩枝和叶子不停地搜集小昆虫（我现在才发现，他的绘画真的很聪明，也很独特）。和其他英国家庭一样，我们家也一直在喝"PG Tips"红茶，一个又一个

---

[1] 约翰·詹姆斯·奥杜邦（John James Audubon）是美国著名的画家、博物学家，他绘制的鸟类图鉴被称作"美国国宝"。奥杜邦一生留下了无数的画作，他的每一部作品不仅是科学研究的重要资料，也是不可多得的艺术杰作，他先后出版了《美洲鸟类》和《美洲的四足动物》两本画谱。其中的《美洲鸟类》曾被誉为 19 世纪最伟大和最具影响力的著作。奥杜邦的作品对后世野生动物绘画产生了深刻的影响，同时，在普通人中，奥杜邦的作品也有着很大的影响力。

[2] 1 英尺 =0.3048 米

形象从包装盒里跑出来，让人惊讶，也让人开心（当然要全部收集起来）。这些茶卡当时很受欢迎，不仅仅因为其颜色精美，充满活力，还因为展示方式很大胆：既然小尺寸的卡片意味着可利用的空间有限，塔尼克利夫就将画面填充得满满当当，画面主体非常醒目：塘鹅（gannet）往前冲，水鸭（teal）跳跃，仓鸮（barn owl）猛扑，水蒲苇莺（sedge warbler）浅唱低吟，斑姬鹟（pied flycatcher）张开翅膀，简直像为捕蝇吞下了摇头丸。有些图案则更为平静，但美得惊心动魄，比如被苹果花环绕的红腹灰雀（bullfinch），身处蓟种子冠毛（thistledown）中的红额金翅雀（goldfinch），还有水秧鸡（water rail），小心翼翼地从沼泽金盏花（marsh marigolds）旁的草堆里冒出来。每一幅都是迷人的微型画。

如今我已经完全明白了塔尼克利夫和他的成就：许多人认为他是 20 世纪中叶杰出的英国鸟类艺术家，我非常赞同，他那本《滨岸夏日日记》（*Shorelands Summer Diary*）里满是速写，他的家在安格尔西岛，书里绘制了附近的野生动植物，在与自然有关的书籍里，这本书的迷人程度前所未有。但在当时，我才 11 岁，我对艺术成就毫无概念，我既不知道也不在乎谁是塔尼克利夫。我唯一在乎的就是我收集的那些他绘制的非凡鸟类，场景复杂而有趣；我渴望亲眼看到它们，渴望于现实中凝视它们，所以我也开始寻找这些鸟儿，在威勒尔（Wirral）的小巷、田间和树林里，走路或骑着 11 岁的生日礼物—— 一辆自行车去寻找。

我出生在伯肯黑德，在郊区贝宾顿长大，这两个地方横跨从利物浦奔流而来的莫西河，并且坐落在一个半岛上。半岛长15英里，宽7英里，威勒尔的两边都有河流经过，尽头则是海洋：莫西河在东边，迪伊河（River Dee）在西边，北边是爱尔兰海（Irish Sea）。这里有史以来就是柴郡（Cheshire）的一部分，根基是切斯特（Chester）——柴郡的首府，我很骄傲地知道这里2000年前是第二十英勇凯旋军团发动瓦勒里安征服战的地方，他们的徽章是野猪，在迪伊河右岸建立了营地，待了350年，很可能是公元410年，罗马沦陷，他们只能离开。与海明威同时期的美国诗人斯蒂芬·文森特·本内特（Stephen Vincent Benét）——他那妙不可言的《我爱上了美国的名字》（*I have fallen in love with American names*）——写的是一个恐怖小故事，他想象罗马军团最终离开了切斯特，向南进军，整个世界因此土崩瓦解。

罗马人逃亡后，历史的脚步掠过了威勒尔好几次，尤其是在公元937年，盎格鲁-撒克逊世界出现了前所未有的激烈的武装冲突，英格兰的第一位国王"光荣者"埃塞尔斯坦击败了维京人和苏格兰人的联合军队（这是在影响了历史进程的海斯汀冲突之前）。几乎可以肯定，布鲁南堡之役是在布朗巴勒打的，那里是贝宾顿的一部分。有位诗人在14世纪写了《高文爵士与绿衣骑士》（*Sir Gawain and the Green Knight*），高文穿过"威勒尔的无人区"；到了18世纪，相传以纳尔逊（Nelson）将军的情人名留青史的艾玛·汉密尔顿（Emma Hamilton）就在海峡边的威勒尔村长大。然而这个半岛最负盛名的还是19世纪，它东边的莫西河一侧极度工业化。1800 年的伯肯黑德还只是有个小修道院遗址的小村落，那时却成了船只制造重镇，到了 1900 年已经拥有 11 万人口（半个世纪后，我出生时，人口数量已经超过了 14 万）。

这种发展赋予威勒尔独特的气质。工业发展让威勒尔的某些地方看上去就像吉卜林（Rudyard Kipling）笔下吉姆的头，分裂成截然不同的两部分。两条河流原本就在这片土地上切割出了不同的自然地貌，工业发展强化了这种不同，使得这两部分在气质上截然不同。莫西河在利物浦与伯肯黑德之间的瓶颈处渐渐收窄，水变得很深，这也使利物浦成为国际大港之一；而西边的迪伊河则通向一个巨大的漏斗形河口，形成盐沼和泥滩。19 世纪的工业化刚好加剧了两者之间的差异。威勒尔的东部，也就是我家这边，城市化加剧，变得肮脏、拥挤且贫瘠，越过船只拥挤的莫西河，目之所及是利物浦出名的城市风光，那些船坞、工厂还有房屋林立的街道尽收眼底；而西边呢，越过迪伊河放眼望去，河口延伸向威尔士的山脉，乡村未遭破坏，富饶美丽，令人向往，像伯顿（Burton）、帕克盖特（Parkgate）和卡尔迪（Caldy）那样的砂岩村落星罗棋布。这一处社会地理形态极有象征性，非常引人注目。两者之间的差别还在持续扩大，而我一直很惊讶，似乎还没有人为柴郡的威勒尔写下一部白描式的小说，我们是否可以说，来自莫西河半岛一侧的工人阶级小伙子爱上了塔姆辛（Tamsin）——一位来自迪伊河的上流社会姑娘。或许我已经错过了写下这个故事的最佳时机。不过在十几岁时，我真的是生生从一边被吸引到另一边，虽然不是出于社交需要，或者有什么浪漫理由。

是对鸟儿的热爱将我带去了那里。迪伊河的河口是观鸟者的天堂，那是一片肆意蔓延的湿润浅滩，河口处 10 英里长、6 英里宽，拥有大量水禽——包括涉水禽（wader）和猎鸟，尤其是在冬季。在塔尼克利夫和茶卡的激励下，我在威勒尔四处转悠，步行或者骑车。我的知识储备也在增加，逐渐发现了旋木雀（treecreeper）和斯托镇树林里的金翅雀（siskin），在远处的田野里发现了黄鹀（yellowhammer）和红雀（linnet），在田间发现了奔跑的野鸡（pheasant）和灰山鹑（grey partridge），还在许多威勒尔村庄的花园里发现了斑鹟（flycatcher）。通过和很多与我志趣相投的男孩一起谈论迪伊河地区的鸟儿更大、更野性，也更激动人心，我逐渐意识到，去迪伊河口才是我真正该做的事情。然而，去之前我还需要买一支双筒望远镜，对于我们这代观鸟男孩来说，那是最为普遍的重要仪式。那时候双筒望远镜相当珍贵，个头特别大。因此，1960 年的圣诞节，十三岁半的我没有像往常一样要礼物，而是要了一笔钱作为双筒望远镜基金：2 英镑，可以存起来备用；1961 年 6 月，我又补充进去 2 英镑，那是我的 14 岁生日礼物；第三笔 2 英镑是则这一年的圣诞礼物；最终，又一个生日，我得到了 3 英镑，此时我终于能买一支 8 倍 32 口径（8×32）的双筒望远镜了，价值 8 英镑 10 先令，虽然不是名牌，但用起来没什么问题。于是，1962 年的夏天，望远镜就晃晃悠悠地挂在我的脖子上了，那时我 15 岁，大步迈入迪伊河东岸，寻找鸟类，我在那里邂逅了荒野。

那些荒野之境，从存在之初就未曾被人类染指。这样的地方对我们来说或许很有价值，甚至要珍惜、要保护，而不只是认为它们浪费土地，甚至毫无存在的必要，这种想法是"相对近期的"的思想。当然了，过去并不存在真正意义上的荒野。在五万代人类生存的时期，在我们不断进化的更新世，在冰河时代，作为狩猎采集者，我们本身就是自然界的有机组成部分，所有地方都是荒野。然而，随着人类一系列的伟大革命，最后一次冰川期消失于 1.5 万年前，农业出现了。人们耕种作物，驯养动物，农业首次使定居成为可能，村落聚居出现，随后是乡镇、城市，以及所有人类文明的兴起。更重要的是，它从根本上改变了我们同大自然的关系。我们原本是自然的合作伙伴之一，如今或多或少变成了驾驭者及掌控者，其实，早在狩猎采集者时期，我们就已经是要求苛刻的伙伴了。农业出现以后，我们在全新世[①]已经有了五百代人，我们破坏草皮，砍伐森林，并宣告是上帝赋予我们这样做的权利。"天赋"还真是非常字面的意思——《旧约全书》直接宣布了农人对自然的支配权，他们想对自然做什么就做什么，在《创世记》的著名段落 1:28 中写道："神又对他们说，要生养众多，遍满地面，治理这地。也要管理海里的

———

① 全新世是最年轻的地质年代，从 11700 年前开始。根据传统的地质学观点，全新世一直持续至今，但也有人提出工业革命后应该另分为人类世。

鱼，空中的鸟，和地上各种行动的活物。"——长久以来，我们都以嫌恶甚至恐惧的反感来看待野外环境和荒野之地，因为我们还没打算征服或者管辖那些小区域。总而言之，我们是与荒野对立的。文明的侵略还在继续，要清除森林，种植谷物，因为森林是敌人，孕育着致命的野兽，偶有可怕的野人出没。沙漠也是一样，山脉也如是。文明期待的是城市。除了缺少使生活值得的一切，荒野里还有什么呢? 亿万年来它让人讨厌、畏惧、鄙夷。

　　观念上的转变开始于 18 世纪早期：荒野有审美意义。这种观念根基尚浅，但还是有了一定的影响。彼时英国绅士开始环游欧洲，晕头转向地穿越阿尔卑斯山脉，并得以生还，他们颇享受这种惊心动魄。所以渐渐出现了极有影响力的"崇高"概念，推崇欣赏自然令人敬慕的一面，这一面并不美丽，但足够强大，能够激起人们内心的崇敬。这种观念渐渐变成了极富影响力的文学艺术时尚，在 18 世纪下半叶，又加入了另一种观念——"风景如画"。后者在积极的艺术之光的照耀下，温和看待自然与荒野。它们的结合意味着，到了 18 世纪 80 年代，随着付费公路和公共交通的发展，曾无人理会的荒凉景色吸引了越来越多的游客，尤其是威尔士的瓦伊河（River Wye），还有英格兰湖区（Lake District）。与此同时，身在欧洲大陆的让 - 雅克·卢梭（Jean-Jacques Rousseau）吟唱了阿尔卑斯山的赞美诗，坚持无论自然还是人类，都有着与生俱来的美德。所有这些思潮都汇入浪漫主义的泱泱大河。等到 19 世纪伊始，威廉·华兹华斯（William

Wordsworth）宣称自己是彻头彻尾的自然追随着，追随他的人也越来越多。

就这样，大自然终于找到了自己的拥护者，但严格来说，他们并非荒野的拥护者。我们所说的荒野通常毫无人类印记，是不存在丝毫人类文明的陆地。华兹华斯所说的大部分英格兰湖区、山脉，虽然令人向往，但实际上它们都是某种形式的农耕地貌，是有人类活动的。那里有迈克尔，那里有露西，并不是真正的荒野。50 年后的美国，才出现了真正荒野的拥护者。

出现在美国算是情理之中：美国是人们刚刚发现的新世界，有大片人类未曾触及的土地，尤其是这片大陆的中部和西部，这些地方从未有人定居，荒野几乎就是这个国家的地貌定义。可是，这个年轻的国度在 19 世纪一飞冲天，迅速而广泛地掌控了大自然，虽然拥有如此广阔的荒野，却还是让它们受到致命威胁。全世界都不曾如此冒进，仅仅几十年时间，美国便在整个大陆范围内破坏草皮、砍伐森林，这都是西进运动的一部分——美国人民认为这项事业相当英勇，并成为他们自身民族特质的象征，即个人主义、自力更生和独立自主。年复一年，先锋们大步流星，向西迈得更远，建造起自己的小木屋，耕种了原本杳无人迹的北美草原，几千岁的古树轰然倒塌；他们将美洲土著从代代繁衍生息的土地上赶走；因为全体市民的许可，耕牛取代了水牛群，也取代了熊、猞猁（lynx）和狼群。

还有，还有……即便发展得如此丧心病狂（实际上是一种破坏），美国西部非凡的荒野地貌也远比欧洲的一切风光都要壮观。

美国本土的自然作家心中悄然生出怀疑——这种强制性的驯服真的明智吗？其中的代表人物是拉尔夫·沃尔多·爱默生（Ralph Waldo Emerson）和亨利·戴维·梭罗（Henry David Thoreau），他们二人作为先验论 [①] 者（Transcendentalists），都将未经践踏的自然界看作通往精神真相的途径。梭罗走得更远，或许是第一个这样做的人——明确提出了野性、荒野的概念。虽然他最为人知的成果是《瓦尔登湖》（Walden），是他在林中木屋度过的那两年，但《散步》（Walking）这本书才体现了他最强有力的荒野观。1862年梭罗去世后，这本书得以整理出版，是他多次讲座的讲稿，其中包括举世闻名的那句"世界存乎野性"。如他所说，他将人类视作自然界的一分子，荒无人烟之地不仅是人类福祉不可或缺的部分，同时也是原始力量的源泉，这"不是毫无意义的无稽之谈"。他说，罗马城的建立者罗慕路斯与雷穆斯是被母狼喂养大的。

046　　　他对荒野的支持很快得到了乔治·帕金斯·马什（George Perkins Marsh）的响应，后者是19世纪美国最重要的公众人物之一，但在英国却无人知晓，这个疏漏需要弥补。马什是律师、政客、外交官，还是出众的语言学家，先后担任过美国驻奥斯曼帝国和意大利（他在意大利去世）的使节。他博学多闻，见多识广，堪比维多利亚时代的托马斯·杰斐逊。马什还是个无冕的生

---

① 先验论出现在19世纪三四十年代。先验论是一场出现在美国的年轻知识分子中的运动，这场运动强调了人的善良品质、创造力以及自我发展的潜力。拉尔夫·沃尔多·爱默生被认为是先验论的领导者。先验论是唯心主义认识论的一种表现形式，同唯物主义反映论根本对立。认为人的知识是先于感觉经验、先于社会实践的东西，它是先天就有的，亦称先验主义、唯心主义先验论。

态学家，他在 1864 年写了一本书，总结了如果我们按照《创世记》的要求去做——控制并征服地球——会带来哪些生态恶果，这个观点前无古人。诸多美国评论家将这本书同 1859 年出版的达尔文的《物种起源》联系起来，所有人类起源的既定设想都被达尔文一举推翻，但马什并没有做到这种程度，也无法复刻那位英国人的智慧，因此，要挑战人们对世界根深蒂固的假设，毫无疑问需要相当的独创性。

人们认为对地球做任何事都没有代价。毫无疑问，这种观点背后站着《圣经》。《圣经》里说，这个星球上的资源都是上帝放在这里供我们使用的，所以无穷无尽。这种观念深深根植在基督徒心中。在一个仍旧属于基督徒的世界里，很难为马什提出的异议振臂高呼，说它意义重大。但是在《人与自然》(*Man and Nature*)〔也叫作《人类活动改变自然地理》(*Physical Geography as Modified by Human Action*)〕这本书中，他终于放声疾呼，强调早期的地中海社会之所以会倾覆，就是因为他们滥砍滥伐毁掉了水源。他用自己大量的旅行经历与广博的学识强化这个论点——《人与自然》的信息量很大——并且无情地推导出自己的观点：在西进运动中，美国有可能重复早期人类的错误，让自己陷入重重危机，导致自我毁灭。

这个观点如今听来并不新鲜，但他是清楚阐明这些看法的第一位发声人，并且没有就此止步。正是因为他学识广博，视角深入，他觉得自己能整体归纳人类对自然的有害影响。他用手中的笔完成了这项任务。亚当·斯密客观坚定地说明了屠夫、酿酒人

047

还有面包师为什么给我们提供晚餐，而马什则认为，"人类无论在哪里都是干扰因素，无论他们在哪里种植食物，都会打破自然的和谐"。

荒野和无人大陆的真正价值是：那些地方保留了自然的和谐、平衡以及美丽。大自然的确会让一位绅士受到惊吓，但那里很和谐。平衡、美丽才是对自然价值更为深刻的理解，这种观点渐渐成为投身荒野的基础知识，在美国人对大自然的看法中逐步站稳脚跟。但完成这一切的并不是马什。举起火把的那个人是约翰·缪尔（John Muir），这位出生于苏格兰的作家 11 岁时移民美国，那是 1849 年。他父亲的农场在威斯康星州边界处的荒野之中，他在那里度过了整个青春时代。一场差点让他双目失明的事故之后，他意识到，荒野就是他想要度过一生的地方。1868 年他搬去了加利福尼亚，探索了内华达山脉（Sierra Nevada），那是一处荒野。在接下来的 40 多年里，他用抒情或偶尔略带神秘的方式，告诉不壮大的读者队伍，荒野有什么超凡的品质，荒野为何重要：未被打扰的自然，是 "是向天堂敞开的一扇窗，是映照出造物主的一面镜子"。

　　19 世纪末，其他国家都还没怎么认识到荒野的价值，但在美国，其价值已经得到了正式而广泛的承认。荒野这个长久以来备受轻视的词语，第一次以积极的面貌被使用，想想 "耶稣在荒野"的言论。梭罗、马什和缪尔都在广袤荒芜的大陆上看到某些特质,这些特点深深吸引着人类的心灵,他们的感悟也被越来越广泛地分享。缪尔成了全国名人,不光是因为写作,也因为他的荒野行动主义为 1890 年加利福尼亚约塞米蒂国家公园的建立添了一把火,他成为美国首个重要自然保护机构——塞拉俱乐部(Sierra Club)的创会主席。1914 年缪尔去世时,对荒野的热爱已经深深扎根在美国民众中。新世纪的车轮滚滚向前,人们的这种热爱有增无减,并得到了诸多思想家的支持,比如奥尔多·利奥波德(Aldo Leopold)。他既是护林人,又是哲学家,他呼吁建立新的"大地伦理"生态责任。1964 年对荒野的热情达到高潮,时任美国总统林登·约翰逊(Lyndon Johnson)签署《荒野法》(*Wilderness Act of 1964*),这是一项为美国创立国家荒野保护体系的法案,针对人类未曾涉足、未经开化的辽阔区域,是相当庞大的保护计划,不同于世上业已存在的任何事物。

但那是美国。他们可以热爱荒野,因为他们拥有荒野。在英国,我们虽然很珍视郊野,将它温柔的美好视若珍宝,并尽可能保护它们,但那终究是一片自古以来就被耕种的土地,至少在南部,在英格兰低地,几乎没有什么地方能够真正打上荒野的标签。离开亚瑟王的圆桌后,为了追寻神秘的绿衣骑士,高文爵士可能骑马穿过了"威勒尔的荒野地带"——附近没有任何上帝或人钟爱的元素——这本书写于 600 年前,高文的无神亚瑟王荒野已经是工业城镇,是城郊,是阳光银行巷和诺伯里巷,已被驯化良久。反正威勒尔的东边就是这样。

这是莫西河流过的一侧。

是我长大的地方。

但是西边，迪伊河那一侧……很有意思。似乎仍旧笼着面纱。我指的并不是遍布橡树树篱、红棕色沙石墙的平淡农田，不是漂亮的村庄，不是卡尔迪、帕克盖特和伯顿，而是河口处……当你初次看见它，比如当你经过转角，走上帕克盖特步道，面前便是重重惊喜：一英里又一英里的空旷沼泽延绵不绝，延伸至威尔士山脉边缘，它遥远的尽头便是大海……你怔住了。某种清清楚楚的庞大感迎面而来，人类未曾涉足的自然如此辽阔壮丽，任谁都无法视而不见。

我并不是先入为主才这么说。那个夏天，我挂着我的新装备，骄傲地踏入迪伊河流域，满心想的仍旧是塔尼克利夫妙趣横生的插图：我单纯地将那个地方看作鸟类的活动区域，是威勒尔地区鸟类学的延伸。迪伊河流域南边的一半是盐沼，北边的一半是河流入海口，由潮间带、滩涂和沙洲构成，每天潮涨潮落，时而露面，时而淹没。起初我探索了盐沼那一边，那里离我住的地方比较近，我发现了麦鸡（lapwing）和红隼，云雀和草地鹨（meadow pipit），鹭（heron）和芦鹀（reed bunting）。但我很快就意识到，河口处才更热闹：在西科比（West Kirby）和霍伊湖（Hoy lake），那里野鸭成群，尤其是涉水禽，比如剑鸻（ringed plover）、红脚鹬（redshank）、蛎鹬（oystercatcher）和杓鹬（curlew），这些鸟就栖息在光秃秃的淤泥和沙滩上，在此进食，每当潮水席卷而来，它们就会被海浪推开，非常活跃，看得清清楚楚。

鸟儿多达数千只，迪伊河充满了生命力。我观察得越多，就越是觉得，这些生活在陆地与海洋相连处的鸟类，是上帝创造的最迷人的物种，至今我也依然这样觉得。涉水禽是个英文词汇，描述的是它们的行动方式；美国人管它们叫滨鸟（shorebirds），指的是它们的习性。这是很有用的术语，有时候我也会这样使用。它们腿部纤长，敏感、优雅，它们既象征着高雅，也象征着荒野：它们绝不会光顾你的花园，蹲在你的栅栏上，跳上你的草坪或为了乞食而歌唱，它们就留在属于自己的荒凉之境，完全没有被驯化。

然而它们赖以生存的核心与我们人类的感受却是矛盾的。它们是泥浆赠予我们的礼物，可我们很讨厌泥浆，这种东西的形态很像粪便。但是自然环境形形色色，其中无脊椎生物最喜欢的是海边潮间带的软泥，每平方米就蕴藏着数以千计的微型软体动物（tiny mollusc）、甲壳纲动物（crustacean）、海蜗牛（marine snail）和海洋蠕虫（marine worm）。滨鸟与这样的自然环境如影随形，进食全都依赖这些软泥，并且不同鸟群也都直接划定了各自的地盘。也就是生态学上的术语"生态位划分"（niche partitioning）：不同种类的滨鸟从不同地方捕食不同的软体动物，最主要的划分机制是鸟喙的长度。像剑鸻那样的短喙鸟吃泥浆表面的微生物；像红脚鹬那样中等喙长的鸟类则伸进泥浆，寻找小的腹足类动物；长喙的蛎鹬则进一步深入泥浆，那里可以找到鸟蛤（cockle）；杓鹬弧形下弯的鸟喙是这些水鸟中最长的，它们能够用这样的喙挖出洞穴，并在洞穴底端找到海蚯蚓（lugworm）与沙蚕（ragworm）。然而它们被人类无法实现的壮举团结在一起：它们在泥浆、淤泥和黏稠之中挪动，永远那般优雅。

它们身上还有一些特点能够吸引独立自主的人类：它们都是环球旅行家。滨鸟大家族中有许多高度迁徙的鸟类，比如矶鹬（sandpiper）和鸻（plover），每年春天都要启程前往北极地区。它们从全球各地启程，不只是欧洲，还有非洲、亚洲、大洋洲和美洲，全都向北极飞去，飞往世界顶端的苔原，那里正是短暂但慷慨的夏季，昆虫过剩，日照长，适合觅食，相对而言也没什么掠食者，是哺育雏鸟的绝佳场所。而后，它们会回到中纬度地区过冬，比如英国，或者继续向南迁徙到热带地区，甚至深入南半球各地。在迪伊河流域，夏季将要结束时，潮滩、泥浆和沙子会从北方涌入。我还是第一次遇见在北极破壳的鸟儿，它们全身覆满冬日羽毛，比如三趾鹬（sanderling）、灰斑鸻（grey plover）、青脚鹬（greenshank）、翻石鹬（turnstone）、弯嘴滨鹬（curlew sandpiper）、滨鹬（dunlin），还有最重要的，中等个头的矶鹬，上万只鸟组成无比庞大的鸟群，当我第一次远远看到它们，看到黑压压的壮丽鸟群不停变换队形，我以为自己看到的是一团膨胀的烟雾，还好奇火势究竟有多猛烈。

但是渐渐地，我的注意力扩展到鸟类之外：我开始一点点认识这片区域，认识这片河口本身。如果你在那里消磨了时间，那你一定会被它感染。这是一个不同的领域。河口本身就像那些滨鸟一样，即使离我家只有 6 英里，就在工业重镇边缘处的郊区，却依旧纯天然，野性十足。最为壮观的便是它的面积，尤其是如果你在郊区生活，习惯的那种开放空间是足球场或者稍微大一点的市立公园，有乐队演奏台和金属围栏，有垃圾箱和对狗的严厉警告。这片河口也是个轮廓分明的空地，但面积有1.3万公顷（3.5万英亩，或者1万个足球场那么大），从此岸到彼岸，完全没有任何人工痕迹，只有盐沼、沙滩和泥滩，当然了，还有属于它们自己的生命。

除了面积辽阔之外，这片河口还有别的特质增强了对我的吸引力：它位于威尔士的肩膀上。站在柴郡这边，远望弗林特郡（Flintshire），它在另一个国家，一个拥有自己的语言、历史和多山的国家（同柴郡平原的平坦安宁形成鲜明对比）——那是个非常奇特的国家，我凭借想象，对它生出了浓浓的爱慕之情，并延续终生。要知道，当你的目光越过迪伊河，看到的就是威尔士的山坡和山顶，惊险刺激；一路沿着河口往前走，就能看见弗林特郡山（Flintshire）形成的壁垒，在这些山丘之后，能瞥见科里蒂恩（Clwydians）的第一条山脉的山顶；如果去到河口最前端的西科比和霍伊湖，在某些日子里还能看到雪敦山（Snowdonia）、卡尼迪尤山（Carneddau）、卡内德·卢埃林（Carnedd Llewellyn）和卡内德·达菲德（Carnedd Dafydd），隐隐约约地看见远处朦胧中的山峰。

我从9月开始探索河口的另一头，我真感激自己这样做了，那是河口的上游区域，河口的顶端，一个名叫伯顿点（Burton Point）的地方，那里砂岩露出了地面。伯顿点不远处的肖顿（Shotton）是重工业区，耸立着属于约翰·萨默斯（John Summers）父子的大型炼钢厂，这个炼钢厂的存在竟然没有破坏此处的风光。炼钢厂外围的肖顿池，是一组人工湖，那里成了鸟类主要的筑巢点。我写信给约翰·萨默斯一家，他们给我寄来一张观鸟准入证，允许我进入湖区。为了靠近那些鸟儿，我骑车到伯顿点，把车藏在石堆里，沿着堤岸步行了 1 英里。

堤岸的一侧是陆军步枪靶场，另一侧是迪伊河的河口。站在河口的源头，转过身去，便能将一切风光尽收眼底。左手边是威尔士和它的群山；右手边是威勒尔，中间的河口湾一直延伸向地平线，仿佛无边无际——那就是大海，远在 10 英里之外——还能看到辽阔的天空。这地方特别偏远，也很冷清（我从来没在这里见过一个人）。我去那里寻找鸟儿，邂逅了荒野，和在英格兰低地能够找到的荒野差不多。我从那时起感受到这一切是多么特殊，其他感受也随之被搅动，而将这一切推向高潮的则是音乐。

是滨鸟的音乐，我渐渐熟悉并喜欢上了它们的叫声。最常见的是蛎鹬的高音，多数时候都是强有力的"吱吱"，容易让气氛不安；青脚鹬的三段式叫声深深地吸引了我，"嘟——嘟——嘟"；不过我更喜欢杓鹬丰富多彩的叫声，急促的鸣叫夹杂着"呖呖"声，随后是洋溢着悲伤的怪异吟唱。狄兰·托马斯 [①] 在 1952 年的《诗选》（*Collected Poems*）序言里提到过"杓鹬群"：

————

[①] 狄兰·托马斯（Dylan Thomas），人称"疯狂的狄兰"，英国作家、诗人，代表作有《死亡与出场》《当我天生的五官都能看见》等。

嗬，吵吵闹闹的家族　　　　Ho, hullaballooing clan

基督之爱，与痛苦　　　　　Agape, with woe

尽在你的喙中……　　　　　In your beaks …

当杓鹬感情充沛地吟唱，听者绝不会无动于衷——那是改变了地貌风光的歌声，尤其在春天时——我觉得对我来说，鸟儿们有着额外的神秘感，因为我在很小的时候读过依列娜·法吉恩（Eleanor Farjeon）的童话《银色杓鹬》（The Silver Curlew），令我痴迷。她对侏儒怪的传说进行再创作，将故事发生地放在了诺福克郡，当时诺福克还有一位国王。读过这个故事后，我一直觉得杓鹬是与众不同的生物。不过最触动我的鸟儿是另外一种。

那是一种鹬，红脚鹬。它的叫声非常特殊，观鸟者后来使用的鸟类书籍似乎都对此做了精准记录。我说特殊，是因为将鸟叫声用人类声音进行记录其实非常不准确，但罗杰·托瑞·彼得森（Roger Tory Peterson）、盖·蒙特福特（Guy Mountford）和 P. A. D. 霍鲁姆（P. A. D. Hollom）合著的《英国及欧洲野外鸟类指南》（The Field Guide to the Birds of Britain and Europe）这本书对红脚鹬叫声的记录却准确了不少。

"通常的叫声，"书里说，"很有音乐感，是低音连奏，tleu-hu-hu。"

就这么直截了当用辅音字母和原音字母将这种叫声写了下来，我觉得很好笑。tleu-hu-hu 在异国语言当中，说不定是个动词呢。但它相当精准地传达了这种鸟儿在振翅高飞时的吟唱，轻快又忧伤，歌声或许能乘着风拂过沼泽，飘散向更远的地方。这歌声对我的触动远超其他一切——10月里的一天，我切实地体会到这种感觉，虽然并没有记下具体日期。

1962年的10月见证了诸多大事发生，这些事都对我的人生产生了重大影响，尤其是古巴危机——"冷战"中最危险的核僵局。当时我正躺在浴室的地板上数念珠，就像其他人抽烟一样，祈求上帝拯救我们——没有一个人能够想象那一周的恐怖。第二次梵蒂冈大会在罗马召开，由教皇约翰二十三世——乔万尼（Giovanni）教父主持，他重新思考了某些宗教原则，而我就在这些原则中长大成人。种种的反思举动最终导致我自行反思这一切——没错，甚至导致某个乐队发行了第一张专辑《爱我吧》（Love Me Do）。专辑来自莫西河对岸的当地摇滚乐队（我们那时候并不叫他们摇滚乐队，我们叫他们颓废派），乐队的名字是披头士。12月，这张专辑攀升至全国排行榜第17名——我记得在学校的圣诞市集上，大家都兴致勃勃地聊起他们。

1962年10月，剧变的大门渐渐敞开，或许你会说这开启了60年代。发生在我自己身上的重大事件对他人来说无关痛痒，只对我一个人意义非凡，始终萦绕心头，挥之不去。我清楚地记得那一天，那是我第一次看见了金眼鸭（goldeneye）。当时我已经骑车抵达伯顿点，正沿着堤坝走向肖顿池，走到一半我溜进了沼泽地，这样在到达池塘之前就不会被人发现，还可以再悄悄回来。等我终于跋涉到目的地，越过堤坝一瞥，得到了一个真正的

奖励：在不超过 50 米的地方，金眼鸭就在水面上，是从斯堪的
纳维亚半岛来的华美野鸭，我以前从未见过，但我看过《野外手
册》（*Field Guide*），马上就认了出来。

我对着池塘观察了一个小时之久，然后才调头回去。那一天
的天气在英国极其罕见：晴空万里，风力强劲。我的左手边是整
条迪伊河，沐浴在 10 月平静的金色阳光中，我隐隐听到微弱的
吟唱：红脚鹬的叫声。"*Tleu-hu-hu*"，这些鸟儿正隐在某个看不
见的地方冲我啁啾，应该是在堤坝外的沼泽地上，但西北风携
带着它们的歌声，径直吹向河口，沿着整个河口湾的边沿飘进
我的耳朵。看着眼前的一切，我停下脚步，坐在了堤坝上，仔细
谛听。另一种叫声缓缓涌入我的耳膜，忽然间所有声音交织在一
起，缥缈而凄凉地流淌着。所有的美都属于荒无人迹的河口、广
袤的天空和远方的山脉，生命如此丰饶，这是我第一次意识到美
来自何处：来自荒野腹地。

举目望向美国 19 世纪的荒野，无论是什么俘获了梭罗及后来者
的灵魂，在迪伊河口的那个瞬间，它也同样俘获了我。我以某种从
未见过的方式，成了地球的一部分。又或者，我看到了我的另一面。

在此之前，如果你问我，我会说河口很宽广，它绵长、平
坦、绿意盎然，有时也可能湿漉漉的。

但是现在我要说的截然不同：它很美妙。

我深深爱着那片河口，那是一种我从未体验过的爱。坐在堤
坝上，在阳光和风中，耳边萦绕着充满野性的鸟鸣，我举目凝望
大自然，感到无上的喜悦。

3/纽带与失去

　　许多拥有大智慧的人在演讲时说过，全球范围内对大自然的破坏持续不断，许多专家着眼于经济与生态，试图让两者携手并进，于是人们制定了成千上万的详细方针，并付诸实践。在这个问题上，大家绞尽脑汁，也有大量理想主义的憧憬。然而一年又一年，问题一直没有解决：到底怎样做才是更好的保护呢？怎样的行事准则才能够更好地保护自然界呢？半个多世纪之前的某个秋日下午，一个十几岁的少年坐下来眺望河口，突然感到很幸福。

　　我们认为自己是完全理性的存在，尤其在西方基督教衰落后，宗教被眼下的自由、世俗人文主义信念所取代；我们骄傲自信，在面对严重问题时，我们会找出原因，而后自然而然地想出解决办法。我们相信自己每一次都会不负所望。理性在上百万人心中落地生根，然而世界并不总是合理运转（那些历经两次世界大战、陷入混沌与邪恶的人，对此清清楚楚）。我们的星球正面临着致命威胁，在着手进行处理时，其实还有另一种方法，那就是好好想一想，不是去想应该做什么，而是去想我们是谁。

　　或许绝大多数人都认为，我们当然知道自己是谁。我们甚至连想都不愿多想一下。作为人类究竟意味着什么呢？过去30年，一种全新的见解初见曙光，虽然还没有广泛普及开来。这种见解虽然简单，却意义深远：人类历经五万代，渐渐成为狩猎采集者的经历对我们的心理机制影响深远，即使在今天，也比农业出现后，五百代人的经历影响要大。我们拥有了农耕文明，我们成了征服自然的人，过着定居生活的城里人应运而生，他们拥有语言文字、法律、建筑学和财富，当然我们也拥有这些，不妨再深入一点，揭开文明的面具，进入我们心灵的最深处——这个新视角做到了这一点——骨子里，我们仍旧是更新世的孩子。几百万年的漫长时间，外加冰川作用，那时大自然还没有被征服，我们还是它不可或缺的一部分，我们在时刻准备成为现在的我们。然而，留在我们体内的遗产并没有丢失，仍在以各种各样的方式支配着我们。

　　这种观点来自进化生物学，它通过达尔文的自然选择原则，解释了雄孔雀是怎样一步步进化出华丽的尾羽，鹦鹉又是怎样进化出可怕的喙。近几十年来，进化论继续发展，渐渐着眼于人类又是怎样以相同方式进化成今天的人。确切地说，这个研究来自相对年轻的学科——进化心理学，它的研究对象是更新世的狩猎采集者们，研究他们怎样进行心理调整，去应对日常生活中的难题。研究认为，历经数千代人，他们渐渐进化出一些内在特质和本能反应，至今依然存留在我们体内。研究结果指向了我们体内的某种特质，心理学上称之为"与生俱来"。公认的人类共性清单很长，非常有意思，从我们对甜食的偏爱到我们对蛇和蜘蛛的恐惧，从孩子们爱玩捉迷藏到爱爬树的倾向，从准确将物品投掷向某个目标的能力（没有其他生物能够做到）到打扮自己的乐趣，从男人会被苗条的女人吸引（看起来没有怀孕，所以可以交欢）到女人会被地位较高的男人吸引（可以更好地保护她们），甚至包括我们对特定地貌的偏爱。

我们对特定地貌的偏爱更为有趣。民意调查显示，在看到不同的地貌图片后，人们压倒性地偏爱某一种地形，那便是开阔的草原，散落着零星树木，一眼便能望到地平线，最好能有水，还有其他动物和鸟类活动。有人提出这场景看起来很像热带的非洲稀树干草原，智人在遍布世界各地前，就是从那里进化而来（这个说法被称为"稀树干草原假说"）。数千年前，我们或许对这种地貌特征产生了强烈的依恋，因此成为基因中"与生俱来"的感受，保留至今，原因很简单：这是生存下来的必要条件。更新世的狩猎采集者们一直在迁徙中——稀树干草原假说的提出者是戈登·奥连斯（Gordon Orians），他将智人的生存方式表述为"延续一生的野营之旅"。所以，选择进入哪个地方，或者选择避开哪种地形，这种抉择至关重要。危险与机遇共消长，这个进程永无终结。掠夺者（其他敌对人类）可能出现，却也有机会获得新的食物与居所，人类永远要在两种可能性之间寻求平衡。如此一来，在自然界中，但凡对我们生存有益的——枝干靠近地面的树木，能够提供观察点的地形，大型哺乳动物的存在，等等，仍旧能唤起我们心中本能的认可。
但是，所有这一切的深层含义是，在我们内心深处，在我们的
基因深处，与自然界之间的纽带依旧顽强地延续着。

我们是自然的一部分，自然也是我们的一部分，这个观点
当然不算新鲜。从美洲土著到澳大拉西亚土著，众多还未工
业化的社会都以这种方式来看待世界。许多人都感受到了这
一点，并积极表达出来。但是，我们与生物圈和谐一体这种
观点绝不可能进入主流思想，尤其是在那些现代世界的管理
者中不会成为主流，而正是这些人在做决定、管理政府和运
营公司，还有无数从他们那里得到暗示的人也不会接受这一
观点。更确切地说，无论这种观点本身价值如何，在很大程
度上，它都已经成为人类学和精神古董。我们同自然界之间
有着切不断的纽带，这个观点来自进化心理学——如果你喜
欢的话，也可以称之为五万代人缔造的纽带。如果它真的存
在，正如我所相信的那样，那么这条纽带就不仅仅是精神层
面的真实，也是经验主义层面的真实。它是真的存在，这是
事实。

可是对我们来说，这又有怎样的意义呢？有力量吗？会不
会只是一种好奇心、一种多余的进化产物，恰好在那儿，就像
男人身上的乳头？不是的，事实恰恰相反，针对自然与人类身
心健康的研究迅猛发展，而这条纽带似乎在生理学和心理学上
都有着越来越重要的现实意义。人类真正开始对此进行研究是
1984 年 4 月，那时权威期刊《科学》（*Science*）偶然发表了一

篇与此有关的论文，一语惊醒梦中人，人们立刻注意了到这方面的研究。文章中说："透过窗口向外看可能有助于手术恢复。"论文作者罗杰·乌尔里希（Roger Ulrich）是个美国建筑师，专门从事医院设计，在过去9年里他发现，在宾夕法尼亚医院做了胆囊手术的病人，如果能从病床上看到自然景色，大多会恢复得更快更好。医院的一些窗户正对着树丛，而另一些对着棕色砖墙。乌尔里希发现，比起只能看到砖墙的病人，那些有幸能看到树的病人恢复得更快，住院时间更短，护士的评估结果更好，需要的止痛片更少，术后并发症也较少。显然，同自然接触，即便只是看一看，也对人们的身体及精神状态有一定影响，这种影响有事实依据，并且可以测量。从那以后，针对"人类融入自然所带来的实际健康效益"这一课题，研究数量猛增。2005年的一篇报告，对迄今为止出版的文学作品进行了回顾，报告宣称"自然在人类身心健康领域扮演着至关重要的角色"，并提出，所有公共健康政策都应将接触自然列为正式内容。越来越多的研究表明，即使再过五百代，人类也无法真正适应城市生活，还是会本能倾向于自然环境而不是钢筋丛林。

事实上，我的观点更激进：我认为这条纽带就是生而为人的真正意义所在。人类繁衍进化的大自然不仅仅是一片中性背景，从最深层的心理层面来说，那里仍旧是我们的家园，包含着我们情感上的强烈依恋：强烈的归属感、渴望与爱。从一开始我就说，我们或许会热爱大自然，而不只是警惕它的危险与

061

机遇，许多生物和我们一样，有着漫长的进化轨迹，其实我们和它们都一样。长久以来我都觉得自己这种想法似乎不太正常，然而五万代先辈缔结的纽带却可以解释这一切。从表面上来看，在我们的日常生活中，这条纽带几乎看不见，一般也感觉不到。农民攻克自然，之后这五百代人的文明并不是简单覆盖了这条纽带，但对于我们（自 2007 年以来，世界上大多数人）这些生活在日益活跃的乡镇和城市中的人来说，它被埋在了混乱的都市精神之中，我们无法触及。然而只要深入下去，就会发现，它还在那里：我们或许已经离开了自然界，但自然界从未离开我们。

偶尔这条纽带会突然爆发，吓你一跳。有时你可能都不明白这到底是什么，为什么会有这样的感受，为什么感受如此强烈：

我感觉到

一种存在令我惊起，

它带来了引我深思的喜悦，

一种升华之感，一种更深层的困惑，

它来自落日的余晖，

来自大海和鲜活的空气，

来自蓝天和人的内心，

它是一种情感，一种精神，驱动着

一切有思想的存在，万物皆有所思，

穿过一切。

And I have felt

A presence that disturbs me with the joy

Of elevated thoughts; a sense sublime

Of something far more deeply interfused,

Whose dwelling is the light of setting suns,

And the round ocean and the living air,

And the blue sky, and in the mind of man,

A motion and a spirit, that impels

All thinking things, all objects of all thought,

And rolls through all things.

    你并不需要像华兹华斯那样通过俯视丁登寺来体验这一切，这种感受是向我们每个人敞开的。面对自然之美，面对它的奇妙、丰饶，面对它能提供给我们的平静，又或者每当春日来临，我们从中感受到世界复苏，看到这一切，许多人都能感受到华兹华斯的喜悦，我也不例外。自从半个世纪前，初次踏入迪伊河口的那个下午之后，我就无数次感受过自然与喜悦。对某些东西我也越来越深信不疑：面对大自然，我们有时会忽然萌生出强烈的爱意，所以我们同自然之间的内心联结从未切断，这种喜悦就是最强有力的证据。

    这就是我为什么要列出这些年所遇到的喜悦的原因，就像你们在生活中遇到的一样：我要摆出这条纽带存在的证据。我不是科学家，也不是进化生物学家和心理学家，我并不打算去证明它，不打算做什么正式的论证，更不是什么环环相扣的证据组合。我只想简单地说，这就是我的亲身经历，或许能帮助我们真正理解，在那么强烈的感情背后，如果不是我们对自然绵绵不断的归属感，那又能是什么？不过，我这样做，更多的还是希望年轻的人类能够对这种奇妙感受有更广泛的共识。

这种全新的理解在诸多方面都很重要，而重中之重是它的语境：这种自然对我们来说究竟意味着什么、自然的价值是什么的创新意识，是在我们将自然撕个粉碎的那一刻才产生的。正如来自太空的那张照片，"Earthrise" 首次向我们展示了这颗星球的脆弱与美丽，还有它的独一无二，孤立无援。所以心理学和进化生物学的领悟首次向我们展示了：我们人类与自然如何休戚相关，并且是从灵魂深处与之密不可分，以及如果我们破坏自然，那么我们破坏的不仅仅是我们自己的家园（这就已经足够糟糕了），同时也是在破坏我们不能失去的的一个基本部分。

好在，关于保护自然这一命题，终于有了一种全新可能性。充满希望的可持续发展太过理想主义，计算生态系统服务价值又太难，与之相比，新方法更坚固、更包罗万象。这或许是一种信仰或争端的开始，目的是在可怕的世纪到来前，为自然装上保护罩。自然界并非独立于我们而存在，它是我们的一部分。它就同我们的语言能力一样，是我们自身的重要元素，无论在喧哗的现代都市生活里，人们有多难察觉到这种结合的存在，我们仍同自然紧密相连。但是自然能够在我们心中点燃喜悦的火花，星火燎原，而我们能在喜悦之中找到这份结合，找到我们与自然界的联盟——甚至在一个挂着双筒望远镜、听着滨鸟被风裹挟向天际的叫声的 15 岁男孩那里也能找到这种喜悦。

即将到来的新世纪对自然来说是可怕的，确实可怕，并且正在悄然逼近：事实上，破坏与失去早已加剧，范围又是如此之广，新的麻烦也随之而来。越来越难以恰当地描述它们，也难以真正评判每一种失去都意味着什么，也很难用笼统的术语以外的方式来解释它们。这里所使用的统计数字，我自己也统计过。五分之一的脊椎动物濒临灭绝……自然环境每天都有新损失，这一主题渐渐变得更理论、更抽象，也更学术，或许应该考虑一下，是否有什么重要物种被遗漏了。

人们甚至发明了两个新的隐喻来描述正在发生的事情。一个是"第六次大灭绝"。研究人员在地质编录①里辨认出了五次大灭绝，史前时期地球上的灭绝事件开始于 4.4 亿年前的奥陶纪②末期，这颗星球上的大部分物种消失殆尽。有些大灭绝可能由

---

① 地质编录是指用文字、图件、表格等形式，把地质勘探和矿山生产过程所观测的地质和矿产现象，以及综合研究的结果，系统、客观地反映出来的工作过程。它为研究工作地区的地质和矿产规律，评价和开发矿床，提供准确、可靠的资料。按性质，分为原始地质编录和综合地质编录。

② 奥陶纪（Ordovician），地质年代名称，是古生代的第二个纪（原始的脊椎动物出现），开始于距今 488 个地质单位之前（4.88 亿年前）至 444 个地质单位之前（4.44 亿年前），延续了 4200 万年。在奥陶纪与志留纪之间隔着一起大规模物种大灭绝——伽马射线暴。在此次物种大灭绝中，60% 的物种灭绝，主要有：圆月形镰虫、彗星虫和原始生物。

气候的极端变化引起，有些则由小行星或者彗星撞击引起，比如
6500 万年前的白垩纪（Cretaceous），一颗小行星撞击了如今的
墨西哥尤卡坦半岛（Yucatan peninsula），灭绝了恐龙，是五次大
灭绝当中最近的一次。可是还没完，眼下依然有物种正在消失。
许多生物学家认为，今天的我们即将经历又一次重大的物种灭
绝，是第六次大灭绝，和其他几次大灭绝程度相当。当然了，区
别在于这次大灭绝是由人类一手造成的。

　　另一种隐喻也是借鉴了地质编录，具体来说就是地质年代表
的概念。它使用了全新的标签（到目前为止非公认的），用"人
类纪"（The Anthropocene）来命名我们目前生活的这个时期。但
这个时期被正式认定为"全新世"（Holocene），来自希腊语，意
思是"最近的"，涵盖了自上一个冰河时代结束以来的时期，在
这个时期农业开始发展、文明开始腾飞。但是，如今人类对这颗
星球的影响力越来越大，尤其是对大气的影响——我们让大气结
构发生了急剧的改变，带来潜在的灾难性后果——当前这个时代有
着截然不同的粗暴个性，越来越多的科学家对此表示赞同，所以应当
重新命名。那么，欢迎来到"人类纪"：这是人类改变地球的时代。

　　这些天马行空的假设令人浮想联翩。像"人类纪"和"第六
次大灭绝"这种概念绝对影响深远，能帮助我们记录地球的处境
究竟有多尴尬。我们所进行的大发展最终带来的可能是毁灭。这
些概念有着重要价值，它们谈论的是日常，也确实催生了一批
学术产业，但它们未能准确传达直接和间接的环境损失。无论
是哪一种损失，都包含着无尽创伤。如果失去自然成为一种论文

主题，那我们会错过它的即时性。我们可能会忽略它的悲痛与肮脏，它的锋利与苦涩，那才是真正的巨大伤害。所以在进入喜悦这一主题前，我将以另外一种方式回到失去上：不是总体或大局，而是回到具体的实例。我将着眼于三个特殊例子，都是我亲身经历的失去，第一个例子就来自我在迪伊河上的少年时代。

066　　尼尔·摩尔斯（Niall Moores）和我一起站在岬角处，放眼眺望平原。干旱的平原上，一辆货运卡车缓缓驶过。不久前这里还是个鲜活的河口，每天潮汐冲刷，拥有大量鸟群，数都数不清：2万，5万，7万，尤其是大滨鹬（great knot）群，有时可能多达9万只。

　　"在望远镜里，它们是地面上的一道道黑线，"尼尔说，"潮水一涨，它们就会起飞，翱翔到地平线上方，随着潮水向海岸线靠近，一波又一波，是巨大的鸟云。"

　　我盯着整片河口，如今已经消亡的河口，平坦的地表布满棕色杂草，仿佛辽阔舞池，空荡荡地延伸向地平线，消失在浓雾之中。我发现真的很难看清楚它究竟有多辽阔，或者说曾经有多辽阔。我看向左手边，再看向右手边：在一切还未消失之前，每一个方向都是风景。"没错，"尼尔说，"跟这里一比，迪伊河更可爱一点，是吧？"

　　那里有几只扇尾莺（cisticola），几只小小的莺类鸣禽，它们在草丛里叽叽喳喳。一只孤僻的苍鹭（grey heron）在远处盘桓。就是这样。这画面是地球最为引人注目的生命集合之一，在这里，涉水禽的数量达到 40 万甚至 50 万只，是这颗星球上最有魅力的生命，不同种类的杓鹬、滨鹬、大滨鹬、斑尾塍鹬（bar-tailed godwit）、灰斑鸻、环颈鸻（kentish plover）、蒙古沙鸻（Mongolian plovers）、小青脚鹬（Nordmann's greenshank）、勺嘴鹬（spoon-billed sandpiper）大量聚集于此，如梦如幻。而此时此刻，随处散落的混凝土板和残留的锈铁破坏了一望无际的青青草坪。远处的卡车身后拖着滚滚烟尘。"知道人们管这叫什么吗？"尼尔说，"一片死地。"

韩国的新万金（Saemangeum）长堤就是对河口前所未有的大破坏。事实上，那里是东进河（Dongjin）与万景河（Mangyeong）这两条河的入海口，就在全罗北道，距离首都首尔 160 英里，占地面积 4 万公顷——是迪伊河口面积的 3 倍——其中 2.9 万公顷都是潮汐滩涂，每年都会多次迎接大量涉水禽的到来，一直以来都是韩国最为重要的水鸟栖息地，甚至可能是全亚洲最重要的水鸟栖息地。多了不起啊，这里曾是鸟类世界的奇观之一。如今什么都没有了，一个巨型的面子工程断送了这一切，那就是全世界最长的海堤：生态系统全军覆没。站在此处，凝望着它如今的模样，亲耳聆听所发生的一切，我体内涌起一种陌生的感觉，浑身如过电般颤抖，这是强烈的愤怒。

尼尔·摩尔斯从英国观鸟者变成了亚洲环保主义者，1988 年他代表大批韩国环境组织，对韩国湿地及海岸线的涉水禽进行了首次全面评估。他发现了新万金的真正财富。由于之前设下的军事限制，很多海岸地区都无法靠近（韩国与朝鲜之间在官方名义上仍处于战争状态）。他走遍了韩国，住在农民家里，用大米、紫菜和泡菜充饥，这才是名副其实的实地勘探。在一个地方活动家和出租车司机的陪同下，他们凭着感觉，顺着地图上未标出的小径去往水边，一共发现了19处栖息地，那里所拥有的滨鸟数量对全世界意义重大。在新万金，他偶然碰到了理想中的黄金国。"很快就能看清楚，鸟类的数量非常庞大。最终，我们在河口北面的窝沟盐场镇（Okgu salt pans）找到了一处栖息地，那简直就是奇迹。这处栖息地有5万到10万只鸟。不可思议。"

但是新万金已经受到了威胁。20世纪80年代，韩国决定要开垦三分之二的滩涂，即海岸线西边的外围部分，要将它们开发成工业和农业用地。1991年，韩国特别挑选出这片双河口作为最大的开垦项目，从最北端到最南端，修建起一条超过20英里长的海堤，指望以此获利。这条海堤将潮汐阻断了，也将滩涂上的生物驱赶殆尽。这个决定触发了韩国政府和国内环保主义者之间长达15年的激烈斗争。环保主义者输了，因此一个绝无仅有的栖息地消失了，这被视为现代世界最糟糕的环境破坏案例。而这只是黄海上正在上演的更大灾难的一部分。

可惜全世界还没有清醒认识到这一点，但那真是大灾难。在糟糕的21世纪，对野生动植物的破坏令人发指，即便如此，似乎都没有与新万金对等的灾难出现。若你凝视一张东亚地图，肯定会注意到某个区域，看起来是一片巨大的海湾，左边被中国封闭，右边被朝鲜半岛堵上。然而事实上，那里（600英里长400英里宽）曾是一马平川的平原，上一个冰川期快结束时，海平面升高，将平原淹没。黄海之所以叫黄海，是因为海水被黄河的泥沙染成了棕黄色。黄河是中国第二长的河流，运载了大量沉积物；海岸线平缓，又接收了大量泥沙，加之极高的潮差，三者共同作用，赋予了黄海非凡的野生动物价值，这一点在近年来才被人们确认。

这意味着，大部分的黄海海岸线周围都有广阔的潮汐滩涂，退潮后甚至可能扩大至数千米。正如迪伊河口一样，这里栖息着无数无脊椎动物、软体动物、海洋蠕虫、迷你螃蟹和甲壳纲生物，这些黑色的滩涂绝对是最肥沃的所在。对涉水禽来说，这些生物是维持生命的无价之宝，而且在全世界最重要的候鸟迁徙路线上，黄海的潮汐滩涂是最主要的加油站，也是最为重要的中转站。

近年来，人们对迁徙路径也有了更客观的认识：它是鸟类的迁徙路线，尤其是滨鸟，每年冬天从温暖的南方飞往夏季昆虫丰盛的北极——"从热带到苔原"——然后再回来，它们就是利用这条路线来完成一年一度的旅程。国际鸟类联盟（Birdlife International）是在全球范围内相互合作的鸟类保护组织，它们识别出了8条迁徙路线，并出版了相关地图，这8种公共交通系统，如同密密麻麻的条纹串联起世界各地。比如，迪伊河口是东大西洋迁徙路线中部的重要一站，这条路线是许多候鸟的主路线，冬天它们在撒哈拉以南的非洲过冬，春日里沿着大西洋海岸迁徙，或者越过地中海，在欧洲繁殖，最终到达北极。

黄海也恰好处在一条迁徙路线的中部，即东亚/大洋洲迁徙路线，读起来可能很拗口——还是称为 EAAF 简单点。自然界的迁徙路线真的非常奇妙，比人类历史还要悠久，与气象一样宏阔，是我们现在才能理解和想象的一种存在。这是大半个东亚地区候鸟们的年度大聚会，同时还有来自澳大利亚和新西兰的候鸟。春日里，它们踏上了不起的长征路，一路向北飞往西伯利亚的苔原和海岸线进行繁殖。看着以中国为中心的那张地图想象一下：两条伟大的迁徙流，一条从左下方启程，一条从右下方出发，共同涌向北方，相遇在半路，而后汇聚成一条河流，流向北方顶点。据估计有 5000 万只鸟儿参与其中。

黄海正是两支队伍的交汇处，因为它是整段旅程的关键中转站。那里有广阔的滩涂栖息地，潮水退去，泥沙裸露，鸟儿们可以在此进食，恢复体力。放眼全世界，这样的区域非常稀少，而

黄海储备丰富。对于在缅甸和新西兰过冬的涉水禽而言，它们要在春日里飞往西伯利亚的苔原栖息地，这些滩涂必不可少。对于它们当中的每一只鸟来说，迁徙之路长达 5000 英里，如果没有充足的补给根本无法完成。黄海的滩涂正是进行补给的好地方。它们是所有飞行路径的平衡支点。5000 万涉水禽，其中包括当今世界最为珍稀的品种，它们全都依赖于这些滩涂。而这些地带正在被迅速摧毁。

开垦只是一个过程。朝鲜半岛黄海海岸的新万金或许会成为最臭名昭著的例子；然而，如果不提中国的话，就很难正确理解目前正在发生的一切，毕竟中国的黄海海岸更为广阔。对于来自 22 个国家的候鸟而言，中国的黄海海岸是迁徙路上必不可少的停靠点。

中国发展的必要性毋庸置疑，而且中国有 6 亿人口（几乎是全球人口的十分之一）住在汇入黄海的河流流域，这就意味着开垦沿海滩涂的压力巨大，并且开垦速度会越来越快。虽然人类一直在进行这种开垦，但正如国际自然保护联盟（IUCN）在 2012 年的一份报告中阐明的，如今的问题是填海造田的速度与规模。从 1980 年起，中国开垦了 51% 的沿海湿地（包括红树林和海草场的栖息地），韩国开垦了 60%（基数较小）。最关键的滩涂区域正是水鸟们迁徙途中的加油站，黄海周边 35% 的滩涂彻底成为历史，剩下的很快也会消失殆尽。如今，仿佛每一块重要的黄海滩涂都有一个与之密切相关的开发计划。

这种情况很难引起全世界的关注，但在环保主义者眼中，这是一场正在酝酿中的野生物种大灾难。确实，这场灾难已经发生，鸟类的数量早已滑坡："水鸟正在以每年 5% 至 9% 的速度锐减，是全球生态系统中锐减速度最快的。"提到对迁徙路线的整体影响，IUCN 的报告指出："在不久的将来，EAAF 有可能经历大灭绝，同时伴随着生态服务基础与价值的崩溃。"也就是说，成千上万人赖以生存的沿海渔业以及这 5000 万只涉水禽的未来岌岌可危。

或许还有一线希望，那就是在一切还来得及时警告全世界：EAAF 上有一种能够担当宣传重任的鸟类——勺嘴鹬，它不仅是最具吸引力的鸟类——这种小小的涉水禽有着竹片状的鸟喙，在鹬鸟当中独一无二，看起来憨态可掬，有一种河豚的即视感。当身上长满黄褐色的繁殖羽时，尤其漂亮——同时勺嘴鹬也是最为稀有的物种之一，长期占据观鸟者"观鸟心愿清单"榜首（对尼尔·摩尔斯来说更是如此，这也是他来到亚洲的理由之一）。它们只在俄罗斯东北的西伯利亚省楚科塔（Chukotka）繁殖，极其遥远。它们在 5000 英里外的缅甸和孟加拉国的海岸线过冬，和这条迁徙路线上的其他涉水禽一样，依赖黄海作为中转站，虽然它们很稀有，但不至于濒危，可是到了新千年，数量却在灾难性地减少。2008 年，勺嘴鹬种群总数估计不足 200 对，并且还在以每年 26% 的速度减少，被列为极度濒危物种。

"小勺子们"正在濒临灭绝，一个国际鸟类学家组织孤注一掷决定拯救它们：他们在距离勺嘴鹬惯常栖息地半个地球之外的英国南部的斯林布里奇（Slimbridge），将它们圈养起来，建立繁殖种群。这个湿地保护区由画家及博物学家皮特·斯考特（Peter Scott）先生建立，专注于濒危水鸟的保种育种，是这个领域的先驱中心。保育计划按时完成：2011 年，科学家从楚科塔取来野生勺嘴鹬的卵，利用孵化器在斯林布里奇当地进行孵化，而后克服重重困难，成功将雏鸟们转移到格罗斯特郡（Gloucestershire）。这是一个了不起的野生动物故事，充满了创新精神、希望以及大量争议（并不是人人都赞同对野生动物进行圈养繁殖）。关键是，它是你所能想象到的最具魅力也最上镜的生物，所以我也书写它，正如 BBC 的环境记者那般。然而，随着对背景资料的调查研究，我逐渐看到了更多的照片，我开始理解，随着黄海滩涂的快速摧毁，末日般的威胁正笼罩着在数百万依赖于黄海的候鸟。在这大规模的填海造田中，我偶然发现了最特别的例子，这个地方就是新万金。

　　此前我从未听说过这地方，为了在此建立防波堤，韩国进行了漫长的斗争，而我对此一无所知。但是，在阅读相关资料时我一下子就被吸引住了，这条已经筑成的巨大海堤对自然界的破坏竟然如此之大。我在谷歌地图上查看了一下，点开卫星地图，这条海堤瞬间映入眼帘——从太空看去，这是一条巨大的堤坝，是海中一条白色的水泥薄带，大坝背后便是正在死去的河口和渐渐干涸的滩涂，再也没有潮水冲刷拍岸，那里不再有贝类生物和其他数以百万计的无脊椎动物，也不再有数不清的涉水禽挤在这里，发出野性的呼唤。它的规模令人震惊。它的破坏力绝无仅有。但更重要的是，这就是我最害怕发生在迪伊河口的事情，一直以来我都非常担心。

　　我知道我很幸运。对一个年轻人来说，深深爱上某个地方无疑是人生最大的福气之一，犹如降生在幸福美满的家庭一般。它让人生充满动力，给人一种不断前进的使命感：从此以后，生存不能被视为平淡、乏味或者无意义的。无论这是个怎样的地方，这地方在哪儿，无论这是一种怎样的爱，它必然包含对美的最初印象，对价值的初步判断，对喜悦的最初感受。我在 15 岁这一年得到了这份好运，在一小片荒野之境。

　　1962 年 10 月，阳光普照，当世界与末日擦肩而过时，我爱上了这个地方。面带微笑的老教皇猛地推开破旧的教堂百叶窗，甲壳虫乐队迅速走红，我爱死他们了。我更爱那片河口，就像你爱某个亲戚那样，比如一个舅舅，你在十几岁时初次见到他，而他特别和蔼、聪明、温暖、明智，几乎是在一瞬间，你的人生中就多出了某样东西，完全出乎预料，是上天的恩赐。我总是去敲那位舅舅的房门，在剩下的青春岁月里，我去了很多次迪伊河，还有它的野生沼泽，并且经常独自前去。我的感受太过私密，无法同他人分享。我几乎将迪伊河视为秘密，虽然这片河口荒原向每一个人敞开，或许我的意思是，它带给我的感受在本质是一个秘密，原以为只在遥远大陆的神奇之境才能获得这种感受，结果却偶然发现，只需要骑上自行车就能从郊区的家中抵达这样的地方。

在这本书里，我尽可能用19世纪美国人的例子，清楚表达荒野为何如此重要，他们深深明白这种重要性。但我不得不说，在时间标尺上，那也是我自己的独特感受，因为几年之后我才读到梭罗和他的追随者。在深深爱上迪伊河后不久，我在阅读杰拉德·曼利·霍普金斯的诗歌时找到了共鸣，明白了这片河口于我意味着什么。霍普金斯是维多利亚时代的耶稣会士，他的诗歌在他去世后30年才得以出版，给我陷入悲伤的母亲带来慰藉，而他本人也很矛盾，夹在对自然的满溢的喜悦之情与面对上帝的苦痛内疚之间，内心备受撕扯（或许是因为不被承认的同性之爱）。

076 我喜欢他的所有作品，尤其是非常有名的《春与秋》（*Spring and Fall*）、《风鹰》（*The Windhover*）和《斑驳之美》（*Pied Beauty*）。但是有一天，我看到了一首不太为人所知的四行诗，这首诗从纸上跃入我的脑海，从此扎根在我的观念之中：

世界会成为何种模样，一旦失去

湿地与荒野？让它们留下吧，

哦，让他们留下吧，荒野与湿地；

愿野草与荒野长存。

What would the world be, once bereft

 Of wet and of wildness? Let them be left,

O let them be left,

wildness and wet;

Long live the weeds and the wilderness yet.

清脆的诗句流淌在我的迪伊河里。让它们留下吧……我从不怀疑，湿地与荒野会留下。正如我们年少时的典型经历，或者存在于脑海中的半神话状态的经历，这些都将终身陪伴我们左右，所以我们自然也会设想，那些产生它们的地方和环境也将重现。然而，随着岁月流逝，我开始担心我所深爱的湿地，我很怕它会遭遇不测。

我的担忧有两个原因。其一，具体的毁灭性提议已经出现。在 1971 年，人们准备建设迪伊河口水库，并进行了全面调研，这会让迪伊河口在水坝的拦截下变成两个巨大的人造湖，大坝顶层有新建的高速公路，从默西塞德郡直通北威尔士。那段时间，土木工程师无不痴迷于在英国的河口上架起大坝，对其进行改造。几个相对大的河口已经成为他们的目标，包括莫克姆湾（Morecambe Bay）、沃什河（The Wash）及塞文河（The

Severn），并且在接下来的几年内，人们提出了多种版本的迪伊河大坝计划，无论采用哪一种方案，都意味着荒野的终结，也是盐沼和风中涉水禽鸣唱的终结—— 一切的终结。这里变成了水库、农田、住宅，或者工业区。我们可以轻易预见这一切，还有别的可能吗？

我之所以如此焦虑，也是因为我突然意识到：基本上，没人关心那些河口。我爱上了异乎寻常的事物。在大多数人眼中，河口什么也不是：这些河口的景观贫瘠乏味，与流行文化相距甚远。

不是吗？

你知道任何与河口有关的歌曲吗？有那么多关于高山、河流、海洋、森林、草地和湖泊的歌曲。可是河口呢？没有。没有人为它们说话。当河口消失，也没有人会为它们写挽歌。人们只把它们当作中间地带，不在这里，也不在那里。它们的吸引力也很难被看到，人们本能地觉得它们不重要。

所以，我这一生，多数时候都有一种苦恼挥之不去，那就是，我十几岁时爱上的风光只存在于借来的时间中。这地方如此特别，却无法延续。河口上早晚会横跨一座大坝，像一块巨大的封口布，这就是它的未来——1991 年，我第一次带妻子乔（Jo）去迪伊河，那时我就是这么对她说的。我让她从瑟斯泰斯顿山（Thurstaston Hill）顶俯瞰迪伊河口，连我自己都很惊讶，我竟然还能带她看到这一切。所以我真的很满足，因为大坝计划没能顺利起步，虽然他们确实建起了通往北威尔士的高速路，但却建在了更靠南的地方。英国皇家鸟类保护协会开始大量购买河口地区的土地进行保护。法律保护终于以欧盟环境保护法的形式到来，令人肃然起敬。多年前我偶然发现的荒野并未遭到破坏，每当我走到帕克盖特步道，看着它在眼前舒展开来，我的心情就会振奋起来。尽管威胁这么多，尽管计划了这么多水库和公路，尽管我如此恐惧，半个多世纪过去了，迪伊河仍然在那里。

但新万金却没这么幸运。新万金消失了，破坏殆尽，所有的一切都消失了。我无法释怀。我不断地去看谷歌地图，沉迷于卫星照片：看起来是如此简单，海中一条细细的白色长线，几乎从海洋的一端延伸到另一端。就是这样一条线，造成了无法挽回的恶果。但是上帝垂怜，迪伊河还在。

然而，似乎并没有人为此苦恼。

都过去了。

都结束了。

都成了历史。

那只是个河口而已。

谁会为河口写挽歌？

翻来覆去牵挂了 3 年后，我终于在英国找到了几个了解新万金并亲自到过那里的人。听完他们的讲述，我决心躬身实践，我要亲自去新万金。因此，2014 年 4 月伊始，我和尼尔·摩尔斯并肩站在了深浦（Simpo）岬角。新万金有两条改造过的河流——东进河与万景河，这个岬角是两条河中间的一个小小的定居点。我不敢相信眼前的死寂。

尼尔已经 50 岁了，身材魁梧。他负责运营"韩国之鸟"

（Birds Korea），那是他 10 年前建立起的保护组织，在韩国和英国都有网站。他说一口流利的韩语，伴侣是一位韩国女性，他也几乎成了一个韩国人，但又不完全是。他仍旧是个英国观鸟者，一眼就能看出来（他的兄弟查理也是个鸟类保护主义者，住在英国）。他的激情来自住在南港（Southport）的童年时代，那里与我的迪伊河遥遥相对，在利物浦的另一边。从 5 岁起，他的记忆里就全是野鹅的叫声和粉色的脚掌，它们深更半夜从南港后面的沼泽里飞出来，去里布尔（Ribble）河口休憩（"一开始我以为那是天使的喇叭"）。1998 年他取道日本进入韩国，在此之前于日本生活了 8 年，从职业教师变成了全职环保主义者。他学习了日语，并深入参与了环保主义者为拯救日本深受威胁的湿地所进行的斗争。最终，韩国环保者邀请他去分享专业鸟类知识。在调查过程中，尼尔发现了新万金的美妙，他为此留了下来。

他告诉我，为了拯救河口，人们曾经进行了许多斗争，是充满决心并异常激烈的斗争，包括冗长的法律提案和许多示威游行。最令人感动的是 2003 年的"三步一拜"，之所以叫这个名字，是因为参与者每走三步就跪地一次，跪身叩头——头部和胳膊肘着地——然后再站起来，以此表达他们对即将死于河口破坏的生物的同情。2003 年春天，两名韩国佛教徒和两名基督教牧师发起了"三步一拜"活动，一路从新万金跪拜到首尔。完成这次壮举用了 65 天，风雨无阻，有 8000 人在首尔见证了他们的行动。可是即便如此，也无力回天。2006 年 4 月，海堤最后一个豁口封闭，河口的命运也随之决定。竣工当天，示威者在大坝集结，但是尼尔却去了别处观鸟，他不忍心目睹这一切。

　　他很热爱接纳了他的这个国度，也亲眼看到了它对大自然痛下杀手，他的内心极度撕裂。他说，竣工的大坝已经毁掉了四分之三的滩涂，而且现在完全是为了开发而开发。"太令人沮丧。我爱韩国。我想要成为韩国的一分子。可是……这真的是大灾难，其破坏程度难以估量。我都已经看过大坝数百次了，可到现在我还是没能想明白。"我同意他的看法。韩国留给我的印象也不怎么愉快。我很喜欢路上遇到的韩国人，也很享受他们独特的油炸食物，但我还是看见了一个国家，正出于经济增长的强烈渴望，迅速毁灭自己所拥有的美好事物。1960 年，韩国国民收入不足人均 100 美元（同撒哈拉以南的一些非洲国家一样），50 年后的今天，韩国的人均收入高达 3.3 万美金，成为世界第十二大经济体。但是，其付出的环境代价也高得惊人。让我印象最深刻的无疑是疯狂的建筑热潮，这个国家似乎很痴迷于盖楼。随着基础设施日渐完善，必然得修筑新的道路，其实四通八达的全国高速路系统早就建好了，可这个国家好像根本不需要旧的高速系统，还在到处修路，不仅建起无数新的桥梁、水坝、工业区和港口，盖了一个又一个街区的办公楼，还要拆除原本已经存在的建筑，重新建，无论那建筑什么样。老建筑根本找不出几栋，我所看到的老建筑十有八九都是翻新的，就连吸引游客前来的古迹也是如此。所谓有历史的村庄也就存在了 10 年而已。"如果他们有一条漂亮的河流，旁边有草地，人们一定很乐意去那里散步。"我在首尔认识的一个英国熟人说，"可他们就是不能放过它。他们一定会去开发它，把它变成一个生态公园，那就是韩国人的方式。"我深深感到，建设狂热已经损害了整片国土。韩国不算辽阔，根本经不起反复捶打，更别妄想不留瘀伤。我在那里待了一个星期，也只走过了几百英里的路程，所以我肯定错过了许多东西，但是在韩国停留期间，我没有邂逅任何一片可以称之为纯天然的风景。

新万金就是一切破坏的典型，也就是说如果你完全痴迷于经济发展，指望以此喂饱自己，那迟早都会得到这样的结果：死地。我们从多个地方、多个角度都看到了这个结局，它破坏了什么，失去了什么，尼尔全都生动地讲给了我听。还有，事实上，河口早就开发过了，但是 8 年过去了，开垦出来的 4 万公顷土地仍旧没有投入使用，不过就是一片空荡荡的棕色平原，杂草丛生。没有工业，没有农业，没有住宅，什么都没有。如果当权者在完工 8 年之后仍然不知道该用它来做什么，那这个巨大的工程究竟有何必要。为了开发而进行的开发似乎高于一切，亲眼看到这个带来一切麻烦的人工制品后，我们更坚定了这个想法。

毫无疑问，新万金海堤是个大工程。不得不说，大就是它最根本、最独一无二的特点。没错，它很大。开车从一头到另一头要一口气开上半个小时，黄海就在一侧，另一侧就是被它毁掉的非凡河口，如今已是一片死地。当你沿着它往前走，一条鱼也看不到。但是我越看它，就越觉得，同我这辈子见过的土木工程相比，新万金有个独一无二的特点：虚假。

081

　　首先，它引以为豪的是，海堤绵延 33 千米以上，所以可以从太空中看到它，但是它故意比阿夫鲁戴克大堤（Afsluitdijk）多建了 500 米。阿夫鲁戴克大堤将荷兰潮涨潮落的须德海（Zuiderzee）变成了艾瑟尔（Ijsselmeer）淡水湖。后来，新万金在反对声中成为世界上最长的海堤，打破了吉尼斯世界纪录（一些新闻报道吹嘘说这个海堤用了几百万吨的混凝土，虽然我自己没看到，但八成有）。整个开发的目的似乎只是为了虚荣：看看我们能做到什么！全球最大！然而，还有更糟糕的，让人极度厌恶的：始作俑者粉饰了整件事，用谎言进行层层伪装。沿堤所有标记全都努力营造出一种虚假的热情，某种毫无价值的快乐。从路标开始，这些标记将严厉的安全警告与朴素的亚洲民间智慧相结合，是一种非常怪诞的组合：

> 不得在道路上停留
>
> 禁止钓鱼
>
> 快乐一百年

　　它们全都框在路边的巨幅广告牌里，上面都是一些似是而非的令人同情的标语，比如：

> 新万金——希望之地
>
> 新万金——未来之梦
>
> 我 ❤ 新万金

　　而其中最刺耳的莫过于在描述这项工程时，频频试图用充满环保意识的词汇将其粉饰为绿色工程，包括将这片混凝土停车场称为"海豚湾"或者"落日湾"，还有招贴画上灿烂的笑容，吸引年轻家庭关注"绿色新万金"计划，向他们展示流水淙淙与飞禽漫天的住宅规划，那些鸟画得模模糊糊，有点儿像是涉水禽，却完全辨认不出种类。

　　这项工程对涉水禽栖息地的破坏，堪称罕见，而他们却用谎言来美化。这条大坝完全是用来自我陶醉的，没有任何清晰的修建目的，却不可思议地毁掉了一片河口，这种宣传完全是往自己脸上贴金。

　　我认为，做出这一系列事情的人，有着重大的道德缺陷。

　　这真是最失败的公关手段。

　　它令人作呕。

　　尼尔希望我能感受到海堤毁掉河口的生命力之前，鸟类究竟过着怎样的生活；如果我要为新万金写挽歌，只有了解从前的新万金，才能体会到它究竟抹杀了什么。

　　所以他又带我去了更靠北的另一个河口，属于锦江（Geum river）。南边的滩涂被群山港占据，港口面积与日俱增，而北边则完全属于另一个行政区——舒川。虽然不断有计划案提出，要对剩下的滩涂进行开发，但是在乎环境的舒川县长还是将剩余的滩涂保护了起来。驱车前去的路上，我们偶遇一条修了一半的路，直指河口。它的发起人仿佛在随时等待完工的时机，好从大开发中分一杯羹。另一个滩涂的开发不就证明了其中有利可图嘛。

尼尔带我去看了长谷湾（Janggu bay）的满潮，就在河口外沿。那里有一个小小的水泥码头，满载货物的近岸渔船由此进港，它们带回来的似乎是鸟蛤。这个小码头恰好成了一个完美的观测平台，可以看到海湾全貌。我们看到的第一只鸟是大杓鹬（far-eastern curlew），它是全世界最大的涉水禽，它那向下弯曲的弧形鸟喙甚至比它的远亲白腰杓鹬（Eurasian curlew）还要大。白腰杓鹬是迪伊河流域的鹬鸟，声音悲戚——数量也同样岌岌可危。

我们看着大杓鹬从黑泥里抓起一只螃蟹，熟练地折断了它一侧的腿，这个举动非常引人注目。它在嘴里将螃蟹掉个个儿，再折断螃蟹另一侧的腿，而后一口吞下。这种鸟，尼尔说，在俄罗斯的北极地区繁殖，在澳大利亚过冬，全球仅 4.1 万只，在 IUCN 的濒危物种分类里被归为易危物种，其中有 8 个品种在韩国的滩涂进行繁殖或者补给，如今都已深受威胁。尼尔说，还有黑嘴鸥（Saunder's gull）、遗鸥（relict gull）、中国白鹭（Chinese egret）和大滨鹬也都被归为易危物种；黑面琵鹭（black-faced spoonbill）和小青脚鹬被归为濒危物种；勺嘴鹬则是极危物种。它们全都依赖于黄海滩涂，而这里却正遭到急速破坏，"这里有一群正在急速走向灭绝的动物，却无人关心它们"。

随着海水渐渐漫过外围浅滩，水鸟们开始成群结队地向海湾里转移，宛如闪着微光的云团，纷纷落在高潮线上。尼尔是清点它们的行家，最终他估计那里有超过 1.3 万只水鸟，包括 500 只灰斑鸻、2000 只大滨鹬、2500 只大杓鹬、3000 只滨鹬和超过 5000 只斑尾塍鹬，其中斑尾塍鹬才刚刚从澳大利和新西兰飞来，它们正在飞往西伯利亚的路上。这些涉水禽充满野性诱惑和悖论：这是泥浆赐予我们的礼物，而如今，泥浆就快要不复存在了。想一想它们面对的致命威胁，再看看眼前的数量，我还是欣喜的，虽然比起新万金曾经拥有的鲜活的河口和神奇的鸟类世界，这只是很小的一部分。我哀悼新万金的逝去，希望关于它的记忆能够永存。

鸟儿们紧张地聚在一起，在阳光里反复起落，一闪而过，我们就这样看了一个多小时。而后潮水退去，鸟群叽叽喳喳地起航，返回海湾外缘的觅食场。就在此时，我注意到某种噪声，有着洪亮的金属质感。那是液压锤在有节奏地叮叮当当，是附近什么地方有个打桩机正在工作，可能是建筑，甚至有可能是公路。那条修了一半的、通往锦江河口及其滩涂的路，正在等待开发的绿灯。随后我又注意到另一种声音：一只白腰杓鹬正急于完成自己悲切的春日之歌。半个世纪以前，在迪伊河，我就爱上了这首歌谣：

嗬，动荡的家族
张大嘴巴，悲伤

就在你口中……

Ho, hullaballoing clan

Agape, with woe

In your beaks …

这两种声音在我耳朵里相互交织，融汇成整个新万金的悲剧。即便是自然界里最非凡的生命，最终也要屈服于人类前进的步伐，这就是现实。伴随着疯狂和超乎寻常的发展，人类事业已经丑陋到了失控的地步：这里是鹬鸟构建起的春天，叮叮当当的锤子敲响末日的丧钟。

4/物种锐减

　　韩国已经毁了新万金，那里有着几乎难以想象的丰富的滨鸟资源。而我自己的国家——英国，也就稍微好那么一点。在我这一生当中，它所拥有的野生物种已经被消灭了一半。

　　这绝对是值得铭记的历史事件，自然保护主义的专家们也最终明白了这一点，但这没能完全渗透公众意识。人们可能会意识到，在过去的半个世纪里，英国发生了怎样的变化，它失去了帝国的身份，但同时变得更富有、更多元、更宽容，并弱化了阶级。可是几乎没有人会本能地想到，作为一个国家，同样是在这段时间内，竟然毁灭了其一半的生物多样性。什么？一半？绝对不可能。没错，就是一半，可惜人们最近才认识到这一点。如果要为见多识广的听众快速画一幅现代英国肖像，来自《纽约时报》（*The New York Times*）、《法国世界报》（*Le Monde*）或者《米兰晚间邮报》（*Corriere della Sera*）的自由撰稿人也永远不会瞄准这一点。可是对我来说，境内物种灭绝改变了英国的特点，就像接受移民、终结社会差异化或者即将到来的性别平等一样彻底。

　　从野生物种方面来看，我的祖国失去了他曾经拥有的东西：自然丰度。我们周围存在着各种各样的生命形式，从家蝇到家雀，无所不包。在城郊，野草丰富，害虫也多，微生物异常丰盛壮观。郊外阳光银行巷 8 月的醉鱼草是那么灿烂夺目——当然了，在郊区，所有这一切都会被放大千百倍。大自然的丰饶为我们普普通通的生活注入了激动人心的元素，我们却视为理所当然：万事万物就是这样运行而已。这种丰饶已经存在了不知多少个世纪，它是我爱上自然的原因之一。当孩提时代的我第一次漫步在威勒尔乡下时，那是 20 世纪 50 年代，我去搜集鸟蛋，抓蝴蝶，在玻璃管里塞满蝾螈（我把它们抓回去养在花园棚屋的洗涤槽里，最后全死了。请上帝原谅我）——威勒尔并不像多塞特郡那样拥有丰富的野生动植物资源，但也足够了。如此丰饶的自然，太容易让人爱上了。如今这种丰饶一去不返，在英国，在我们的生活范围之外，在更广阔的乡村风光里，周围的野生物种无不在减少，鲜有例外。虽然我们还能发现重要的野生动物，但必须得经过好一番搜寻。曾经充足、安宁、不被人类打扰的丰饶，已经被破坏殆尽。

　　竟然会发生这种事，一个国家竟然会在半个多世纪的时间里失去一半野生动物，这几乎不可想象，几乎令人难以置信——历史上有类似情况吗？可数字就摆在那里。在最为翔实的数据里，全世界至少有 3 个主要物种正经历翻天覆地的变化，它们是鸟类、野花和蝴蝶。英国的物种数量已经遭遇了毁灭性打击。关键的失去期很可能是在 1960 年至 1990 年之间，虽然在那之前我们就已经开始失去，但是从 1960 年以后，物种减少愈演愈烈。真正认识到物种正在大量消失，客观地说，是在新千年伊始。我是婴儿潮时期出生的人，在我们这代人中，有些人对此有着刻骨铭心的感受，他们感觉到万事万物正在发生深刻的变化，但大多数时候，他们生活得很充实，拥有特权，快乐安然，所以很难停下来好好地审视一番现状。而且不管怎么说，等到整幅令人震惊的画卷展现出来时，他们都快退休了。

震惊了整个英国社会的破坏引擎竟然是农业。在英国，尤其是在英格兰低地，野生动物的一个关键特征常常被忽视，那就是它基本生存在农田之中。它们无处可去。在热带国家绝对不会如此，即便是在美国，当你想要来一场亲近野生动植物的度假之旅，也绝不会想去遍布农作物的堪萨斯大草原，你会去黄石公园这样的自然保护区。美国地大物博，可以轻而易举将大规模的农业用地与野生动植物区分开。但是英国不行，因为英国很小。长期以来，乡村地区都是多种环境的亲密混合，野生动植物也好，农业也好，必须共生共存，传统上一直是这样。事实上，也正因如此，这片风景才如此可爱和迷人：一片小麦田里并不只有小麦，还有血红的罂粟与发光的蓝色矢车菊，黄色的蝴蝶如云团般蹁跹飘荡，云雀在空中引吭高歌。这才是令人心旷神怡的风光。

在我小时候，人们害怕乡村地区遭受威胁，但大家的担心都集中在发展问题上，聚焦于新工厂与新镇子的落成，关心乡村小路边上拔地而起的带状住宅区，特别是那些美国风格的巨幅广告牌，还有一排排高耸的电线杆，它们割裂了人们珍视的风景线。1947 年，《城乡规划法》（*Town and Country Planning Act*）建立了一套法规，明确将这一切纳入检查范围，从发展角度确保任何个人和公司的行为都要符合整个社会的愿望。没有人预见到农业本身会成为破坏者，一个人也没有。农民备受尊重，在公众心目中，他们就是乡村和野生动植物的永恒守护者，因此未被纳入计划体系，也完全不受其约束。正如施瓦辛格先生所说：这是一个大失误。

　　第二次世界大战后，英国农业迎来了两个最主要的变化。第一个变化是新技术：强有力的新型农业机械、化学品和技术；第二个更重要，经济压力让一切资源发挥最大作用，要从每一寸土地上榨取利润，连 1 便士也不能放过。整个过程都称为集约化，而集约农业是由政府发起的。德国的 U 潜艇在战争期间几乎切断了英国的粮食进口。艾德礼当局认为，英国需要在粮食上实现自给自足，产量必须有质的飞跃，所以英国农民第一次得到了政府的保证，无论他们打算种什么，政府都会按照保底价格进行收购，如果保底价格的最低价低于市场价格，他们就会得到差价补偿。

　　价格支持意味着，耕耘任何贫瘠的土地，任何一块洼地、沼泽、灌木丛甚至潮湿的牧场，任何先前没有耕种的土地，如今都变得有利可图，而这些地方可能原本有着丰富的野生动植物资源。再者，慷慨的资本拨款让这件事变得切实可行。在通往大型现代新机械的路上，人们清除了惹人讨厌的路障，比如树篱、树

林、池塘和沟渠——长久以来，这些地方也是野生动植物繁衍生息的家园。疯狂的补贴式推平开始了，首当其冲便是灌木藩篱，
数千英里的藩篱消失不见，有些已有百余年历史。在英格兰东部，从传统的由藩篱、树林和奇形怪状的角落连缀而成的拼布被子如今变成了广阔的平原——堪萨斯风格的大草原，辽阔平坦，种满了小麦和大麦。我们不应该忘记，那里曾有很多古老的果园，枝干虬曲，树皮粗糙，被地衣覆盖的树木使人们忘记了时间。如今它们成百上千地被连根挖去。

所有举动都得到了农业部的积极支持，这些举动自然会影响到野生物种，而两种农业新技术——从春播作物转为秋播作物，从干草变为青贮饲料的应用更加剧了这种破坏。众所周知，新型秋播作物更高产，和传统的春播作物相比，收获时间更短，无须等到9月，7、8月份就能收割，但这些作物对野生动植物的负面影响则是巨大的，尤其是对鸟类，它们会受到加倍伤害。秋季播种意味着，上次收割留下的麦茬会被犁入土壤中，这些麦茬含有丰富的种子，像雀鸟这样成群结队的鸣禽正是靠啄食种子度过秋天和冬天的，结果现在雀鸟的食物消失了。等到春季来临，秋播作物已经长成，长得那么高，像云雀和麦鸡这种农田鸟类便无法在其中做窝。

干草的消失也是一种更为有害的变化。制作干草是农耕历史上的一项古老活动，但随着新技术的发展，人工培育的黑麦草取代了干草。干草只是在夏末割一下，而后晾干，这样贮存在谷仓里就不会腐烂，可以作为饲料喂给马匹。1950年，有30万马匹在英国的田间地头辛勤工作。但是30年后，这些马匹几乎尽数

消失，被机器取代，对干草的需求也随之消失。牛可以用别的东西来喂：青贮饲料，或者鲜嫩欲滴的绿草。绿草会腐烂成黏糊糊 的一团，奶牛们竟然能接受。人们发现，有个专属品种——黑麦草——相当适合这项工作。为了让它尽快成熟，人们便用大量的人工肥料进行浇灌，这就意味着可以在6月初甚至更早的时候进行收割，6周后还能再收割一次，夏天结束前，说不定还能收割第三次甚至第四次。

放眼全英国，黑麦草地逐渐取代干草地和古老的牧场，这些地方曾是乡村的妙趣所在，它们都是植物宝库，野花星罗棋布，比如毛茛（buttercup）、红花苜蓿（red clover）、佛甲草（yellow rattle）、篷子菜（lady's bedstraw）、矢车菊、绿翅兰花（green-winged orchid）、春白菊（ox-eye daisy）、疗伤绒毛花（kidney vetch），还有很多很多，数不胜数，色彩缤纷，让人眼花缭乱，那是自然丰度最为迷人的地方。专家们普遍认为，这些野生植物有97%已经消失，只有一种植物留存下来：黑麦草。正如人们所说的那样，它就是绿色混凝土。黑麦草地需要施重肥，仅此一招便将其他植物赶尽杀绝，没有任何植物能够幸存。这个替代的过程被称为"改良"。语言真是有趣的东西，"改良"，传统草地如今成了"落后"的代名词。可是改良伤害的并不仅仅是野花野草，也伤害了在传统草地里筑巢或觅食的各种鸟类，比如黍鹀（corn bunting）、鹌鹑（quail）、野翁（whinchat）和（曾经有过的）长脚秧鸡（corncrake）。从前，在7月末收割干草前，这些鸟儿多半在草地里筑巢繁殖；但是现在为了制作青贮饲料而提早收割，还要反复收割好几次，鸟巢、鸟蛋和雏鸟都被机器碾碎了。它们和那些光彩熠熠的野花一样，频频遭到侵害，命运早已注定。

推平的树篱，填平的池塘，连根铲除的果园，破坏殆尽的秋收麦茬，尽数消亡的干草地，这一切似乎已经足够糟糕。但是，还有更糟的，农民吉尔斯（Giles）是个乡村管理人，他面色红润，明白事理，比起那些用古老智慧照料田地的不列颠农民，他已经学会了用毒药。毒害这个，毒害那个。消灭昆虫，消灭蜗牛，消灭野花，消灭一切不能赚钱的作物，大量使用除草剂、杀虫剂、杀菌剂、软体动物杀虫剂——农民吉尔斯钟爱这一切。他打开水龙头，让毒药的洪流冲刷土地。上帝保佑，这场洪水泛滥至今。战争一结束他就开始了，用的是有机氯类农药 DDT——第一款新一代合成农药，是在实验室里制造的混合物，而非天然存在的物质。他紧跟潮流，开始使用更为强大的有机氯类杀虫剂喷洒农田，比如艾氏剂和狄氏剂。问题在于，这些农药杀死的并非只有昆虫，事实证明，它们连鸟类也一起杀死了，并且数量惊人（除此之外，这些农药还快速杀死了英格兰低地的所有水獭，很可能是因为它们依赖于鳗鱼脂肪，这是水獭最爱的猎物）。几年后，才有人注意到英国水獭似乎消失了，当时，成千上万的鸟类尸体似乎更为触目惊心，尤其是在美国，引发了强烈的公众抗议。这场抗议是由蕾切尔·卡逊[①]（Rachel Carson）领导的，她公

① 蕾切尔·卡逊（1907 年 5 月 27 日~1964 年 4 月 14 日），美国海洋生物学家，她的作品《寂静的春天》唤起了美国以至于全世界的环境保护事业。

093

开谴责农用化学品产业及其引发的后果，她于1962年出版的《寂静的春天》(*Silent Spring*) 一书，可以视作现代环境保护运动的开端。

死去的知更鸟遍布郊区草坪，任谁都无法忽视。无论美国的化学工业如何高声叫嚣，称蕾切尔·卡逊是个不可理喻的女人（形容词和名词各占了一半指控），最终 DDT、艾氏剂和狄氏剂以及其他有机氯合成物同时在美国和英国被明令禁止。它们被新一代杀虫剂所取代，一般情况下，新杀虫剂不会直接杀死鸟类，比如氨基甲酸酯类农药、有机磷酸酯、菊酯类农药，最近用的则是新烟碱类杀虫剂。有些复合农药仍旧对鸟类有毒，比如克百威，是一种氨基甲酸酯（虽然已经被禁用），它仍旧是英国猎场看守人杀死猛禽的首选药物。还有巴拉松，一种用来杀死害鸟——比如非洲的奎利亚雀 (quelea)——的有机磷酸酯。

当然了，它们全都能杀死昆虫，而且杀死的不仅仅是"目标"昆虫，所有昆虫都被赶尽杀绝，就像除草剂会杀死所有的草本植物，以及大量装点了小麦田的野花（在杀死所有昆虫和非作物类植物时，也同时断绝了鸟类的食物来源），而且这些杀虫剂的应用非常广泛，已经成为常态。对农民吉尔斯来说，使用杀虫剂甚至是他的第二天性，永远也用不够——什么乡村守护人，这才是真相。致命毒药广泛运用，与日常农事活动紧密结合，在所有造成英国自然丰度锐减的原因中，农药绝对排在第一位，我诅咒它。你可以说，既然要生产粮食，那使用农药是不可避免的。可我要说，并非如此，至少不是以现在这种规模进行滥用。

在我长大的地方，农药滥用已经夺走了一半生灵。

这些事一直在发生，但过了很久才进入公众视野。事实上，30 年之后，人们才真正开始注意到集约农业是如何破坏我们自然的。农民吉尔斯的守护者神话实在太过强大。30 年间，人们亲眼见证了自己深爱的地方被一扫而空，被追逐更高利润的农民糟蹋蹂躏，变得面目全非。他们也曾反抗过，也曾强烈要求停止这种野蛮行径，但都被轻蔑地拒绝了，官僚体系内没有一个人能够给他们帮助：农民不在计划体系内，还记得吗？可以在他们自己的土地上干任何事情，只要他们高兴——正如《创世记》1：28 所敦促的那样。

095 　　　直到 1980 年，人们对于农民的胡作非为终于怒不可遏，通过环境活动家、高校教师马里恩·肖德（Marion Shoard）的书爆发出来。《偷窃乡村》(*The Theft of the Countryside*) 首次用翔实的细节说明，英国农民对金钱毫无人性的追求，其结果是以牺牲传统且可爱的乡村风光为代价，他们的这种追求将招致灾祸。虽然已经酿成大祸，可是 1973 年英国又加入了欧洲经济共同体（欧盟），给这种畸形的追求又注入了蛮力，让它更加扭曲。欧盟的共同农业政策真是荒谬，法国人的目的是让成千上万的小农户留在田地里，德国人附和。欧盟废除了供求法：人人都要尽可能多地生产粮食，竭尽全力，即便没有这么高的需求，粮食价格也不会下跌！顾客不需要购买，联盟会出面购买！然后把这些粮食全都囤在货仓里，数百万吨啊，无人需要，一座黄油山，一片酒池，不过别放在心上，继续生产就好——生产，生产，生产，农民吉尔斯，拔除所有藩篱，填平每一个池塘，杀光所有的虫子和野花，它们可能会阻碍你的前途，将所有农田变成没有感情的粮食工厂，布鲁塞尔最终会让你的付出有所得。财源滚滚！

马里恩·肖德厉声呵斥农民吉尔斯和他的同僚，这是他们第一次听到"我控诉！"她向迄今为止一无所知的公众解释，要是一个农民想要政府拨款，实际上就是去破坏深受大家喜爱的自然风光，但没人会去评估他的行为合理性，再说也没有评估的方法，而他生产的作物是否过剩其实也无所谓，反正他一样可以拿到钱。一年之内，生产农作物的数量也没有限制。没有任何官方的环境策略出台，以取代集约农业——比方说为了发展而制定什么计划体系——农业部对此根本不关心，它骨子里就不可能顾虑环境问题，它唯一在乎的就是生产规模的最大化，因此农民所做的事情几乎不受限制。她还抛出了一个又一个例子，在迷人的乡村，比如位于萨塞克斯的格拉芙汉姆（Graffham），那里已经变成了一片谷物荒漠，完全无视当地人发自内心的强烈反对。肖德女士指出，如果一个去野餐的人挖出黄花九轮草（cowslip）根，要是在 1975 年，那时有野生动植物保护法，他或她很有可能会被起诉；可是如果一个农民翻耕了一整片黄花九轮草地，没人能拿他们怎么样。

《偷窃乡村》这本书和纪录片一样引起了激烈的争论。一直以来人们都相信农民是乡村守护者，这本书及时戳破了这个神话，并引起了广泛注意，因为雕塑家亨利·穆尔（Henry Moore）写了序言。虽然这本书第一次对集约农业对英国所造成的影响进行了大规模盘点，但它本质上还是在讲地貌，而非偏重于野生动植物。这本书共有 272 页，其中只有 8 页专门讲了正在消失的野生物种。这不难理解，人们一眼便能看出风景遭到了破坏，但野生动植物数量的下降却不一样，当它发生时，人们极难察觉。因为我们失去的是数字，而不是某个物种。仔细想想：普通百姓怎样衡量野生动植物的失去呢？大家本能使用的标尺就是物种灭绝。一旦发生物种灭绝，大家便知道哪里出了问题。但是在英国，全国范围内的物种灭绝不如风景破坏那般突出。发生在野生动植物身上的事情更为微妙：物种数量锐减。

纵观整片大陆，曾经未被玷污的土地如今被推土机重创，遭毒药灌溉，同上一年相比，什么东西都少了一点：鸟儿更少，野花更少，蝴蝶更少。附近或许还有某个物种，只是没多少样本罢了，这个过程当然是日积月累的。我是个记者，我将这一切记录下来，并且得到了读者的大量反馈。那段经验告诉我，很多人都对这种变化有所感觉，但又说不清到底怎么回事。这一切真的在发生吗？是他们想象出来的吗？他们忧心忡忡，却无法肯定。事到如今，又过去了 35 年，我们终于能够确定，也终于弄清楚了这一切，全都仰仗于一个始于 20 世纪 60 年代的进步：英国的博物学家、专家及业余爱好者们建立起了一系列长期野生动物记录计划。最开始是记录野花，而后是鸟类，接着是蝴蝶，这些体系能够准确追踪，在农民吉尔斯的照管下，生物多样性究竟遭遇了怎样无情的攻击。然而建立这些体系时，社会发展势头迅猛，所以大家采用的基数已经降低了许多，无法准确反映某些年份的数据，比如 1947 年。因此，就我们现在掌握的数据而言，损失量是被大大低估的。但是，这些记录仍旧向我们呈现了一幅不容辩驳的画面，野生动植物的数量惊人下降，可怕的不是全国范围内的物种灭绝——这可能会成为头条新闻，并在很久以前就给这个国家敲响警钟——而是因为自然丰度的降低。

以鸟类为例，"二战"之后，英国只有两种鸟类灭绝，红背伯劳（red-backed shrike）和斜颈啄木鸟（wryneck），都是魅力非凡的物种（虽然这两种鸟类还是会间歇性回到英国繁育）。但是鸟类数量锐减，以至于出现了地方性的灭绝，尤其是在大片大片的农田里，鸟类数量的锐减更是惊人。在 1967 年至 2011 年间，通过"普通鸟类普查"及其后续计划——"繁殖鸟类调查"显示，英国的斑鸠（turtle dove）已经减少了 95%，灰山鹑减少了 91%，斑鹟减少了 89%，黍鹀减少了 88%，黄鹡鸰减少了 73%，麻雀减少了 95%，而这一切还在继续。在英国大部分地区，它们就那么消失无踪了。野花的情况与此相同。在整个 20 世纪，约 1500 种英国本土植物（具体数字要看你怎样定义本土）有 12 种在国内灭绝，包括那些名字绚丽多姿的物种，比如狭叶柴胡（thorow-wax）、斯维尼菊苣（swine's succory）、窄叶豚草（narrow-leaved cudweed）和夏日兰花（summer lady's tresses）。或许你会说，总的来说，情况似乎也不算太坏。

但是在千禧年，博物学家皮特·马伦（Peter Marren）代表慈善机构"植物生活"（Plantlife）进行了一项工作，他以郡为单位，利用各个郡的植物群来研究物种锐减的问题，给出了全面的野花名录——《剑桥郡植物群》(The Flora of Cambridgeshire)和《肯特郡植物群》(The Flora of Kent),这是对英国植物学的特写,调查的就是本地植物,而非英国全国范围内的物种灭绝。这一举措让野生植物的现状浮出水面,引人注目又令人震惊。在过去的一个世纪里,英国作为一个整体或许已经失去了12种左右的野生植物,但是马伦计算了北安普顿郡的损失,在1930—1955年间,这里一共失去了93种野花;在格罗斯特郡,1900—1986年间失去了78种;在林肯郡,1900—1986年间失去了77种;在米德尔塞克斯郡,1900—1990年间失去了76种;在杜伦郡,1900—1988年间失去了68种;在剑桥郡,1900—1990年间失去了66种,凡此种种,各郡皆如此。(后来又对这些数字进行了重新调研,博物学家凯文·沃克〔Kevin Walker〕稍稍做了一些修改,但即便是修改过后的数字也同样触目惊心)蝴蝶的故事如出一辙。战后,国家级的灭绝物种只有3种,那些大玳瑁蝶(large tortoiseshell)、那些大铜色蝶(large copper)——它们已经灭绝过一次,后来又被再度引入,还有那些大蓝闪蝶(large blue)(如今自行回归,算是巨大的成功)。蝴蝶记录体系是最早启动的,在英国全国范围内,一共有58个蝴蝶品种,其中有四分之三已经减少或者消失。例如,从1970年到2006年,高棕色豹纹蝶(high brown fritillary)的分布范围减少了79%,木白蝶(wood white)减少了65%,珍珠边豹纹蝶(pearl-bordered fritillary)减少了61%,白毛小灰蝶(white-letter hairstreak)减少了53%,勃艮第公爵蝶减少了52%。有些蝴蝶非常罕见,其基数原本就很

小，因而处境非常危险：高棕色豹纹蝶在英国已属于极危物种，
而上面提到的其他几个品种都被认为是濒危物种，还有几种蝶也
是。

纵观英伦大地，鸟类、野花和蝴蝶的数量都呈断崖式下跌。
显而易见，如今，英国已经有超过半数的野生动植物悄然消失，
而在"二战"结束前，它们都还存在。如果我们只做单独统计，
关键数据应该是 1970 年以来的农田鸟类指数，政府现在公布了
相关数据。2013 年的最新指数显示，19 世纪，农田鸟类，从云
雀到麦鸡，从灰山鹑到黄鹂，所有鸟类都比 1970 年减少了 56%。
所以，即便是英国政府也承认，自披头士乐队解散以来，英国至
今已经失去了超过半数以上的鸟类，这些鸟类曾经让郊区访客心
情愉悦，而且，在指数创立前 20 年，它们就已经开始减少了，
所以真实数据应该更为庞大；昆虫的情况也是一样；花卉也是如
此。

物种损失量非常庞大，是对英国自然丰度的极大破坏，这都
是由农民一手造成的。在我出生的那一年，第一部予以农民价
格补贴的法律出台——1947 年的《农业法》，如此也助长了农
民的破坏行为，这种"进步"恰好和我自己的人生并肩前行。我
很幸运，丰富的自然物幸存得足够久，让我在童年时代可以与
之相遇，并给我留下了永不褪色的印象，那种丰饶本身已经彻底
消亡，在我之后出生的人永远也无法感知到那种情景。极其糟糕
的是，要找到某个物种变得异常困难。比如珍珠边豹纹蝶，昆虫
之中的一颗宝石，在 J.W. 塔特（J. W. Tutt）的《英国蝴蝶 1905》

（*British Butterflies of 1905*）（"给学生和收集者的手册"）一书中

曾这样描述："这是英国常见的林地蝴蝶，围绕盛开的花朵，萦绕每一棵树木，无论花朵大小，树木高低。"而现在呢，你要长途跋涉才能看到一只。想要找到一只肥硕活泼的黍鹀，其歌喉宛如一串掉落的钥匙，那就试试吧。或者去任意一块小麦田里看看野花，矢车菊、南茼蒿（corn marigold）、田野毛茛（corn buttercup）、秋福寿草（pheasant's eye）……这些植物曾经用斑斓色彩点缀了麦田，但它们在一些僻静的角落才能幸存。然而，比起单个物种的缺失，我更为哀悼的是自然丰度本身的缺失。身为婴儿潮一代，我深知，自然丰度就是在我们这一代消失的，很多人为此感到哀伤。年过五十的人能够回忆起春天里麦鸡啼鸣，在田地上扑来扑去，黍鹀在树篱和电报线上列队放哨，燕子在田地上方表演飞行特技，成群结队的达尔文雀翱翔在秋日的麦茬上。他们记得，荨麻丛里挤满了小玳瑁蛱蝶和孔雀蛱蝶的幼虫，干草地如同闪烁的调色板，色调生动、沟壑纵横、蛙鸣阵阵，蟾蜍也应声唱和，郊区草坪也有鸣禽散落，成群的家燕披着深蓝色的优雅礼服，格外华丽……然而记忆中最为生动的是什么呢？一定有人记得飞蛾暴风雪。

在很长一段时间里，飞蛾都不被人们喜爱。《圣经》里有大约 12 处提到了飞蛾，每一处都很不讨喜：它们都是让人恶心的棕色小东西,像锈迹一样,腐蚀你的衣服,你的书籍和挂毯,如果你只信《圣经》的话,那飞蛾就是这么讨厌。偏见顽固不化。几个世纪以来,人们将飞蛾视作昼伏夜出的东西,是猫头鹰和蝙蝠的同党,就像鬼魂、妖精和作恶之人,是如此邪恶,令人不寒而栗,而它们的亲戚蝴蝶却永远象征着阳光,深受人们喜爱。在我的祖国英国,偏见正在改变。热爱自然的人越来越为飞蛾所吸引。许多飞蛾在形态上同蝴蝶差不多大,色彩搭配也与蝴蝶一样大胆,比如黑色、奶油色和橘色搭配的红裙灯蛾(jersey tiger),又或者粉色与绿色相映的象天蛾(elephant hawkmoth),甚至是传奇的蓝带夜蛾(clifden nonpareil),这种飞蛾属于特大号,鲜为人知,后翅色彩华丽,是淡淡的蓝色,在飞蛾世界里无出其右。要在夜间看到它们非常困难,但用飞蛾陷阱就能轻松搞定。其实就是在盒子上连一盏亮度很高的夜灯,设计方式有很多种,但原理都一样:飞蛾被灯光吸引,落进盒子里,安眠,等到早上,在你近距离观察并鉴别它们之后,便可将其毫发无损地放走。这种事看起来或许是超级书呆子才会干的,可能确实如此,但书呆子的数量正在猛增:通过慈善机构英国蝴蝶保护协会的统计,目前英国可能有 1 万名飞蛾爱好者在夏夜的花园里设置飞蛾陷阱,我就是其中之一。

在做这件事时,你将第一次意识到一个基本的野生物种真相:那是飞蛾,不是蝴蝶,是鳞翅目里的主要成员,是蛾类昆虫,而在我们的文化当中,两者的位置一直都被颠倒了。要知道,全世界有大约 20 万种飞蛾,这是个大概数字,但是蝴蝶的种类只有 2

万种。蝴蝶只是飞蛾的一个分支，在飞蛾进化树上，蝴蝶位于中间位置，它们是从整体里分裂出去的一支，在白天飞翔，并且进化出明亮的色彩，以便于彼此相认。种类数量上的悬殊在英国更为突出，这里有 58 种定期繁殖的蝴蝶品种，但是有 900 种体形更大的飞蛾（全都有英文通用名）和另外约 1600 种小型或微型飞蛾（其中大部分只有拉丁语学名），共计 2500 种。因此，在全世界，飞蛾种类可能是蝴蝶的 10 倍，但是在英国，这个数字已经接近 50 倍。

102　　这就意味着，每当夜幕降临，便有数不清的飞蛾出动，数量远远多于白日蹁跹的蝴蝶，只是我们看不到而已。或者说，直到汽车出现，我们才能发现它们。潮湿闷热的夏日，汽车在郊外急速行驶，在前灯打出的光束里，飞蛾如同纷纷扬扬的雪片一般，你开得越快，它们越是挤作一团，就好像是在用长焦镜头观看它们一般，这就意味着它们的数目相当惊人，尤其是当它们糊在车前灯和挡风玻璃上时，你几乎无法开车，于是你不得不停下车来，将车窗表面清理干净（我知道还有许多昆虫在夜间也很活跃，但是，还是让飞蛾来代表它们吧）。在英国，自然丰度有着多种多样的呈现方式，飞蛾暴风雪是最令人意想不到的一种，只有在内燃机时代人们才对其有所察觉，而如今，短短一个世纪之后，它们便消失了。

　　最近这些年，我经常与人谈论此事，结果令我很惊讶。我惊讶的是不但有那么多年逾五十（尤其是 60 岁以上）的人记得飞蛾暴风雪，而且当记忆被触动时，那场面便栩栩如生，跃然眼前。

那画面仿佛是被锁进了脑袋里的某个角落，当人们回忆起它时，会意识到它已经消失了，从而认识到那是多么超凡的现象啊，可在当时，它似乎只是事物的一部分，稀松平常，无人惊奇。比如说，我和英国最有名的环保主义者皮特·梅尔切特（Peter Melchett）聊过此事，他曾是英国绿色和平组织（Greenpeace UK）的理事，现在是英国土壤协会（The Soil Association）的政策主管，那是个推动有机农业发展的环保组织。我一提起这个话头，他就说："我还记得和著名科学家米里亚姆·罗斯柴尔德（Miriam Rothschild）一起参加某个会议，当时电视博物学家克里斯·贝恩斯（Chris Baines）也在场，就是他建立了伯明翰野生动物信托基金会（Birmingham Wildlife Trust）。我们一直在讨论昆虫总量在减少，尤其是飞蛾的数量。米里亚姆是个了不起的飞蛾专家。我说起（20 世纪）50 年代时，我和父亲一起从诺福克郡开车前往伦敦，每次开这段路，他都不得不停下两三次，来清理车窗和前灯。"他哈哈大笑地说："克里斯·贝恩斯说，你能在闪着光的车里兜风真是不赖——至于我，骑车的时候都不能张嘴，不然不知会吞下多少昆虫。"

我向克里斯·贝恩斯求证，他也哈哈大笑，说那是真的。"没错，我记得非常清楚，必须得把车窗和前灯上的昆虫给拂拭掉才行，不过我也在自行车上体验过了。我以前经常骑车去参加童子军会议或者教堂的唱诗班练习，昆虫总会跑进眼睛里，如果你张开嘴巴，那最后肯定会吐出飞蛾翅膀碎片来，无论哪天晚上，空中都弥漫着很多飞蛾。"他思索片刻，又说道："无论你沿着哪种街道开车，都得穿越庞大的昆虫云团，比如说被树篱夹在中间的乡下小路，而如今再也不会出现那种情形了。我记得也就是在我二十多岁的时候还有这种景象出现。很难精确到某个时间点，但当时我还是瓦伊学院（Wye College）的学生，在肯特郡，大概是在 20 世纪 60 年代末还有这种现象，但那之后就没有了，真的。现在当然是不可能发生了。我们在威尔士乡村待了很长时间，开车行驶在北威尔士的街道上，有几个夜晚我看到过一只飞蛾，真的就是字面意思—— 一整段旅途上只有一两只飞蛾，和我年轻那会儿相比，真是天壤之别。"

在千禧年，2000 年，我开始意识到飞蛾暴风雪消失了，我开始撰写与此相关的文章，作为昆虫数量减少这个大议题的一部分。在我看来它涉及范围广，并且相当严重——蜜蜂和大黄蜂数量下滑，甲壳虫在消失，河流上的蜉蝣数量也在锐减——但是每一种数量滑坡都未能得到正确评价：根本就没有人在乎。虽然每次我写到飞蛾暴风雪时，大家都有所回应。他们总会说记忆怎样鲜活，如今再也看不到那样的情形了，经常会想起七八月份的暑假，长途自驾去海边（在 50 年代，西班牙海滩还遥不可及），每到此时，车玻璃上就会糊满数不清的昆虫，之后便戛然而止。专家们对飞蛾的记忆和大众一样。英国蝴蝶保护委员会的主要飞蛾专家马克·帕森斯（Mark Parsons）还能生动地回忆起 20 年或者 30 年前的情形，然而他却对我说："在过去 10 年间，我可能还见过一两次。"

当然了，这一切都是传闻。关于飞蛾数量的减少并没有科学统计数字，英国的环保组织虽然满腔热忱，却从未像对待鸟类、野花和蝴蝶那样腾出时间来对飞蛾进行监测调查。对飞蛾，只有回忆罢了。但是某一天，数据忽然出现了。

数据的来源出乎意料：洛桑研究所（Rothamsted），赫特福德大学（Hertfordshire）的知名农业研究站（世界上最古老的农业研究站，成立于 1843 年，其目的是通过实验来研究化肥对庄稼的影响）。从 1968 年起，通过志愿者的努力，洛桑研究所建立起全国性的飞蛾捕捉网，研究所利用这些数据进行了多方面的昆虫种群动态研究。2001 年，研究所注意到了一种常见的著名飞蛾，它们分布广泛，酷似极其美丽的花园虎蛾（garden tiger moth），这种常见飞蛾似乎数量正在减少。于是，洛桑研究所的科学家们开始分析陷阱里所捕获的 337 种大型飞蛾，研究其长期数量趋势。这些飞蛾是在捕捉网建立的 35 年里捕获的，也就是从 1968 年至 2002 年间，研究结果于 2006 年 2 月 20 日与蝴蝶保护情况一起公布，令人震惊：英国飞蛾种群的减少速度简直就是处于自由落体状态。人们完全没有料到会如此糟糕，情况比鸟类、野花和蝴蝶还要严峻。在被考察的 337 个品种中，有三分之二以上的数量正在减少：有 80 种飞蛾减少了 70% 以上，其中 20 种的下降率超过 90%。在英国南部，有四分之三的飞蛾种类出现锐减。自 1968 年以来，累计减少约 44%，而在城市地区，则减少了约 50%。刮起暴风雪的雪片已经不复存在。

大自然的丰饶有很多表现形式，被前车灯照亮的昆虫暴风雪曾是最强有力的表现形式。这是科学技术带来的奇特副产品，这种看待大自然的方式非常具有启发性，只有机动车的发明才能让人们看到这番景象。这确实出乎意料，然而更加出乎意料的是，这场暴风雪不复存在了。它的消失毫无疑问地证明了无脊椎生物数量在英国的严重下滑，虽然没人注意，但却是灾难性的，这一点无可辩驳，而这些动物的生存状态又是建立在其他诸多因素之上，这些因素也同样不容乐观。韩国摧毁了新万金，而我的祖国呢，它所造成的破坏也不少：在我出生前，"进步之旅"就已经开始了，在这场巨大而无情的生物数量下跌中，境内的半数生物被清洗，虽然国家还没有承认这一点。作为婴儿潮一代，那就是我们的命运：我们是享受最高特权的一代人，可以在地球上横行霸道，而如今的我们终于认识到，童年时代的自然界欣欣向荣，但伴随我们成长的，却是对这种奇妙丰饶的破坏。自然的丰饶吟唱着生命的力量与能量，在许多方面有目共睹，然而最突出的则是汽车前灯光束里令人震惊的夏夜演出，飞蛾暴风雪——如今已不复存在。

106   其实我们非常清楚，为什么有半数以上的野生物种消失了——农民吉尔斯带着大量令人厌恶的毒药大步向前——但是有一个物种的消失原因依旧是谜，那便是伦敦家雀。

　　这种事怎么会发生在这些伦敦东区的表演者身上！这些最卓越的城市幸存者！1.2万年前，人类在此定居，从此以后这些鸟儿就与人类共同生活。城市就是这些鸟儿的家……伦敦是世界上最大的城市之一，这些鸟儿曾在这里繁衍生息，方兴未艾，究竟是什么原因让它们消失殆尽？事情已经过去 20 年了，直至今日真相依然无人知晓。

许多大城市表面上与伦敦没什么不同，基础设施和气候都非常相似，在这些城市里，比如巴黎、纽约或者华盛顿，家雀家族依旧人丁兴旺，正因如此才叫人困惑不解。它们成群结队猛冲到游客脚边，希望他们能掉落一点食物碎屑，或者一小片冰淇淋蛋卷碎片。可是在英国首都，在 20 世纪 90 年代，家雀数量骤然下跌，几乎绝迹。在伦敦家雀的生态系统当中，有些事情很奇怪，有些事情非常糟糕，这些状况确实存在，可是，即便现在，还是没人搞清楚究竟发生了什么。

我们所讨论的是家雀，拉丁语学名 *passer domesticus*，迄今为止全世界最成功的生物。它遍布欧洲大陆、亚洲和北非的大部分地区，并被引入南非、美洲和大洋洲。南极洲是唯一没有家雀的大陆。人们曾发现它们在 1.4 万英尺高的喜马拉雅山和唐克斯特（Doncaster）附近 2000 英尺深的弗里克利煤矿（Frickley Colliery）井下繁育后代（真的，在 1979 年）。它是全世界最常见的鸟类之一，分布自然最为广泛。但更重要的是，它是我们最熟悉的鸟类。自古以来，家雀对我们产生了非常特殊的影响，它与人类和城镇的联系是如此紧密，人们认为它们谦逊而顽强；作为流浪儿，它们是靠着自己的智慧在流浪。当哈姆雷特对赫瑞修说一只家雀的坠落是天意时，这便是将家雀作为下层社会的典范。家雀这种鸟早在 1600 年前就已经出现在罗马了，卡图鲁斯（Catullus）有一首著名且迷人的诗歌，吟诵的便是莱斯比亚（Lesbia）的家雀之死。那是一首讽刺挽歌，将维纳斯和丘比特都当作爱人中意的宠物。家雀无足轻重，没错，但也颇有小聪明，就像巴黎最著名的歌手，娇小却劲头十足，她给自己取了个名字，就是法国俚语中的家雀，琵雅芙①。

家雀需要具备必要的生存技能。当我询问世界级鸟类及家雀专家丹尼斯·萨默斯 - 史密斯（Denis Summers-Smith）最喜欢家雀什么特质，他的答案令我吃惊。他说："我无比敬重它们和敌人共同生活的能力。""敌人是谁？"我问。"人类。"他说。我以为家雀和人类一直以来相处得很和谐，但他推翻了我的看法。农民尤其痛恨它们啄食谷物，然而这些鸟还是继续生活在农舍里。它们常常被杀，但它们打定主意，一代又一代坚持了下来。它们时刻保持警惕，高度注意这些灵长类同伴，毕竟是在他们的地盘上讨生活。他第一次近距离观察家雀，是在 20 世纪 40 年代晚期，在他的汉普郡花园里。他说："如果我在打理花园，它们看都不会看我，可是一旦我看着它们，它们就会盯着我。它们非常关注我。如果我在忙，它们就不会在意我，可是只要我开始盯着它们看，它们就会盯回来。"

---

① 伊迪丝·琵雅芙（Edith Piaf, 1915 年 12 月 19 日—1963 年 10 月 11 日），是法国最著名也是最受人爱戴的女歌手之一。

丹尼斯是一位苏格兰的工程顾问，也是 ICI[①] 的前高级科学顾问，在我写下这些的时候他已经 93 岁了，身体依旧硬朗。过去 70 年来他一直在研究家雀属的 27 个成员，尤其是家雀，这伴随终生的兴趣或许让他成了 20 世纪下半叶英国最为有名的业余鸟类学家。他撰写了 5 本关于家雀的书籍，包括颇为权威的专著 108 《家雀》（*The House Sparrow*），这本书作为"柯林斯新博物学家"（*Collins New Naturalist series*）系列书籍中的一本于 1963 年出版。在著作中，他多方面阐释了家雀的生活状况，这些极有可能与神秘的伦敦家雀锐减事件有关联。其中最为特殊的两点是，家雀是定居动物，并且钟爱社交。事实上，它们是所有鸣禽当中最需要定居的种类，通常在半径 1 千米的范围内过完一生，如果可能的话，觅食范围就在鸟巢半径 50 米以内，但善于交际的特点也非常明显。家雀是群居动物：它们很需要同伴，并相互依存。它们的某种行为就是最为生动的注解，丹尼斯称这种行为为"社交鸣唱"。进食之后，它们的嗉囊里塞满了种子，需要时间来消化，这时家雀们会聚集到一起，大多会选择浓密的灌木丛作为掩护，通常是一群一群地蹲坐在树枝上聊天。它们最常发出的叫声很像单音节的"唧"！如果你将它们的叫声慢速播放，便可以很清楚地发现那是个双音节"唧唧"！每一只家雀都轮流发出一个单独的声音，一个字一个字往外蹦，粗鲁莽撞，非常独特：

---

① ICI（Imperial Chemical Industries）是英国帝国化学工业集团的简称，其前身英国卜内门公司（Brunner Mond&Co）是著名的纯碱与肥料的制造厂商，是一个全球性的化工集团。

嘿！	啥？	你！	啥？
你！	嗯？	谁？	他。
他？	不。	她？	不。
我？	不。	他？	对。
真的？	对。	我？	是。
哦。	是。	为啥？	啥？
我。	因为。	啥？	你。
嗯？……			

109

在郊区的童年生活中，这就是我最熟悉的声音之一，那会儿
到处都是家雀。现如今，伦敦的家雀几乎全军覆没，尽管类似的
小鸣禽仍继续在公园里全身心歌唱，那里有知更鸟、鹪鹩、蓝山
雀和乌鸫，还有其他的伦敦原生鸟类，比如家鸽，它们依旧活跃在
伦敦的街道上（并且成为游隼的主要食物，有不少对游隼如今在伦
敦市中心交配繁殖）。家雀到底有什么不同，以致独自消失？

确实，整个 20 世纪，家雀的数量愈来愈少，数据就摆在那
里。1925 年 11 月，一个 21 岁的年轻男子走进伦敦市中心最充满
自然气息的公园——肯辛顿花园（Kensington Gardens），他在哥
哥的帮助下数清了家雀的数量：一共有 2603 只。这个人是马克
思·尼克尔森（Max Nicholson），一个狂热的鸟类学家，也是英
国环境机构的创始人。1949 年，他作为政府的高级公务员创立

110　了世界上第一个法定自然保护机构——大自然保护协会（Nature

Conservancy），运营了 15 年之久。结束工作时，他成了英国自然保护界的元老级人物，是英国鸟类学信托基金会（British Trust for Ornithology，BTO）的创始秘书，也是皇家鸟类保护协会主席，并在 1961 年帮助发起了世界上伟大的绿色环保组织——世界野生动植物基金会（World Wildlife Fund，如今叫世界自然基金会〔Worldwide Fund for Nature〕）。马克思·尼克尔森的仕途风生水起，但他内心始终是个鸟类学家。1948 年 8 月，他又一次到肯辛顿花园调查家雀：那时有 885 只家雀。1966 年 5 月是 642 只，1975 年 11 月是 544 只。然而，当 91 岁高龄的他在 1995 年 2 月参与数量统计时，家雀只剩 46 只了。而在 2000 年 11 月 5 号，我陪同他一起回到肯辛顿花园——此时他已经 96 岁——皇家公园野生动物小组（Royal Parks Wildlife Group）的成员在执行第 75 次国内普查，我们就在旁边看着：他们发现了 8 只家雀。

到底发生了什么？在尼克尔森的数据里，早期家雀的数量明显下降，从 1925 年到 1948 年，人们曾将此归因于伦敦街道上马的消失，从马粮袋里洒出的粮食也就不见了，甚至连马粪里未能消化的粮食也没有了，这可是小型鸟类的重要食物来源。但是，在 40 多年的时间里，家雀的数量在"平缓下滑"。然而，差不多从 1990 年开始，数据就变成了断崖式下跌，着实令人费解。（20 世纪）60 年代，白金汉宫的花园里，最多的时候生活着 20 对家雀，1994 年以后一只都没有了。在圣詹姆士公园（St James's Park）曾有上百只家雀，它们成群结队地吵嘴，游客为它们奉上鸟食时，它们便会结伴落在游客的肩膀、手臂还有手掌上——

我还记得那情形。1998年只有1对家雀再次来此筑巢，而到了1999年，这也是第一次，没有家雀在此繁殖。

111　　警觉的观察者开始注意到这种状况。最先注意到的人当中就有海伦·贝克（Helen Baker），当时她是伦敦自然历史学会（London Natural History Society）的鸟类学研究委员会秘书。每天早上，她要步行去英国的农业部上班，途中她会穿过圣詹姆士公园。她留意到，在跨湖桥桥头下的灌木丛中已经看不到家雀了，过去她曾在那片灌木丛里发现过上百只家雀，并且亲手给它们喂过食。1996年，她组织了伦敦自然历史学会的家雀调研，试图弄清发生了什么。《伦敦标准晚报》（London Evening Standard）开始出现家雀数量减少的新闻。我开始注意到这种现象是在1999年，我发现家雀已经飞离了我的通勤总站——滑铁卢车站，原来这里有大量家雀。我开始寻找它们，却一无所获。然而，直到2000年3月，我携妻子和孩子们去巴黎旅行时，才真正意识到这种情况究竟有多严重。因为在法国首都，家雀比比皆是，与伦敦形成鲜明对比，伦敦似乎连一只家雀也见不到了。我就此撰写了一篇文章，发表在我工作的《独立报》（The Independent）的显要位置。此后我持续撰写与此有关的文章，最终，在2000年3月，我们发起了"拯救家雀"运动。其中最重要的项目是5000英镑奖金，如果有人能在专业期刊上发表一篇解释家雀从伦敦和其他市中心消失原因的开创性论文，那么就能得到这笔奖金。我们的评审是皇家鸟类保护协会、英国鸟类学基金会和丹尼斯·萨默斯-史密斯博士。

不出所料,《独立报》这场提供了 5000 英镑奖金的运动,将伦敦家雀的消失推广成了全国性乃至全球性的新闻议题——这件事在全球范围内被广泛报道——引来了大量读者反馈,第一周就有近 250 封读者来信(其中有 20 封是电子邮件,那会儿邮件革命即将开始,大部分信函依旧是手写或者打印稿)。这个结果有着两方面的重要意义。一方面,人们竟然以如此出人意料的激情,来悼念这些消失的棕色小鸟,毕竟它们的消失似乎微不足道。这就好像打开了情感的泄洪闸,人们表达出的情绪更多的是感激,除了作者之外,竟然还有不少人注意到了这件事,并认为很重要("我原以为只有我一个人这样想……")

另一个方面,是读者针对家雀消失给出的各种原因。在运动开展两周后,我们根据读者的来信,列出了 10 条原因。按照出现频率的高低排列,分别是:被喜鹊捕食;被雀鹰(sparrowhawk)捕食;被猫捕食;杀虫剂的影响;因人类整理房子和花园,没有可以筑巢的场所;顶楼采用保温材料修建,家雀无法筑巢;气候变化;切尔诺贝利灾害的辐射影响;20 世纪 90 年代英国引入无铅汽油;最后一个原因是花生(往喂鸟器里放花生的风潮可能扰乱了家雀的消化能力——很致命)。这些反馈反映了人们对国内喂食喜鹊的厌恶,20 世纪 70 年代以来,这些外形漂亮、黑白相间的鸟已经从农村栖息地转移到郊区和城区花园——雀鹰也在 20 世纪 90 年代开始出现类似转变——人们总是能看到它们捕食鸣禽,袭击鸣禽的鸟巢、鸟蛋和幼鸟,这种恶趣味令人讨厌。几乎所有来信都是有感而发,但也有很奇怪的信:"是猫。请给以下地址寄钱。"

可是，既然是有感而发，那就不一定是专业判断，所以我还是找了专家寻求解答。我去了德高望重的马克思·尼克尔森家，他的家位于切尔西某个与世隔绝的区域，他虽然有点口齿不清，但声音依旧洪亮，好奇心也很旺盛，马上就要到他的 96 岁生日了。他率先提出的想法在我看来非常惊人——用他的话来说，家雀这个物种有着非常强烈的自杀倾向。他的意思是，在家雀们筑巢的栖息地，如果成员数量下降到某个水准以下——原因可能是食物稀缺——整个种群都有可能突然停止繁殖，并消失。他认为，这个问题最终是个心理层面的问题：鸟类的社交属性非常强，它们会觉得，同类如此少，那自己也就不值得活下去了。这一观点得到了一个著名的生物学理论支持，即阿利效应（Allee Effect）。阿利效应指出，在深度依赖社交的种群之中，成员数量的减少会影响个体的适应度。但是马克思·尼克尔森的解释更生动，"我认为它们忽然到了一个临界点，它们说，我们放弃吧"。他说："我觉得这和人多势众无关，这是心灵层面的东西。"他说这绝对和物质因素有关，比如食物短缺，这是他自己提出的诱因，因为初始成员减少很可能会加速心理危机的出现。他着重强调了这只是他的推测，要用实验来进行证明，进而完全接受他的观点其实非常困难。"我承认这是一个无法估量的要素，"他说，"这是心理问题——没有科学方法去衡量。"

他笑了。

"但很多无法衡量的东西却是真实存在的。"

无论是当时还是现在，我都认为马克思·尼克尔森很可能是对的，群居的家雀很可能数量减少到了某个临界点，突然间就终结了自己的生命。但神秘的是，又是什么引起了家雀数量的下降呢？丹尼斯·萨默斯-史密斯的家在英格兰东北部的基斯堡（Guisborough），当我前去拜访时，他对此有一个特别的看法。他精通家雀生物学知识，他注意到家雀虽然是吃谷物的鸟类——它们以种子为食——但是家雀幼鸟在刚出生的那几天是需要吃昆虫的，比如蚜虫（aphid）（园丁最讨厌蚜虫了）的小幼虫、苍蝇和蜘蛛。他推测很可能是昆虫数量下降到了一定程度，幼鸟便有可能饿肚子，那么鸟类的繁殖率自然也会下降，进而引起种群数量的减少。由于要补偿冬季的自然死亡，保持种群数量，家雀们每年夏天都要哺育两三窝幼鸟才行。

至于是什么杀死了小城镇或者伦敦这种大城市里的昆虫，丹尼斯认为还有一种可能：机动车污染。确切地说，是 1988 年英国引入无铅汽油。那不仅意味着汽车废气成分的重大改变，也意味着，在无铅汽油的引入和家雀数量下降之间存在强烈的时间关联性（最初广撒网搜罗原因时，也有一些精明的读者注意到了这一点）。一开始，无铅汽油只是少量出售，但在 20 世纪 90 年代销量大幅度提升，直接导致了 1999 年底含铅汽油完全被淘汰，这与伦敦市区家雀绝迹的时间恰好一致。无铅汽油是在汽油中加入化学替代品，来取代铅，并提升辛烷值。丹尼斯坚信，问题很可能就是由此而来。他特别聚焦于两种添加剂：苯和甲基叔丁基醚（MTBE），这两种添加剂都有健康和安全隐患。他承认，迄今为止确实没有科学证据直接将苯和 MTBE 与家雀减少直接挂钩，但是他认为，两者之间存在关联的间接证据还是相当充分的。他的观点是："这是我的假说，你的呢？"

这很有意思，这很可能是个非预期后果法则①的例子，可谓惊世骇俗。不幸的是，这是个极难进行验证的假说。尽管我们有洛桑研究所这样高度专业化的农业研究所，可能只有他们才有能够检测农田昆虫生物量的设备。但据我所知，根本没人能够检测乡镇和城市当中的昆虫生物量，人们视之为不可能完成的任务。而且，不管怎么说，又有什么理由为这项检测拨款？比如，就连圣詹姆士公园里的蚜虫数量是否暴跌你都说不清楚。同时我也感觉到这个理论当中有一个大漏洞：纽约、华盛顿也和伦敦一样使用无铅汽油，巴黎也有无铅汽油，但那里的家雀为什么没有消失呢？

丹尼斯还出于直觉认为，引起家雀数量下跌的近因很可能是昆虫短缺，并因此导致幼鸟挨饿。最终，莱斯特德蒙福特大学的年轻研究生凯特·文森特（Kate Vincent）证实了他的感觉。为了撰写博士论文，凯特在莱斯特郊区和毗邻的乡村搭建了600 多个家雀巢箱，并且连续进行了 3 年监测，近距离观察鸟类的成功繁殖（我拜访了她，亲眼看到她勇敢地顺着梯子爬上爬下）。2005 年，她有了惊人的发现：在外部完全看不到，夏

① 非预期后果法则，即任何有特定目标的行为都会产生一些非故意结果。

日里，有大量雏鸟饿死在窝里。在靠近镇子中心的鸟窝里，雏鸟的死亡率相对更高。更奇特的是，那些饮食中以植物——种子和面包屑为主的家雀比以无脊椎动物为食的家雀更容易死亡。（凯特是通过粪便分析出了雏鸟的日常饮食：她在鸟类学里进行着赫拉克勒斯①的体力劳动，每一次给鸟巢里的雏鸟称重并测量大小时，都会收集起它们拉在她手上的粪便。而后，在显微镜下，她能够鉴别出其中残留的昆虫痕迹——这里有一只蚜虫的腿，那里有个甲壳虫的下颌骨——并能估算出它们食物的丰富程度）死去的雏鸟大部分都是当年的第二窝：卡特发现第一窝雏鸟有 80% 的存活率，但是第二窝只有 65% 的存活率，对于这些每年都需要两到三次繁殖才能保持种群数量的鸟类而言，这足以引起种群数量锐减。

最终，凯特和 RSPB 以及英国自然基金会（English Nature，116后来的政府野生动物局〔Government's Wildlife Agency〕）的研究伙伴们共同将她的发现写成科学论文。2008 年 11 月，这篇论文参加了《独立报》的 5000 英镑角逐。然而评审们对此产生了分歧。问题在于，凯特的研究揭示了雏鸟吃不饱的状况，却没有解释鸟儿们为何难以找到昆虫，问题只解决了一半。某位评审说：可以授予奖金。另一位评审则说：不能授予奖金。而第三位评审说：发一半奖金吧。在这种状况下，似乎不太可能颁发奖金。就

———

① 赫拉克勒斯是古希腊神话中最伟大的英雄。他是主神宙斯与阿尔克墨涅之子，神勇无比、力大无穷，完成了 12 项被誉为"不可能完成"的任务。在如今的西方世界，赫拉克勒斯一词已经成了大力士和壮汉的同义词。

这样，整件事就搁浅了。

2014 年初，我再一次去了基斯堡，去看望丹尼斯·萨默斯 - 史密斯，和他讨论这整件事的始末，距离我们首次将这件事推向大众视野，已经 14 年了。我度过了愉快的两天，非常享受。我参观了他叹为观止的家雀档案馆，里面有超过 5000 件藏品，家雀工艺品从中国的家雀电扇到日本的家雀根付 ① 无所不包，相关话题我们一直聊到深夜，比如莱斯比亚的家雀属于什么品种？（丹尼斯认为那是意大利的家雀，拉丁语学名为 *passer italiae*，它取代了意大利半岛的家雀，虽然西班牙的家雀——黑胸家雀也会在意大利南部出现。我的朋友，鸟类学家蒂姆·伯克希德〔Tim Birkhead〕则着眼于它的叫声——'pipiabat'，卡图鲁斯是这样写的，'它总是 pipe'——所以很可能是红腹灰雀〔bullfinch〕）丹尼斯还告诉我他对家雀的迷恋是怎样开始的，这要回溯到 1944 年 8 月 6 号，那时他是个 23 岁的上尉，在法莱斯的战役中，他在诺曼底领导第九苏格兰步兵团，一枚德国炮弹落在他脚边，差点炸断他的双腿，还好没真的炸断。经过 8 次手术，他保住了双腿。躺在伍斯特郡的医院里，他逐渐对每天从病房窗口飞进来的家雀着迷起来。身体痊愈后（虽然布满弹片的双腿会引起机场警报），他开始了这一生漫长的研究之旅。

　他已经改变了对无铅汽油和 **MTBE** 的看法，虽然他仍旧

———

① 根付，又作根附，是日本江户时期（1603—1868）人们用来悬挂随身物品的卡子。

相信，伦敦和其他市中心家雀数量减少的原因与汽车尾气脱不了干系。但是现在，他认为，引起家雀数量下跌的最主要原因是来自柴油机尾气的污染物"微粒"（本质上是烟煤的小颗粒，无法在鼻腔里被过滤掉）。他认为这可能直接导致了雏鸟的死亡。

而我很想和他讨论一番一直困扰我的问题：为什么家雀如此"独特"，偏偏就它们消失了呢？比如，它们怎么从圣詹姆士公园消失了，而诸如知更鸟、蓝山雀、乌鸫和鹪鹩之类的鸣禽仍旧在那里过着惬意的生活？

一个关键事实是，他说，家雀并没有消失。

我问他这是何意。

他说："它们生活在很小的范围内，四周都是它们非常熟悉的地方。它们会在方圆 1 千米的范围内度过一生。它们是定居一族，是所有雀形目里最渴望定居的一类。而其他鸟类呢，比如蓝山雀或者苍头燕雀（chaffinch）不会这样做；每当它们离开鸟巢，就必定要彻底在那附近消失。它们不得不搬到很远的地方去，去寻找食物和新伙伴。"

那和圣詹姆士公园的情形有什么关系呢？

丹尼斯说："如果圣詹姆士公园里的家雀全都绝迹了，那它就没有办法进行自我更新，因为不会再有新的家雀到来。可是如果蓝山雀绝迹了，平时分散在他处的蓝山雀，还会过来。"

我好像有点儿明白了。

我说："那么，生态系统出现了问题……是什么让家雀灭绝的……是否真的影响了所有的物种？但是其他物种之所以可以恢复种群数量，是因为它们都是散居？"

丹尼斯说："没错。"

"但是我们只能观察到对家雀的影响，因为家雀是无法进行自我更新的？"

丹尼斯说："这是我的假说。"

"所以我们正在目睹的，很可能是对所有常见物种的大面积破坏，只是伤害被掩盖起来了？"

"没错。"

我惊呆了："这是全新的观点，丹尼斯，从来没有人这样说过。"

"这个嘛，我已经跟很多人都说过了。"

有这种可能吗？圣詹姆士公园的所有物种都绝迹了，或者说是没能成功繁育，每一年都这样？但是除了家雀，所有鸟类都能因为外部的补充而重新恢复种群数量？

所以我们确实目睹了某些影响更为广泛的事件，而不仅仅是家雀的衰落？

我说不准。

无论发生了什么，都对家雀产生了致命影响，而且发生的事情很可能超出我们的认知范围，对整个伦敦市中心的鸣禽都产生了影响，甚至影响了更多的有机生命——包括我们人类——而那究竟是什么，我们还不得而知。

至今，我们仍然不知道究竟发生了什么。

我来自英格兰北部，但我在伦敦居住了 40 年，越来越了解它，也爱上了它。当我初次意识到家雀已经从伦敦市中心消失时，和其他人一样，怅然若失。在拜访丹尼斯 6 个月之后，就在我写这本书时，心中忽然涌起一阵强烈的渴望，想走出门去，去伦敦市中心寻找家雀。我很好奇，它们已经消失了 20 年，是否还有可能找到它们的蛛丝马迹。

我联系了海伦·贝克，她最早发现了家雀的消失。她是伦敦自然历史学会的成员，现在已经是学会主席，但对家雀的命运却比以往兴趣更浓。时不时就有相关报道浮出水面，而她就是收纳这些报道的容器，无所不知，比如哪里出现了古怪的家雀聚居地，或者家雀可能出现在哪些非常僻静的角落，她全都知道。海伦对我说，她认为在伦敦市中心，仍然有 3 处小型的家雀聚居地，其中两个在南岸。于是，在 7 月炎热的一天，我们出发去寻找家雀。我们在伦敦市政厅广场碰面，这里是伦敦老城的正中心。海伦正在市政厅教堂参加一场午餐音乐会，在等待音乐会结束的间隙，我看到拿着三明治的上班族们多多少少都会受到鸽子的打扰，它们都想啄食面包碎屑。我初到伦敦那会儿，家雀才是最主要的困扰。

博罗市场掩映在南华克大教堂的阴影里，我们从这里开始了南岸的搜寻之旅。教堂的尖塔一定曾被莎士比亚注视过（北岸的教堂在 1666 年的伦敦大火时全都烧毁了）。博罗市场象征着我们所谓的地中海式的伦敦，是近几十年才出现的，它给首都带来了令人兴奋的新食物，也带来了热衷于此的人群，以及在露天就餐的习惯——在阳光灿烂的日子里，这里简直就是巴塞罗那——如果有什么地方能让家雀家族繁盛，那就一定是这里了。本地的鸟类显然也深谙此道。只可惜，霸占那里的是鸽子，还有少量的黑背鸥（black-backed gull），而且，我很高兴看到了一群椋鸟。至于家雀，还是无迹可寻。圣玛丽·奥弗丽码头有弗朗西斯·德雷克（Francis Drake）的"金鹿号"（Golden Hind）复制品，我们绕着走了一圈，又走上克林克街，途经中世纪遗迹温彻斯特宫，走到头便是河边，到了安可酒吧，这一路也没有发现家雀的踪影。在古老酒吧的旁边是一座花园，海伦说，前几年还偶尔能在这里看到家雀。我们目不转睛，侧耳倾听，大概有几分钟之久，因为家雀这种动物总是未见其鸟先闻其声，可我们唯一能听到的只是酒客们的笑声。那天，那里并没有家雀。

海伦的第二个潜在的南岸家雀据点是在另一个花园里，位于上游的加百利码头（Gabriel's Wharf），更远。我们走了过去，迎面撞上不少鸽子，尤其是在泰特美术馆门口，发电站变成了展览馆，装饰派艺术风格的砖塔高高耸立，游隼栖息其上：著名的鸽子消费者。"游隼吃鸽子让很多人高兴。"海伦解释说。塔上有一排望远镜，学校放假的时候，她也是那些操作望远镜的人之一。通过望远镜，就能观察到那对游隼，人们给它们起名为米丝蒂和伯特。我很好奇，我眼中的这些鸽子有多少会最终成为游隼的美餐。现在的鸽子正如之前的家雀那般，成百上千只地打眼前飞过。可还是没有发

120

现家雀的踪迹，一路沿着堤岸走来，哪里都没有，加百利码头也没有。在码头，我们将花园翻了个底朝天，过去海伦曾在这里数出过40只家雀，如今呢，草坪上只有16只鸽子。"哦，真是太让人失望了。"海伦说："原来这里的家雀群多活跃啊。可能是没有食物了。它们以前大多在附近的房子或者公寓楼筑巢。人们能够看见它们，听见它们，它们在这些房子之间飞来飞去。"如今再也没有了。

在我看来，伦敦已经彻底没有家雀了，因为南岸就是个专敲游客竹杠的地方，这里有那么多吃饭的地方，在任何欧洲国家，掉下的食物碎屑都会是家雀们最佳的食物来源。可就连这里也一只都没有。这太不寻常了，几乎有些恐怖。这种鸟儿似乎消失得彻彻底底。

海伦还有一个地点要看看，在泰晤士河北岸，所以我们步行穿过滑铁卢桥，来到了伦敦西区。沿着曲曲折折的道路，我们进入了一片历史悠久的区域，这里非常有名。海伦说要保持警觉，人们曾经在窗口花箱里看见过家雀。"往上看，要特别留神。"她说。但我什么也没看到。然后我们转去了另一条街，同样名声在外，她又将之前的提醒重复了一遍，而我还是什么也没看到。之后，就在我们经过一家非常有名的意大利餐厅时，我听到了：

嘿！	啥？	你！	啥？
你！	嗯？	谁？	他。
他？	不。	她？	不。
我？	不。	他？	对。
真的？	对……		

欣喜之情贯穿全身。我大叫:"我听到它们了! 我能听到它们! "

海伦喊道:"我也能看到它们! "

"在哪儿?"

"就在墙上……"

"哦,上帝啊,没错! 太突然了! 两只! "——我的录音机录下了这些话语——"哇哦,你是对的! 第三只在公寓楼上,在老旧的维多利亚公寓楼上! "

它们或许就是这片陆地上最珍稀的鸟类,堪比红背伯劳或者黑翅长脚鹬(black-winged stilt),它们很可能是红点颏(siberian rubythroat),我真是开心得无以复加。我对海伦说:"我从来没有想象过我竟然会对家雀有这种感觉。"

唧唧声还在继续。我就在一处小公园对面,那只是一个满是灌木丛的花园,唧唧声就是从那里传来的。当我们走进公园,立刻发现了家雀们,它们正绕着一个深埋在隐蔽处的鸟食罐盘旋。在这条知名街道上,这里是一处僻静之所,对于充斥着游客的伦敦来说,这里几乎与世隔绝,鸟儿们在花园里觅食,在街道对面的旧公寓上筑巢。

只有一小群鸟儿。

非常害羞,躲在枝叶后面。

但是,它们就在那里。

在伦敦市中心找到一小群家雀并不能弥补整个族群的消失,

但确实意义非凡。我猜，这是一线光亮。有时候我觉得毫无光明可言，但有时候，我又觉得还有些许微光。因为我们饱尝失去，我们失去了那么多，损失如此惨重。这种失去正在毁灭整个地球及其生物圈，其程度已经超乎想象。这种失去让我们人类作为一个物种看起来就像是个诅咒，像是对这个脆弱、精致且独一无二的星球的一种毁灭，而这颗星球正是我们的家园。但我们与自然界之间，依然还有纽带。

　　哪怕这条纽带并非始终是隐藏的，但大部分时候是看不到的，它可能是被噪声吞没掉的信号，它可能掩埋在五百代人的城市生活价值之下，可这条纽带远比那些人类经验要强大，因为它是由五万代人锻造出来的。在农民破坏草地、砍伐森林、将新的规则施加在人类身上之前，这五万代人一直生活在大自然当中。这条纽带掩埋在一切事物之下，但仍延续不断。纽带牢不可破。这条纽带并不是属于他，或者属于她，它是我们每一个个体继承下来的遗产，它是身而为人的一部分，能在我们的体内找到——虽然不太容易——我们也都能够理解它，在即将到来的可怕世纪里，这条纽带能够成为我们保护自然界的基石。所以，让我们把难以接受的损失抛在身后，与能够发现的纽带同行，让我们踏上欢乐之旅吧。

5/日历中的喜悦

　　然而，要发现并感受我们与自然之间的内在纽带并不容易，若是小觑这条路上的障碍，可谓愚蠢至极。我们必须承认，随着时代进步，障碍也会随之增加。根据联合国人口统计学家统计，在 2006 年 7 月 1 日到 2007 年 7 月 1 日，我们已悄然经历了人类历史上的重大里程碑：全球城镇居民的人口数量已经超过了人口总量的 50%。从此以后，这个星球上的大部分人都将过上都市生活而非农村生活，而且这也是第一次，人类与自然甚至半自然界（农业便是代表）之间不再有紧密接触。城镇人口占据大多数，并且还在飞速增加，而人类将失去直接接触生长周期的规律、季节性的影响、安宁、肉眼可见的繁星、没有被工业污染的河流、天然林、野生动植物——鸟类、野生动物、昆虫和野花——的直接途径，甚至在越来越多的地方，野生动植物将越来越少。任何形式的自然将不再是大部分人日常生活中的一部分。

　　究竟从何时开始，全球城市化进程变得如此之快？这个时

间节点值得我们去探寻。2014 年，据联合国《世界城市化展望》
（*World Urbanization Prospects*）的年度修订（正是这份文件将
城镇人口比例达到 50% 的时间更新到了 2006 年至 2007 年，以
前的普遍认识是在 2009 年），城镇人口比例已经达到了 54%，
并在 2050 年有望达到 66%：90 亿人口之中将有 60 亿是城镇
人口。

　　90% 的人口增长都将发生在非洲和亚洲，多数发生在它们
的"特大城市"里，这样的大都会如雨后春笋般飞速兴起，人口
数量从 1000 万、2000 万、3000 万持续增长到 4000 万，这是 21
世纪人文地理学最值得注意的现象之一：等到 2030 年，全世界
很可能出现 41 个这样的特大城市。为了经营如此庞大的定居点，
数以百计的"小型"城市将马不停蹄地发展成人口以百万计的大
城市，300 万、500 万、700 万，甚至更多，这将带来最为严峻的
社会及基础建设挑战，要供应充足的水、食物、医疗、教育、交
通、能源、就业及住宅。你也可以积极看待这方面的发展。我们
能够为这些城市甚至是特大城市的存在找出的一个理由往往是：
它们能创造就业机会，增加收入，提供医疗保障与教育条件，比
起辽阔的乡村地区，城市里的女性权益能够得到更充分的保障
（一直以来人们认为城市的管理更为良好）。但是这些问题，是关
心人类福祉、消除贫困的人所考虑的，而且理应如此；而我所考
虑的是自然界，以及人类对大自然的回应。但是无论从哪方面来
看，在我们所谓的人口城镇化中，我都无法看出这对我所关心的
问题有什么好处。

到 21 世纪中叶，自然反而可能变成亿万人的代表，代表全世界三分之二的人口——城市却不行。人们的共同记忆是清新的空气而非雾霾，是清冽的河水而非污水，是青草绿树而非水泥和汽车，是自由自在的野生动物。现如今，我们只能通过视觉再现回味这些。这完全可以理解，如果臃肿的城市环境继续加重居民的负担，污染持续恶化，我们只能忍不住去希望，全世界的城市居民都有机会逃入绿树和青草的怀抱，躲进清水和洁净的空气之中，它们是如此珍贵，尤其是当我们在河边野餐或者在森林里闲谈漫步时，将喜悦与满足投射其中，我们会发现快乐是如此强烈……但在目前的剧烈变革之中，所有这些都将丢失。

我们之所以渴望上述景象，是因为对自然历法有亲近感，这是地球从生到死到再生的伟大年度循环，对自然历法的感受是我们史前祖先的关键特征，城市居民很久之前就已经丧失了这种意识，但它依然顽固地存在于乡村居民心中。当然，我们并没有彻底失去：即便是感觉迟钝的人，在水泥玻璃大楼的三十层楼里，在亮着氖气灯、开着空调、提供卡布奇诺、完全数字化和电子化的环境中工作，他也能感觉到夏天更热冬天更冷——总有出门在外的时候——但我指的是一些更微妙的感受：是对转换与转变的感受，对一些极其微小的信号的感受。这些信号极易淹没在交通噪声、电子音乐和污染之中，但我们仍能越过重重障碍，感受到地球正处在巨大的变革期，感受到旅程开启的迹象，而不是抵达之后的大声宣告。冬天过境，全世界被唤醒，种种信号给我们带来了强烈的喜悦、激动甚至是崇敬之情。我们既然生而为人，便能生出最为强烈的情感，就我自己而言，大自然的信号总能给我带来强烈的喜悦。

我要踏上喜悦之旅。但人们渐渐失去了这种喜悦，不再熟悉自然的节奏与脉搏，未来几年，这种失去将延伸至三分之二的城市世界中。我的沮丧溢于言表，自然的变迁会变得无人标记，无人哀悼，因为在特大城市的贫民窟里，有人还在为填饱肚子、基础医疗、孩子的教育而苦苦挣扎，他们生活的地方没有卫生设施，没有能源供应，自然的喜悦也就无足轻重。那自然的节奏呢？这一点也不重要。我们当然理解这些。尽管如此，这仍旧是重大的损失。回顾我在自然界邂逅的喜悦，还有在日历当中收获的喜悦，我越来越这样觉得，万物复苏的信号是从冬至开始的。

冬至？许多人会这样问，尤其是年轻人。相信我，他们真的会这么问。冬天，是一年中意义最为重大的时刻！从冬至开始，白昼不再变短，而是一点点重新变长，这可是千年来不变的庆典！世界会变成什么样呢？这是巨石阵存在的理由（或者说理由之一），是爱尔兰最著名的史前纪念碑纽格莱奇墓存在的理由，是圣诞节在 12 月的理由。（维尔特郡〔Wiltshire〕巨石阵的排列方向指向冬至日落方向；米斯郡的宏伟坟墓与冬至太阳升起的地方在一条直线上；早期基督教会选择 12 月 25 日作为耶稣的生日，是因为在古罗马时代这一天就是冬至日。）如今一切都变了，部分原因是自 1582 年后，格里历（Gregorian calendar，即阳历）取代了尤利乌斯·恺撒的罗马历（Roman calendar），冬至变成了 12 月 21 日或者 22 日。冬至确切地说并非是特定的某一天，而是地球公转轨道上可以准确计算出的某一时刻，是地轴距离太阳最远的那一瞬间：比如在 2010 年，冬至是 12 月 21 日星期二，晚上 11 点 38 分，然而这是日落之后，所以庆祝就要在第二天举行。

庆祝这一天的人其实并不多。冬至这天，德鲁伊教（druids）、异教徒、嬉皮士和各种各样的太阳崇拜者聚集在一起，组成一支驳杂的乐队，用宗教仪式和舞蹈来铭记这一刻，这是他们的习惯，还能给新闻增添多彩的一笔。在别处呢？这一天的意义如此重大，可现代人类在继续自己的生活时，却很少关注这一天。这是一个重要标志，非常典型，说明在忙碌的都市生活里，我们已经忘记了冬至，街灯让我们看不到星光，也注意不到日落——我们都是在假期的时候看星星看日落，是不是，亲爱的？快来看落日呀！——尤其是在圣诞节前 3 天，我们才不会注意节气呢，所有人都在狂热地为假期做准备。

然而，随着年纪渐长，我爱上了冬至。地球有自己的节奏与进程，无论我们是否在忙乱的生活之中，丧失了与它们的联结，但万事万物都要依赖它们不断延续，冬至代表了其中最强的力量：重生。即便是在至暗时刻，白昼重新变长的那一瞬也是新生命萌芽的开始，因此，尽管全世界有那么多不同的文化，但冬至日会被人们广泛庆祝——重生的奇迹总能让人感到惊奇。死亡被驳回。新的生命一定会静静降临，正如老去的生命一定会死去，如此恒定，真是奇迹。要知道，每一个人的生命都是线性的，可大自然的生命却在一个圆里循环，虽然你会害怕，说不定哪一年这个圆就会打破，但它始终完好如初。

老去让我更加感恩这种奇迹（或许是因为我不得不悲伤地承
认，这种奇迹不会降临在我身上）。它所创造出的东西都能让人
更加敏锐地意识到它的到来，尽管每一年，对大多数人而言，这
奇迹可能深藏在圣诞节前的疯狂购物、派对、拥挤的公共汽车、
令人窒息的火车、乱糟糟的候机楼之下——但是，若你真不怕麻
烦凑近看一看，就能看到，在所有热闹背后，重生的奇迹正在上
演。比如，回到 2010 年，12 月 24 日的平安夜，星期五，你暂时
从最后一分钟的限时抢购抽身出来，便能看到日落是在下午的 3
点 55 分；而次日下午，当全世界吃完圣诞节午餐时，日落时间是
3 点 56 分；等到星期一，12 月 27 日，有些人已经回到了工作岗位，
有些人还在休假，其他人还在犹豫到底要不要回去上班，日落时
间是下午 3 点 57 分；到新年前夜，12 月 31 日，星期五，所有人
都准备好进行最后的挥霍，日落时间敲响了下午 4 点的时钟：4
点 1 分。年年如是，在完全没有人注意的情况下，这些几乎觉察
不到的变化却一直在继续，直到 3 月第一个星期天的某一刻，比
如，由于某些原因，你提前下班回家，可能是去看了牙医或者干
了别的什么，6 点 10 分左右，你从厨房窗户望出去，注意到天还
亮着，阳光出奇的平静，光线却相当棒，这不太寻常，有点新鲜，
明明已经是晚上了啊。等到了夜晚，你打开通往花园的厨房门，
一只乌鸫正在对面的屋顶上鸣唱，相隔两栋房子外的邻居家传来
一只画眉鸟的啁啾，两只鸟的叫声在这刚刚出现的光辉之中是那
么清透，那么洪亮，那么自信，在这样一个时刻，只有亲身经历
过的人才能明白。菲利普·拉金捕捉这一刻捕捉得相当精彩：

夜更长了，	On longer evenings,
光线，寒凉而微黄，	Light, chill and yellow,
洒在宁静的	Bathes the serene
屋前。	Foreheads of houses.
一只鸫鸟在鸣唱，	A thrush sings,
月桂环绕	Laurel-surrounded
在光秃秃的公园里，	In the deep bare garden,
它清新的歌喉	Its fresh-peeled voice
惊艳了砖墙……	Astonishing the brickwork …

忽然之间，你意识到，整个世界都处在某个大事件令人惊叹的边缘：春天即将来临。

冬至正是春日的开端。朋友们曾经对我说过，他们最不喜欢的月份就是 1 月和 2 月，但我不是。我最不喜欢的是 11 月和 12 月初，此刻的地球一直朝着黑暗前进。一年里的头两个月或许气候恶劣，但是背景音里却嘀嗒着奇妙的声响，那是一段洄游向光明的旅程，势不可挡。为了标记春的开端，我必须得站在一个期待冬至远胜过圣诞节的地方。圣诞节主宰着我们的文化。我不反对圣诞节：我是在基督教环境中成长起来的，我敬重基督教的故事，享受它的传统、音乐和节日，如果你在童年时期也幸运地受到这一切的洗礼，即便如今宗教因素早已被商业化了，你还是会热爱圣诞。当然我也承认，对某些人来说，整个节日都会让他们像冰川期一样被彻底隔离，度过一段不怎么开心的时光。

但是冬至……我只能说，随着我步入人生最后一个阶段，冬至的到来让我内心充满喜悦（纵然我并不会长途跋涉去巨石阵），我从一开始就试图描绘出大自然所带来的喜悦究竟是什么模样：一种突如其来的深沉爱意，源于某种恐惧，自然界作为一个整体，总有什么意想不到的、罕见的东西。我能想到的最意想不到、最罕见的现象便是大自然每年一次的重生。事实上，这种重生有着许许多多特殊标记，如果你愿意的话，可以在自然历上标出这些充满变化的日子，冬日过后，万物复苏，这一切都和冬至一样令我喜悦，我会在心中默默庆祝。

最先出现的是雪花莲（snowdrop）。玲珑洁白的雪花莲，在隆冬时节萌芽开放，在法国，它被形象地称为 perce-neiges，钻雪者。我一直对雪花莲着迷，因为它能引发文化共鸣。它们和圣诞节时基督教堂里的圣餐有密切关联，虽然，可能没人不知道 12 月 25 日，或者能不受圣诞节的影响，但是我怀疑，现如今，1000 个人里是否有 1 个人知道圣烛节（Candlemas）是什么。

2 月 2 日，在犹太教里，这一天代表着基督出生 40 天后，圣母斋戒开始（这一天也是为了纪念幼年耶稣在圣殿里显现）。然而圣烛节长期以来还有着其他的现实意义，尤其是在中世纪：这一天，所有教区居民都要带上蜡烛来到教堂，接受神父的赐福。他们这样做是为了能够——那个华丽丽的词怎么讲来着——驱邪消灾，没错，让他们能够避开恶魔的影响。长长的队列缓缓挪动，赐福完毕后，蜡烛一一点亮，摆在圣母玛利亚的雕塑前。想象一下：在 2 月典型的阴霾日里，在四下幽暗的中世纪教堂，蜡烛的光亮奇幻而壮观，此情此景一定让虔诚的旁观者们入迷甚至着魔。那一定是一整年里最为明亮的时刻，没错，就是字面意思。（如果你亲自造访沙特尔大教堂，在大教堂最阴暗的角落偶然发现圣母像前摇曳的烛光，烛火明灭闪烁，你就一定会对我描述的情景深有感触。）

而另一个与圣烛节密切相关的光亮的源头就是雪花莲，它们是节日盛宴上的花朵。很容易就能看出来，这花与节日氛围多么协调，它就是完美无瑕的纯洁象征。它们曾经被叫作"圣烛铃"（candlemas bell），因此不难想象，人们在采摘雪花莲时心情有多么愉悦，或者仅仅是节日当天，看到教堂里的花朵越来越多，心情也会很好。即便是今天，你依然能在树林或者河谷里发现大量的雪花莲，尤其是在英格兰西南部——那景象激动人心，汪洋似的花朵染白了地面，自然的旗帜迎风招展——它们与古老的信仰紧密相连，几百年前，人们聚集在教堂墓地、古老的宗教地基和损毁的教堂及修道院里庆祝圣烛节。

所有这一切都深深吸引了我，然而，比起脆弱柔美的外表和与之相关的宗教传统，更让我着迷的是它们出现的时间，就在日历刚刚开始的地方——它就排在最前面，在任何一个冬日，总能第一眼看到它们。比如说，几年前，有一次和孩子们一起散步，那是1月里的一天，我们踩着冰封的湖面穿越树林，凋敝树木间的小径陡然一转，雪花莲就这样映入眼帘。一小丛雪花莲从枯枝败叶里探出头来，宛如在林地的暗棕色油画布面上泼洒了斑斑点点的白色，格外明媚，我马上就笑了，仿佛遇见了老朋友："嗨，你好吗？"我心中百感交集，但那是满溢的喜悦。可当时，我确实不能肯定心中的感受为何如此强烈，但是那天晚上，我坐下来想了想：地球仍旧紧紧锁在冬日的牢笼里，而我呢，缩着肩膀在外套里瑟瑟发抖，艰难地适应这严冬，仿佛酷寒永远也不会结束，然后呢，预示着别的可能的迹象出现了。这是一种意想不到但又明确的提醒，温暖的日子会再度降临，我也由此明白了自己为何微笑：彼时彼刻，冬日林地响彻死亡之音，而与此对抗的正是希望，它身披白色外衣，出现得突然而坚定。

雪花莲非常独特。在地球最为麻木的停滞时刻，唯独它们，通身招摇着乐观主义，这完全可以看作是公然的挑衅。然而，随着世界重新运转起来，苏醒，温暖，开放，春天的信号越来越多，有些信号令我万分激动，以至于我想把它描述为喜悦。第一只蝴蝶的出现便是其中一个信号，尤其是，如果——在英国通常如此——这第一只蝴蝶是硫磺蛾（brimstone，这种蝴蝶是明媚的黄色，如同黄油，事实上，很有可能就是"蝴蝶"一词的起源，也可能不是，没人真的知道）。这种情形偶尔会对我产生特别的影响：它能让我欢欣鼓舞。我发现，原来我一直渴望用某种方式来解释这种感觉，不那么因循守旧，又要不偏不倚。可惜，对于这件事，理性的知识——科学——是不够的。

老话说得好，科学给了我们知识，却带走了意义。从 17 世纪开始，科学就着手用各种各样的合理方式来解释这个世界，它颠覆或者说削弱了我们的诸多想象。然而，在看待这个世界的时候，明明还有许许多多非理性的方式可用，这些方式曾经广泛存

134

在，曾与传统信仰共鸣，如今却被我们弃若敝屣，比如炼金术、魔法、诅咒的力量，还有亚当和夏娃的故事。所有这些都为想象力的蓬勃发展提供了丰沃土壤，随之而来的压制也不可避免，我认为——随着我们征服月球，尼尔·阿姆斯特朗在月亮上留下他宽大的脚印——有些东西我们永远丢失了。

有一天我发现，我还是希望，至少有一样东西依然能留给我们，那就是精灵。我指的是脱离肉体的存在，超自然的实体，它们能够在全世界穿梭，任意出现或消失，有坏心肠的，也有良善的，要是你让我给你举个例子，那手边就有一个现成的：莎士比亚笔下的阿里尔（Ariel），《暴风雨》（The Tempest）里的守护精灵。

或许你记得，阿里尔注定要服侍普洛斯彼罗（Prospero）。普洛斯彼罗是个精通魔法的公爵，他的恶魔哥哥剥夺了他的爵位，并流放了他，他带着襁褓中的女儿流亡到一处荒岛。阿里尔四处翱翔，完成普洛斯彼罗的吩咐——他掀起风暴，将所有角色聚集起来，好让这个故事得以继续——但他也渴望自由，普洛斯彼罗最终还是给了他自由。

缥缈，虚幻，甚至雌雄同体（之所以说"他"是因为方便），毫不呆板，不受肉体制约，阿里尔正是这样一种生命存在，他为我们的人生带来了短暂的渴望，那渴望比空气还要轻盈。在《暴风雨》这部作品里，阿里尔不只是一个灵宠，尤其是如果将莎士比亚晚期创作的戏剧故事看作他的自传的话（很多人都这样认为）：普洛斯彼罗最终放弃了魔法，那是莎士比亚在同艺术说再见。通过这种解读，不难看出，魔法师给守护精灵自由完全是不情愿的，那正是莎士比亚自己的想象，他垂垂老矣，不得不和艺术说再见。他那伟大的作品已经在全世界广泛掀起了属于他的风暴——深入人心的角色与诗歌，但是现在，无论是否情愿，他都要同这一切告别，离开，成为一个住在沃里克郡小集镇的富有公民，等待死亡（用了 4 年时间）。

莎士比亚能够选择一种精灵——一种"诡计多端的精灵"来代表他本身的不凡，代表他天马行空、广为流传的作品，创造出如此灿烂的隐喻，他真的很幸运，这都要感谢那时候科学还没有将非科学的存在丢进"迷信"的垃圾桶里。可是这样的选择并未向我们开放。对我们而言，精灵已经彻底不存在了，我们不能把任何事情看作是精灵。有一年春天，我一直在思考这个问题，满心遗憾。3月的某个星期天，我在晴朗的早晨看到了新年的第一只蝴蝶，我努力想要找到某种方式，表达出看到这只蝴蝶时的欢欣鼓舞。

因为那真的是一只硫磺蛾，一只明黄色的硫磺蛾。利用科学和理性，我可以告诉你与它有关的许多知识：它是一种节肢动物，在节肢动物里它又属于昆虫；它属于昆虫纲鳞翅目，属于蝴蝶家族的粉蝶科；它的拉丁学名是 *gonepteryx rhamni*（钩粉蝶）；它是以成虫的形态过冬的，在英国的蝴蝶里，只有 5 种蝴蝶是这样过冬的，它便是其中之一（其他 53 种蝴蝶是以卵、毛虫或者蛹的形式过冬的）；在毛虫阶段，它们吃鼠李树（buckthorn）或者桤木鼠李树（alder buckthorn）的叶子；它们伪装成枯叶冬眠，很可能是蛰伏在常春藤丛里，直到第一个暖和的日子将它们唤醒。

但让我抵达喜悦的不止于此。只消看上一眼便让我瞬间兴奋起来的，是年度转换时那激动人心的迹象，不仅仅是温暖的时刻再度回归，更是伟大的万物重生，是不可阻挡的伟大复兴。万物复苏的明媚光彩似乎宣告着它所预示的巨大变化。这就好像是一束阳光从太阳的光束里脱离出来，自在游荡，宣布春的到来。我意识到，科学虽然给了我们那么多生命知识，但是在这一刻，科学根本不可能传达这种意义，至少对我来说不行。

比如，要是我对你说，我看到一只昆虫，这句话当然没错，但这能告诉你什么呢？什么信息也没有。传递知识的分类当即就让意义扁平化了。但如果我告诉你，我看到一只小精灵，昆虫让我觉得像是小精灵，我们立刻就进入了截然不同的领域，我们进入了想象的疆域，并开始靠近万千奇迹，还有喜悦：3月里的一个星期天早上，在萨里（Surrey）郊外平淡无奇的街道上，我看到了春日的精灵。

第一只硫磺蛾，第一朵雪花莲（同样还有冬至），它们之所以魅力四射，其中一个原因是，我们都在等待它们的到来，感受也相应地会因等待而更强烈。但是也有那么一两样预期之外的事物，同样标志着万物复苏的开始，这也是一种特殊的经历，在我心中产生了一种我称之为喜悦的狂喜。

其一是目击疯狂的三月兔（March hare）。至少 500 年来，

"动若脱兔"是英语里常用的明喻，指的是交配季节到来时，田野中的草兔们异常兴奋，据说简直像触电一样活蹦乱跳。刘易斯·卡罗尔（Lewis Carroll）在《爱丽丝漫游仙境》（*Alice in Wonderland*）中赋予三月兔的文学形象，强化了这个概念，如今它是人人熟悉的角色，是个概念里的形象，哪怕大家从未在现实中见过它们。我指的是 3 月时的草兔。

我见过许许多多的野兔，而且一直都特别喜欢它们（很高兴它们在一个几乎没有多少有特色野生动物的国度里受到拥戴）。我觉得我们之所以那么喜欢它们，一部分原因是，我们脑海中马上就能冒出与之对应的小东西，那就是家兔。还是小孩子的时候，我们时不时能碰到家兔，渐渐对它们熟悉起来，那时我们还没见过它们的亲戚野兔，等真的见到时，一眼就能看出两者的区别：野兔体形更大。我们心中标准的兔子蹲坐模样也得改变了。野兔耳朵高耸，后腿张力十足，和家兔一比就显得块头很大，琥珀色的眼睛鼓鼓的，身体也比家兔更精瘦，腿也更修长：它们浑身都是肌肉，看上去也更野性。和家兔相比它们更像是探险家，家兔看起来就是个家里蹲。没错，我和你一样看过《兔子共和国》（*Watership Down*），并且短暂地想过，在兔子社会里一定会出现戏剧。虽然你不会这么说，可是你不觉得，家兔就是有那么一点儿无聊吗？你明白我的意思。家兔做过什么有意思的事情吗？

但野兔可一点儿都不无聊。它们不仅是动物中步履匆匆的漫游者，同时还有那么一点超自然的感觉，事实上，在大量与动物有关的魔法传奇中，野兔都是乔装打扮的女巫——我在十八九岁

时，开始读沃尔特·德·拉·梅尔（Walter de la Mare）的作品和
他的儿童诗，这是我偶然发现的第一件事：

138

在田野的阴暗犁沟

这天深夜，我看见一只乔装成野兔的老女巫；

她竖起灵敏的耳朵，

小口啃食青草；

我小声说，"呀！野兔女巫"，

如鬼魅般越过田地

她逃跑了，留下了一地月光。

In the black furrow of a field

I saw an old witch-hare this night;

And she cocked a lissome ear,

And she eyed the moon so bright,

And she nibbled o' the green;

And I whispered 'Whsst! witch-hare',

Away like a ghostie o'er the field

She fled, and left the moonlight there.

　　虽然传说总把野兔和女巫联系起来，但看到野兔总能让我
兴致盎然。要说野兔有什么举动会让我联想到那些邪恶的传说，
比如它们会在 3 月发疯之类的，反正我这辈子还没有亲眼见证

149

过——尤其是赫赫有名的"拳击运动",据说它们会用后腿蹲立，像职业拳击手一样迎面站立，有时我会想象一番。它就像是我有关野兔经验中的一个入口。所以有一年3月，当我有机会和一个经常观察野兔的专家一起出行时，我抓住了机会。

吉尔·特纳（Gill Turner）是位和善的女士，六十岁出头，住在赫特福德郡，在伦敦市中心以北25英里。20年前，她偶遇一只野兔，这燃起了她对野兔的兴趣。一直以来她都在观察、记录、拍摄野兔。她自己居住的区域就有野兔出没，但是为了能让我更好地观察它们，她又带我往北走了20英里，到了东英格兰可耕种的大平原，辽阔的田野没有树篱遮挡，是一片"小麦苔原"。她在那里结交了一位农民好友，他也非常喜欢这里的野兔，从不忍心射杀它们，所以野兔就在他的地盘上开枝散叶起来。但是非法狩猎给动物造成了巨大威胁——他们带着猎犬，通常是一对灵缇或者是勒车犬争先恐后追逐野兔——所以她希望我不要泄露这个地方的坐标。"后果会非常严重，"她说，"他们会从全国各地来到这里狩猎。如果他（农民）叫警察，他们（猎人）就会把死兔子丢在他门口的台阶上。"

所以我不会透露详细地点，但是那里风景非常迷人，低矮连绵的山丘覆满薄薄的表层土，看起来光秃秃的，几乎没有防风林：非常典型的英格兰东部风貌。"天哪，冬天这里特别冷。"吉尔说。那是3月2日的早上，寒冷干燥，让我高兴的是有麦鸡鸣唱，它们还时不时露出踪迹来。我们沿着小径穿过一片小树林，来到平原之上，起初并没看到欧洲野兔的踪影。我问吉尔，这种动物

139

究竟哪里吸引了她。

　　人们其实误解了野兔，她提到了雌性野兔的产子习惯，它们是在完全开放的田野里生下野兔幼崽，在略显衰败的草丛里养育它们，而家兔则是在洞窟里生育，拥有相对安全的分娩室。"人们总说野兔是可怜的母亲，她们在野地里生下孩子，而后转身离开。可是当我花时间去研究它们时，我发现它们都是非常聪明的母亲，几乎是完美母亲。在生下幼崽之前，它们会花上数周时间来观察，看看谁会走过它们的地盘。雌性野兔基本一生都在同一个地点生育幼崽。它们会找到一个极其安全的地方，甚至在交配前，它们就已对这片区域上来来去去的家伙了如指掌。"

　　就这样年复一年，吉尔练就了格外敏锐的观察力，她发现了许多奇怪的小细节。野兔用沙土洗澡，她说："每当发现了干燥的粉质砂土，它们就滚进去。仿佛是一种规矩，一只野兔会等另一只野兔沐浴完毕再跳进去。"幼小的野兔会聚集在一起，追逐其他小动物。"我见过它们追逐乌鸦、野鸡以及任何偶然落脚在它们周围的东西。它们会齐心合力地把它给赶跑。"怎么辨别出年幼的野兔呢？她说："口鼻更短，耳朵完好无损。年长的野兔耳朵上有伤，尤其是雄兔。"当然了，她经常能看到野兔交配，疯狂的三月兔，追逐、拳击。过去人们认为这是两只雄兔在争夺一只雌兔，但现在人们认为，几乎每一次都是雌兔在对抗雄兔，因为她不想同这只雄兔交配。

　　随着我们深入农田，野兔逐渐进入视野。它们大都远远地看着，这里或那里偶尔出现一只，而后是一小群，四散开来，其中有一些靠近过来。一旦眼睛适应了那里的环境，你便能轻而易举看到它们，尤其是它们的耳朵，圆圆的黑色脑袋，直挺挺的。你也能更加清楚地看到，真的有很多野兔。上帝保佑这位农民。野兔们看起来都很镇定自若，来来去去地忙自己的事情—— 一点点啃食青草——然而，当我扫视到其中一群野兔时，有两只野兔忽然跳到彼此面前，挥舞起前爪，我不禁叫出声来："没错！"吉尔笑道："你要的东西来了。"虽然只有短短一秒，如流星般转瞬即逝。我有点儿疑惑，是真的吗？很快，同样的情形再度出现，这一次持续时间要长一些，我用双筒望远镜观察两只野兔露着白肚皮正跳来跳去，它们后腿直立，绕着圈子厮打，前爪疯狂甩动，都想打倒对方。而后它们停下来，隔着几米远的距离盯着对方看，就像拳击手缩回属于自己的角落，接着——仿佛下一轮开始的铃声响起——它们又碰撞到一起，真的是在空中相撞：它们一跃而起，扑向对方，不及落地，挥舞的爪子就已经送了出去，着地后又继续用后腿迈着舞步，疯狂挥动拳头。在我的脑海里，浮现出学校里的小男生，为了让心仪的对象注意到自己，在操场小小打上一架，我仿佛能听见他们嘴巴里喊着："打啊！打啊！打啊！"

我们沿着起起伏伏的山丘上上下下，多次目睹类似情形——一群又一群野兔，短暂爆发的拳击，时间稍长一些的交配，夹杂着疯狂的追逐，一只追着另一只，偶尔会有更多野兔加入进来——吉尔说那都是年幼的野兔，它们就是会这样追来追去，即使它们自己也不知道为什么要这么做。看过这一切，我感到身体里涌起无法遏制的兴奋，这不仅仅是激动（虽然真的非常激动），也不仅仅是满足，一直以来疯狂的三月兔都是一种道听途说的形象，如今我终于捕捉到了这难得一见的真实场景。我有一种特权感：我所目睹的是万物复苏的一部分，是通往新生命的运动，完全出乎意料，平常绝对难得一见，而这，就是所谓的喜悦了。

宛如亲眼见证了活力上涌。

宛如亲眼见证了活力以超音速四散开来。

还有另一个非同寻常的标志，也指向新一年的万物复苏，我曾亲历过，并在其中感受到了喜悦，但是这种体验太不寻常，我实在不知道该怎样去描述它，因为它来自现代电子学。

2011年夏天，英国一流的鸟类研究组织"英国鸟类学信托基金会"启动了一个项目，我个人对此有着浓厚的兴趣。这个项目关注的是杜鹃——欧洲杜鹃，这种鸟因为两个特点而闻名：其一，它把蛋生在其他鸟类的巢里；其二，它会在4月抵达英国，其双音节的"布谷"叫声是春天所有声音里最受喜爱、最显著、最独特的，音程非常完美（是个降三度和弦）。

我之所以对BTO在做的事情感兴趣，是因为两年前，我写了一本有关英国鸟类的书，是关于夏季到来的候鸟，它们从撒哈拉以南的非洲迁徙而来，比如燕子、夜莺、柳莺，尤其是杜鹃（春日使者，我这样称呼它们），而包括杜鹃在内的一些鸟类的数

量正在急剧下降。作为"生活在多重危险之中"的候鸟，很难知
道问题究竟出在哪里——它们可能在英国境内的繁殖地遭遇了困
难，也可能在非洲的过冬地有了难题，而且，它们每年一次，往
返非洲和欧洲，在漫长而疲惫的迁徙途中，也可能遭遇不测。

如今我们已经确定，大多数杜鹃在夏日繁殖季时都会去算计
其他鸟类，在它们的鸟巢里狸猫换太子，受害者包括东方大苇
莺（reed warbler）和草地鹨。我们也知道了杜鹃雏鸟是怎样刚孵
化出来就干掉竞争对手，垄断养父母的关注的。因此 BTO 的研
究项目是一种新尝试，聚焦于夏日之外的杜鹃，观察它们返回非
洲的旅程，以及在非洲的生活状况，想看一看这能否为它们数量
锐减提供线索。对于这些方面，我们几乎一无所知。相关数据也
只有一篇：1928 年 6 月，在伯克郡的伊顿，在一只黑背白鹡鸰
（pied wagtail）的巢里，有只杜鹃混在幼鸟之中。1930 年 1 月，
人们发现这只杜鹃死于西非的喀麦隆。

只有这么多。

剩下的全都是空白。冬天来临，从英国飞走的杜鹃会去哪
里？没人知道。

这个项目的目的是利用现代通信技术弥补知识空白：微型卫
星发射器已经取得长足进步，可以安装在小鸟体内，这样我们就
能一步步追踪鸟类在全球范围内的活动轨迹。这项工作已经在较
大鸟类，比如鱼鹰（osprey）身上完成了，到了 2011 年，人造卫
星"标签"已经足够轻小，完全可以让杜鹃随身携带并且不影响
其飞行。当年 5 月，项目成员在东英格兰捕获了 5 只雄鸟，就在

距离 BTO 位于诺福克郡的塞特福德总部不远的地方，他们给这几只杜鹃套上圆环，植入卫星标签，而后放生。

BTO 非常聪明，给它们取了名字。以前，这种严肃而昂贵的科学研究项目（每一个"卫星标签"价值 3000 英镑）哪会给研究对象起名字，只会给它们打上 XPWS137~XPWS141 或者类似的标签。但是基金会目光敏锐，看中了公众支持，因此给 5 只杜鹃起了名字，分别叫克莱门特（Clement）、马丁（Martin）、莱斯特（Lyster）、卡斯珀（Kasper）和克里斯（Chris），听起来特别像少年乐队的成员。这个项目还在新媒体领域迈出了一大步：给每只杜鹃建立了博客，分别记录它们各自的行程，所有人都能在 BTO 的官网上关注它们的博客，基本是实时更新。

项目效果立竿见影，非常引人关注，彻底推翻了古老的杜鹃儿歌：

四月	In April
他会来到；	Come he will;
五月	In May
他会留下；	He's here to stay;
六月	In June
换了腔调；	He changes his tune;
七月	In July
准备飞翔；	He prepares to fly;
八月	In August
消失不见。	Away he must.

8月，嗯？好吧，克莱门特6月3日离开英国飞往非洲，7月13日抵达阿尔及利亚。它竟然在夏天还未过半的时候就开始过冬了？BTO的科学家们震惊了。6月，克莱门特的叫声并没有变，它就那么溜走了。很快，马丁、卡斯珀和克里斯就跟上了（虽然莱斯特在诺福克湖区一直停留到7月中旬）。这还只是认知革命的开始而已。杜鹃的迁徙方向与禀性在研究者面前一点点展开，结果更是让人大跌眼镜。它们分裂成两条彼此相距甚远的路径，但最终殊途同归。其中三只杜鹃——克里斯、马丁和卡斯珀南下飞越意大利，越过地中海，径直穿过撒哈拉沙漠；而另外两只呢——克莱门特和莱斯特，它们去了西班牙，沿着非洲的大西洋边缘飞行，距离前者的路径至少向西偏移1000英里。然而等到年末，它们又在非洲大陆同一个鲜为人知的小地方刚果河盆地（Congo river basin）会合了。记录显示，从英格兰东南部飞来的杜鹃，飞了4000英里到刚果会合过冬（不是辽阔的比利时前殖民地刚果民主共和国〔Democratic Republic of the Congo〕，而是它北面的小小邻居刚果-布拉柴维尔〔Congo-Brazzaville〕，曾经的法属刚果）。此前没人知道结果竟是这样的。人们对此一无所知。大家一直认为它们是去了西非，去了塞内加尔之类的国家。更令人吃惊的是，它们结束旅程的地方竟然距离彼此那么近。新年到来时，克莱门特、马丁、莱斯特都在布拉柴维尔以北的特克（Téké）高原过冬，那是一片荒无人烟的草原，河边绵延着森林。卡斯珀在特克高原的最南部，克里斯则远在高原西北部，刚好越过刚果民主共和国的国境线。

你可能会说，我对杜鹃感兴趣是基于职业原因，并非如此。从一开始，我就密切关注这5只鸟儿的命运：无论何时你都能看到它们在谷歌地图上的准确位置（或者至少是它们的卫星标签最后传输信号的位置）。前沿的鸟类学真的太棒了，它跟踪实时发生的事件，见证古老的迁徙之谜逐渐被破解，真是令人激动，并且惊喜连连，但是更大的惊喜还在后面。

2012年2月7日，我登录BTO官网，检索杜鹃的页面，里面有对5只鸟一路走来的概括总结，我全都读了一遍。它们已经在刚果停留了两个月。没有克里斯和克莱门特的最新数据。莱斯特向北移动了75英里到达恩扎库（Ndzakou）。马丁向北移动了90英里，距离利库阿拉河（Likouala river）很近。卡斯珀超越了它们俩，从更远的南部向北移动了350英里，抵达了靠近刚果和加蓬边界的地方。

一些想法在我的脑中跳动。

我又读了一遍概览。莱斯特往北去了。马丁往北去了。卡斯珀往北去了。

我点击地图，查看它们的运动轨迹，都是细细的直线，橙色是莱斯特，绿色是马丁，黄色是卡斯珀。

它们全都指向同一个方向，北方。向北去往……我端坐的地方……我又是震惊，又是兴奋，我意识到此时此刻，我在屏幕上看到的究竟是什么。

它们正在返程。

壮阔的迁徙周期再度开启，而我突然明白了，无论这听起来有多夸张多不可能，我此刻目睹的，是人类历史上从来没有人目睹过的情形。

我正在见证春天从 4000 英里之外启程。

我真想用最高的音量大声叫喊出来。我想跑到街上去，抓住第一个擦肩而过的路人，把他们拖到我的电脑屏幕前，大喊着："看啊！看啊！现在也许是 2 月，也许天寒地冻，但是春天正在路上！就在中非降临！正朝我们飞来！就是现在！"悲哀的是，我内心循规蹈矩的部分占了上风，只能呆呆坐在原地，惊叹于我眼前的一切，让喜悦（那真是无上的喜悦）冲刷周身，同时也万分疑惑，究竟是什么引发了这了不起的迁徙。信号是什么？细胞里的喃喃低语，念叨着遥远的诺福克、东方大苇莺和它们诱人的临河鸟巢？非洲的降雨类型发生变化？白昼长度的改变？无论诱因是什么，它都对杜鹃下达了指令，非常专横，刻不容缓：再次启程。

从那时开始，我一直密切追踪它们的回程之旅，这又带来了另一场认知革命——所有在英国繁殖的杜鹃，无论它们选择哪条路径飞往南方过冬，最终都会选择同一条路径飞回北方。它们要兜一个很大的圈子，先向左转，飞往西非雨林；再横向穿过尼日利亚、多哥和加纳，所到之处，春雨催生昆虫，在千辛万苦飞跃撒哈拉之前，杜鹃们往往依靠这些昆虫来填饱肚子，补充能量。

它们需要昆虫。因为迁徙是杜鹃的灾难，也是杜鹃的成功，回程之行说明了每年一次长途跋涉的迁徙有多危险，多辛苦。克莱门特早早离开英格兰，2月25日死于喀麦隆，死因不明——可能是被其他动物捕食或者被猎人射杀。科学家们认为，4月16日，在西班牙南部的洛尔卡（Lorcal），马丁也死去了，死于一场反常的强雷暴。4月9日，卡斯珀在阿尔及利亚停止了传输数据，大家觉得，那可能是卫星标签出现了故障。但是4月末，克里斯和莱斯特成功抵达英国——4月30日，BTO科研队伍真的在诺福克湖区找到了莱斯特，他们看到了它，对它说欢迎回家。你一定能想象得到他们有多高兴。

我虽然不在现场，也同样喜出望外。不仅是为它们的回归而开心，更因为，这段8000英里的奥德修斯之旅，我亲眼见证了全部细节，亲眼看着它们穿越这颗星球上最为与众不同的风光。自从离开温和的东安格利亚，杜鹃们就投入了极端考验之中：它们穿越了地球上最大的沙漠撒哈拉，在西非，它们进入地球上最浓密的热带雨林，绕阿特拉斯山脉（Atlas mountains）和刚果的沼泽林（传说中刚果恐龙〔mokele-mbembe〕的故乡，那是非洲版的尼斯湖水怪）飞行。它们看过的可不止法国、意大利、西班牙和地中海风光，它们还到过马里、尼日尔和中非共和国。它们很可能游览过巴黎，甚至到过延巴克图（Timbuktu）。

野生动物任意穿梭地球，四处遨游，几乎没有几个人能够获得这种感受，泰德·休斯（Ted Hughes）在诗歌《十月鲑鱼》（*October Salmon*）中敏锐地捕捉到了这种感受。休斯注视着垂死的鲑鱼，它刚刚结束去往格陵兰海域的旅程，回到出生地来产卵，随即在德文河（Devon river）死去。"如此短暂地徜徉过奇迹长廊!"休斯这样写道。确实,5 只 BTO 杜鹃也在属于它们自己的奇迹长廊里徜徉过,对于我们来说,我们的显著优势,是我们可以跟踪它们(这个项目至今仍在继续)。

我觉得所有这一切都颇具启发性。我惊奇地看着它们漫游天地。但是,我忽然发现与它们正在回归的那个瞬间相比,这种漫游几乎算不上什么,完全算不上什么。双音节鸣叫者在呼唤,完美的音程响彻英国乡村,明确宣告新的季节已经到来。当我目睹那永恒不变的伟大周期再度开启,我知道那是最令人意想不到的信号,预示整个世界正在复苏。我可能永远也无法亲眼见到这信号,但强烈的喜悦之情并没有因此减弱分毫:就像冬至、第一朵雪花莲和第一只硫磺蛾带给我的喜悦一样,在 2 月的那一天,我端坐于电脑屏幕前,看到春天正从 4000 英里以外的非洲大陆中心迢递而来,这些喜悦交融汇聚,滚成了一个大雪球。

还有一个预示地球复苏的标志也曾给过我无限欢喜,那便是树上花(blossom)。这是英语奇妙又颇具魅力的特色,它用专门的词语来表示树木开出的花朵——其他语言里都没有,只是叫它们"树上的花"(les arbres en fleurs,或者 die Baum-blüte)——许多年来我都有一种模模糊糊的感觉,树上花本身所具有的特点里一定有什么独特之处,英语里的这个词则恰好契合了我的想法。假如我在盛开的黄水仙花圃尽头看到一株开花的樱桃树,虽然两种花朵都会引起我的注意，但是在我眼中，高处的纯白花朵还是比低处的黄色花朵更加跳脱醒目。

没错，我真是这样认为的。

为什么会这样呢？

过去我认为，树上的花朵总是一簇簇一团团地出现，开得奢侈浪费，尤其是苹果树、樱桃树和李子树的花朵，像极了它们即将结出的累累硕果，在这种丰饶的繁茂之中，这些花朵看起来就像是花朵本身的精华。但是现在，我觉得它们的吸引力更简单，也更深刻，是充满尘世意味的：一年到头大地都有鲜花开放，可是，一般来说，只有春天才会开出一树繁花。

所以树上花的本质就是一条横幅，一面书写春天的旗帜，迎风招展。多年以来，我默默建立起自己的树上花日历，热切等待每一种花朵在特定日期绽开笑靥。你可以在新年伊始马上开始这样一份年鉴，比如稀有的十月樱就是冬季开花，但是对我来说，这份年历要从 3 月开始，要从引入英国的外来物种开始，那就是木兰（magnolia）。那是非常庞大的树木，花开得令人眼花缭乱。伦敦西郊有我自己的小世界，前院里木兰树花团锦簇。每天，在从家门口走到车站的清晨跋涉中，总会路过好几株木兰，随着 2 月飞逝，想要忽略它们硕大的花苞几乎不太可能。它们挺拔、丰满，并且还在不断鼓胀，直到像电灯泡一样臃肿。这就好像是在看嘶嘶作响的烟花随时准备爆炸，最终，嘭！它们炸开了，忽然间，有些人的窗口前光秃秃的大树上开满了睡莲。

木兰的怒放极有规律，它们是路途尽头壮观的白色模范，多

148

年来我都十分留意它们的开花日期，可悲的是，这些如今已经不会再有了。它们的平均开花日期是 3 月 9 日，总是能带给我极大的震动，没错！就像第一次看到打拳击的野兔那般。那是第一棵开花的树所带来的喜悦。毫无疑问，整个世界都在变化之中。画面令人振奋，堪称绝美，无论白色、奶油色、粉色还是黄色的花朵，木兰的花朵无不洋溢着热烈、丰硕的热带气息，在英国极具异域风情。当然了，它们并非热带花朵：它们的原生地有两处，从植物学角度来讲，这两个地方也是世上更具独特魅力之处，它们分别是亚洲和中美洲（包括美国南部）。但是在过去的两个世纪里，植物搜集者们英勇无畏，不懈努力，已经将 200 多种怪异的植物带回英国本土，尤其是引入伦敦（特别是英国皇家植物园邱园〔kew〕），这些植物全都欣欣向荣地落地生根。

149

它们的花期大多是在寒冷或者万物凋敝的时节，周围的树木还在犹豫着要不要冒出一两片叶子来，它们就已经盛放，这也是木兰如此吸引眼球的原因之一，它是名副其实的快乐之源。另一个原因是，我更愿意在都市里看到它们，在都市语境里，它们的明媚鲜艳是那么大胆自信，展现出的风情同砖块灰泥形成鲜明对抗。但是呢，无论在哪里它们都那么特殊，或许是因为花朵的结构比较特别，不仅个头硕大——宛如白鸽在树上筑巢，一个特别喜欢木兰的园丁朋友曾经这样形容——而且它们的样子坦然率真：就像木兰树本身一样，线条简洁干净。从风格上来看，它们属于极简主义。

毫无疑问，木兰是最古老也最原始的开花植物之一（它们的花朵外表酷似睡莲）。1.5 亿 年前，它们从针叶树进化而来，从而让我们知道开花植物可能的模样。如果你盯着一朵木兰花苞看，会觉得它特别像紧紧闭合的松果。你可能会说木兰花就是炸开的松果演变而来，只是它们渐渐有了颜色，有了花蜜，能够吸引有翅膀的昆虫为它们授粉，这一类昆虫也是在同一时期进化形成的……然而写下这些，我是在骗人，真的。我关心的是大自然，而这几乎是园艺学了。因为木兰不是本土品种，在英国大部分地区你都得费点儿劲才能找到它们（虽然也有 4 种本土木兰分支）。只是因为，在我自己对春日树上花的经验中，木兰占据了重要位置，所以我才不愿意将它排除在外。

在我的树上花日历里，下一个物种遍布全国，那就是黑刺李（blackthorn）。它是樱桃属的成员（李子、樱桃、桃子和杏）之一，拉丁学名是 Prunis spinosa（黑刺李）或者刺李，结黑刺李果，那些小小的黑色李子微苦而清新，很涩口，直到 10 月霜降来临，它们才会变甜，届时便可用来做金酒，那是英国最有名的本地酒，甚至超过了法国的果味生命之水，备受追捧。千万别让我提起这个，说也说不完。黑刺李还是木材，可以用来制作珍贵的手杖——在爱尔兰，一般会用它来做圆头棍，一种打架用的棍子。其第三种用途是，它的叶子能为两种罕见的英国蝴蝶幼虫提供食物，黑色和棕色灰蝶（brown hairstreak）。说实话，黑色灰蝶有点无聊，但是雌性棕色灰蝶则是我们最可爱的昆虫之一，棕色的前翅上有微微发红的金色条纹，8 月末和 9 月，它会从高高的树梢降落下来，在黑刺李细嫩的枝丫上产卵，只有在这时你才能够看见它。我最为珍视的个人财产之一就是一幅画，画的主角是一只雌性棕色灰蝶，紧挨着花团锦簇的黑刺李枝丫，出自理查德·莱文顿（Richard Lewington）之手，他是个了不起的昆虫艺术家：每当看到这幅画我就想到了秋日礼赞。

然而，更辉煌的春日礼赞则是由黑刺李提供的。通常是在暮春三月，灌木丛上的花朵次第盛放。黑刺李不像樱桃树那样，因为悬挂着沉甸甸的花朵而垂下枝头，开花后灌木丛如同覆满白霜，看上去就像是仲冬早晨的树木。从一夜冻雾后醒来，你会发现每一根黑黢黢的枝丫似乎都洒上了糖霜。因为黑刺李的花朵会先于叶子冒出来，所以整株灌木看起来更加纤长脆弱，光秃秃的干瘦枝丫仿佛喷满了白色。无论瘦弱与否，它们都改变了地表风貌。黑刺李树篱种植非常广泛，从 3 月到 4 月初这段时间，乡村景色黑白单调，而黑刺李率先喷薄出大量的色块：在绿意到来之前的一个月，世界会先变得雪白。有一次，在早春时节，我从布莱顿开车去伦敦，A23 公路边上全都是开满花的黑刺李，绵延了一英里又一英里，每隔几码就有一丛，10 英 里，20 英里，30 英里，一直穿越萨塞克斯郊区。那里简直是一片黑刺李林区，从头到脚穿着白衣，我很好奇，有多少沿着这条双向车道飞驰而过的司机，会感激它们将公路两侧装饰得如此壮观。后来我终于发现了一处可以临时停车的地方，四周有黑刺李环绕，我停了进去，贪婪地掐下两根开花的嫩枝，深深呼吸它们诱人的香气。回家路上它们就待在我的仪表板上，与我一同回家。我爱它们。每一年都爱。

4月，黑刺李的花期过后，标记在我日历里的树上花开得越来越密集，越来越快。在家中的小花园里，有一棵苹果树（是绿宝苹果的幼苗）、一棵真正的樱桃树和一株丁香，大多数年份里，总能有那么几天，三棵树繁花齐放，用粉白相间、纯白和浅紫色的花朵奢侈地装点着我们的花园。在这样的时刻，拉开女儿卧室的窗户，就会猛然吸入一大口苹果花的香气，因为苹果花就在窗外，堵满了整扇窗。与此同时，周围的街道上满是七叶树（horse chestnut），它的新叶是色彩斑斓的祖母绿，花朵是最大的，此时花期刚刚过去，绽放了短暂芳华。七叶树的花朵宛如白色的罗马蜡烛，像凤梨一样硕大。在花期日历结束之前，还有一种树会开花，那便是山楂树，或者叫五月花，这是根据它开花的月份命名的。山楂花在灌木藩篱上开得丰盛而繁茂，和黑刺李的白糖比起来，它们更像奶油。

所有花朵都很美，但是深深打动我的并非只有花朵之美，而是，它们都是新的一年时光变迁的标志。每一次，只要看到一树繁花，你就会一头扎进春日。在自然历的力量之中，我觉得我们同自然之间的纽带显而易见，自然历上的大事件总能让我们喜悦起来。事实上，自然界一年一度的重生绝不是什么无关紧要的小事；至少，对我来说不是，当然，对很多人来说它很重要。有时它能将我引向强烈的喜悦，以至于我都不知该如何回应才好。

152 这样的经历在法国出现过一次。10年来，我和妻子还有两个孩子会在诺曼底南部的老旧农舍里度过大部分夏日时光。林木繁茂的佩尔什（Perche）山区，是悠久的中世纪佩尔什大马

165

（Percheron great horse）的发源地，大部分英国游客都会避开这个地方。这栋房子最吸引人的地方是有一个大花园，这里有许多鸣禽，包括最令人兴奋的访客——斑鹟，还有不断俯冲的燕子以及红雀和黄鹂，鸟儿们在电话线上引吭高歌，更有出人意料的怪异哺乳动物红松鼠（red squirrel），一次次从树林里跑出来穿过马路跑到院子里。有一次，妻子还看到了一只蛇形的石貂（la fouine）。但是对我来说，这里最为显著的吸引力或许是大量的昆虫。在昆虫贫乏的英国，蝴蝶漫山遍野，燕尾蝶、豹纹蛱蝶以及夜里飞蛾舞动的壮观绚丽场面已经成了遥远的记忆。在那里设置了飞蛾陷阱后，我才知道自己是个落伍的家伙。在这座了不起的飞蛾动物园里，有红裙灯蛾、深红银纹夜蛾（crimson underwing）和好几种不同的天蛾（hawk moth），尤其是黑带红天蛾（privet hawk-moth），简直像轰炸机一样庞大，第一次看到它时，我目瞪口呆。它就像所有飞蛾一样，比如衫夜蛾（angle shade）、华波纹蛾（buff arche）、八字地虎蛾（Herbrew character）、黄夜蛾等，不只是鳞翅目昆虫。有时会有个头最大的蜜蜂前来造访，深蓝色的紫罗兰木匠蜂（violet carpenter bee），个头和小香肠差不多。夜幕降临，孩子们会着迷于草丛里明亮的绿色光芒，星星点点，那是雌性萤火虫为路过的雄性在亮灯。

花园的另外一半被开辟成了小小的果园，有些年头了，种了14种不同的果树，有苹果、樱桃、桃子和好几种李子，包括西洋李子（damson）、法国李子（quetsch）、青李（greengage，意大利李〔reine-claude〕），还有黄香李（mirabelle）。黄香李在英语和法语里是同一个单词，如果采摘时间正确的话，味道绝对是所有水果里最美味的。黄香李个头很小，圆滚滚的，在快成熟时其外皮会呈现青黄色，之后味道就会非常完美，有一种被称为李子该有的味道的口感。就在果实成熟的最后一刻，在它从树上掉下来一两天前，黄香李的表皮颜色会变成旧旧的金色，并冒出红色斑点，然后，它的味道绝对是你从未感受过的，在甜味的基础上有着不易察觉的微妙变化，是你的味蕾从未体验过的幸福。

果园还获得了其他恩宠。春天里，花开得绚烂夺目，尤其是那几株纯白的樱桃树，看起来就像是 A.E. 霍斯曼（A.E. Housman）那无与伦比的抒情诗里的复活节树（"最最可爱的树啊……"），"挂满皑皑白雪"。而且，还有树上花在绽放，那就是鸟儿的鸣唱。

多年以来，我一直觉得春日里的鸟鸣是树上花的音乐形态。鸟鸣会让我们进入通感的领域，通过一种感觉来诠释并体验另一种感觉，虽然许多艺术领域的杰出人物都非常推崇这个概念，但我使用这种概念的时候不多，也不觉得特别有效。然而，一旦我的脑海中冒出通感的概念，再侧耳倾听柳莺的歌唱，当它们银铃般的嗓音犹如树上花一般，使北国严酷的风光变得温暖，那使用通感就在所难免了。在法国的果园里，鸟鸣近乎谄媚，每天早上，我们都在乌鸫、画眉、知更鸟、鹪鹩和苍头燕雀的大合唱之中醒来，其中最美妙的歌喉来自黑冠雀鹀（blackcap），那是你能想象到的最为甜美悦耳、婉转动听的歌声，我开始将这歌声想象成树上开出的花朵，鸟鸣与树上花的本质相同；之后，在这最令人意想不到的体验里——至少对我来说是这样的——它们合二为一了。

有一年的 4 月末，黑冠雀鹀在看不到的地方歌唱，深藏在藩篱之中，它所带来的喜悦令人浮想联翩；花园对面是花开灿烂的樱桃树，同样也是让人浮想联翩的喜悦；之后的星期天早上——我记得很清楚，鸟儿飞上了树梢，开始歌唱。

我惊讶得说不出话来。

154

这是上帝赐予的大树，开满雪白的花朵，美得让人无法呼吸；那从树上传来的上帝赐予的歌喉，同样让人无法呼吸。这棵树，这棵树中之树，不仅因为花朵的美丽而让人一见倾心，更绝妙的是，此刻它似乎正在开口吟唱。

我身上理性的那一部分无法处理此情此景，它远远超出了我的处理能力，理性彻底瓦解。不再只是简简单单地欣羡，而是进入了某种未知的感受层次，而只有一种可能的回应，那就是开怀大笑。浓浓的春日气息扑面而来，这就是属于春天的喜悦。

6/享受地球之美

如果我们跟随日历启程，追踪万物复苏的标记，便能深入因世界之美而感受到的喜悦之中。我要特别举出两个为我的人生带来喜悦的例子，一是色彩方面的，一是形式方面的。

有个显而易见的问题，我从未看到有人真正去谈论它，那就是，人类在这个世界里进化蜕变，世界其实并没有变美的必要。这颗星球有充足的空气、食物和庇护所，足够养活我们，升华我们的精神，直击我们的心灵。比如，有生命存在的大部分时间里，地球表面似乎只有一种颜色——植物的颜色。从 4.5 亿年前开始覆盖地表，基本可以肯定是绿色的，或许是各种各样深深浅浅的绿色，但总归是绿色。差不多有 3 亿年的时间，地球都处在给予或接受奇数的时期。然后，有些植物开始用昆虫取代风来传播花粉，逐渐演化出了有着明亮色泽的花瓣和生殖器官，从而将自己的存在昭告天下，以吸引昆虫的目光，就像木兰那样——在美的大爆发中，花朵应运而生，在尺寸、形状、颜色和数量上不断发展进化。古老的种子植物没有花朵，比如针叶树和苏铁植物，如今全世界也只剩下 1000 多种，而以花朵作为生殖系统的植物却超过了 35 万种。

开花植物的兴起是地球上的生命大革命之一，可它不一定非得发生，当然了，在我们出现之前，也不可能有人说它必须得发生。在一个只有绿色的世界里，我们依旧可能会开开心心地生活——也许我们怎样都能活得开心——也许我们永远也不会错过我们从未拥有过的东西。事实上，我们大多数人把花朵的存在视作理所应当，除了某些偶然出现的敏锐灵魂，比如小说家艾莉丝·默多克（Iris Murdoch），她笔下的一个角色（1970 年的《光荣失败》〔*A Fairly Honourable Defeat*〕）说："一个来自没有花朵的星球的人会认为，我们一定因为有鲜花环绕而乐疯了。"

他们很可能会这么觉得。所以，地球既给了我们生存的意义，也给了我们美的体验，这是地球最为独特的财富。它是一颗非常了不起的星球，不管怎么说，它极大地感动了我们，人类在约 4 万年的时间里，不断地将我们对地球的赞赏和颂扬形式化，我们称这种形式为艺术，从拉斯科洞窟壁画到莱昂纳多·达·芬奇。直到 20 世纪，在过去的 100 多年里，现代主义出现了，这是属于工业时代的新兴艺术哲学（也适用于因第一次世界大战而无法挽回乐观的世界）。在我们的社会中，文化精英已然有意识地拒绝至高无上的美，将崇高的美看作过时和自满，并坚持认为艺术真正的目标应当是挑战成见。他们全都忘记了或者说是刻意忽视美最初来自哪里。美最初的来源就是自然界啊。

近几十年，艺术家们走得更远了，美成了可疑对象。我在中年时，目睹了一种新奇概念在英国逐渐成形，并愈加有影响力，那便是对卓越理念的破坏。青少年时代，在我生活的世界里，人人都认为优秀卓越的价值观是理所当然的，尤其是在政治范畴内：这是战后精英统治的基石，事实上，自古希腊以来，这也是欧洲文明的基石。但是一切都不同了。在 20 世纪最后 25 年的时间里，在两个截然不同的领域中，普遍盛行两种对立的政治观点。在经济领域，自由市场的期待，即右派的期待，声势浩荡，势如破竹；但是在社会政策方面，奉行平等主义理念的左派，同样赢得了诸多胜利。这种平等主义信念并非是机会均等，这种机会均等的政治概念至少和 1776 年的美国《独立宣言》一样老套；他们宣扬的是一种全新的平等主义，就像结果平等一样。其核心思想是不应该有更多的失败者——这不难理解——但是，由此推论，也不应该有更多的成功者。没有更多优秀的人，没有社会精英。比如说，11 世纪时，普罗旺斯的吟游诗人开启了一种风尚，从而成为欧洲诗歌的核心，那就是歌颂女性之美，如今多少都有点失效了，因为对于某些可能不太漂亮的女性来说这个概念就是一种冒犯；而对于某些拥有诸多天赋，而非只有浅薄美貌的女性来说，这种赞美未免太自以为是。对女性的赞美就算不是彻底站不住脚，至少也得打上一个问号。这太突然了。但事实就是这样。彼得拉克（Petrarch）应该试着在今天吟诵赞美劳拉的诗歌，赞美她动人的双眸，看看还能不能出版。

　　我并不是要站在这种发展趋势的对立面。我甚至不会说它是错误的，或者不好。我只是说这是不可否认的事实，这值得我们

去注意。在某些领域，美受到了意识形态的束缚，与特权联系在
一起，被视为特权人物的玩物。我也非常疑惑（当然，只是在闲
暇的时候），如果美再也没有立足之地，那我们若是敞开心扉，
毫无保留地赞美——比如说，一朵兰花——我的意思是赞美它的
美，它的优雅，它的魅力，不可否认，所有兰花都具有这些特
质，可能会显得很不合时宜……

　　我们无法再像从前那样去赞美那些美好的事物。但是不可否
认，自然之美中所蕴含的崇高感，在我们的高雅文化中已经渐渐
消失，是现代主义轻蔑地将它扫到一边，而这种崇高美正是华兹
华斯的哲学信条。但现代主义在绘画、雕塑、音乐和诗歌领域都
获得了全面的胜利。比如，在 20 世纪早期时，有一个庞大的英
国诗人团体，被统称为"格鲁吉亚人"，他们广泛地书写自然，
很多读者都看过他们的作品。有些诗写得很不错，有些不怎么
样，但所有诗歌最终都被长久地遗忘了，只有一个人的作品除外
（这个例外当然是了不起的爱德华·托马斯，他绝不只是一个"格
鲁吉亚自然诗人"）。人们记住的是什么呢？ 是 T. S. 艾略特（T.
S. Eliot）在 1922 年创作的《荒原》（*The Waste Land*），正是这
首诗带来了现代主义革命。而后来者无不继承了这首诗里对待自
然的态度。20 世纪和 21 世纪的文化精英没有认可一般的美，尤
其是地球的自然之美，所以我们几乎听不到有关美的呼声。当然
了，仍然有许许多多的普通人，他们觉得自己不必与主流文化保
持一致，这些人对自然之美的沉迷更胜前人，我就是其中一员。
让我跟你说说某片小树林吧。我在一周之内去了这片树林 5 次。

连续 5 天，去了 5 次。在第一次之后，每一次去，我都会在入口处驻足片刻。我是在细细品味这个时刻。仿佛是面对一个准备就绪的新情人，这是前戏时刻——心跳不断加快，确定愉悦即将到来——但我的感受远不止于此。我将看见树林里蕴藏的宝藏，它们就藏在丛林深处，是真正罕见而卓绝的，堪比坠毁的飞碟。我有预感，我会因此狂喜迷醉，我发现自己在思考……每一次在入口处驻足，我都对自己说，我知道那里有什么……

那是一种蓝色。

一种让你震撼的蓝色。

一种让你目眩神迷的蓝色。

这蓝色如同轻烟，贴着树林里的地面飘过，每一棵树仿佛都是从这蓝烟里拔地而起。那是一种非固体的蓝色，不像蓝色大门那么坚固，却始终在光线和阴影之中变化，一会儿是紫丁香色，一会儿是深蓝色，一种温柔而又格外强大的蓝色，它的存在是如此强烈，让人挪不开眼。某些瞬间，真的很难相信这种蓝色轻雾是由花朵组成的。可这就是蓝钟花（bluebell）的美，是它带给人喜悦。花朵星罗棋布，数量庞大，每一枝根茎上都有一打蓝色的小脑袋，齐刷刷点头致意，成百上千的花茎挤在一起，挤满每一处林间空地，直至它不再是植物，成为整片树林难以置信的底色，压倒一切。

它们制造出一种非常奇异的现象——蓝钟花林，你一进去就震惊不已。它们是英国的自然特产之一——这种花源自潮湿的欧洲大西洋边缘，和别处相比，我们拥有的蓝钟花更多——当然了，它们不仅仅是特产，还是荣耀。蓝钟花在英国有两处绝美的栖息地，这里便是其中之一。在"物种锐减"的风暴中，农民们摧毁了某处乡村地区，从前极具价值的活物全部消失了，蓝钟花却带来了奇迹，或许是大自然中最为壮丽的幸存者。花朵浩如烟海，密密匝匝地拥在一起，遍布荒野，人们总是用床单、地毯、长彩带这样的词来描述它的盛放，而花开遍野正是它的吸引力之一。不过对我而言，这不是最关键的，因为像床单一样铺开的雪花莲或是地毯一样的银莲花（wood anemone）、漫山遍野的阔叶蒜（ramson）、野生鸭蒜（wild garlic）盛放时也是如此，无不令人印象深刻，这种情景不足以把我一再拉回来。连续 5 天造访树林之后，我非常肯定，蓝钟花最关键的吸引力在别处，是蓝色。

　　人们对美学感兴趣，愿意讨论美，但我觉得人们在试图抓住美的核心时，很少强调色彩；他们更着重关注和谐，比例和谐，尤其是在建筑学领域或者人体构造上。我看得出这种偏好有强大的影响力，对此也没有任何不赞同；但我想说，就我个人而言，自然界的色彩有着难以抵抗的诱惑力，颜色越是妩媚动人，在我眼中就越是奇异独特。其实特别简单，比如大型铜色蝶，这种蝴蝶 19 世纪时在英国灭绝，在 20 世纪时又被再度引入剑桥郡的伍德沃顿沼泽（Woodwalton Fen），可惜的是，它又一次灭绝了，但你还是能在欧洲大陆看到它（我就见过）。大型的雄性铜色蝶扑扇着四只亮橘色的翅膀，闪闪发光。没什么复杂之处：就是亮橘色。你定然能想象得出，这纯净而高饱和的橙色是什么样，事实上，它可能远远超出你的想象。等你最终亲眼看到它，喜悦便油然而生，你会感叹这大千世界无奇不有，你对世界的认识也忽然间扩大了。要知道，大自然创造你从未见过的色彩和色彩组合的能力无穷无尽，这就是地球的美，半是震颤，半是喜悦。如果说 3 亿年来陆地只有一种色调——绿色（很可能是这样），那看看我们现在所拥有的：我们有 35 万种开花的植物，野花的种类则更多；还有 20 万种蝴蝶与飞蛾，挥舞色彩斑斓的翅膀；我们有 100 万种昆虫；盘旋在它们头顶的是 1 万种鸟类；还有 1 万种爬行动物；7000 种两栖动物。几乎所有动物都用色彩区分彼此，更别提 8000 种光彩夺目的珊瑚礁鱼。

161　　　我们能列出大自然的全部颜色来吗？这件事我们肯定要去做，利用英语中 11 种基本色彩词（根据柏林 - 凯假说，按层次结构排序）：黑色系和白色系；红色、黄色、绿色和蓝色；棕色、紫色、粉色、橙色和灰色。但是这些颜色不够细腻。那猩红色、赤褐色、紫罗兰色和橄榄色呢？绛红色、硫磺色、靛青色和祖母绿呢？还有洋红色和绿松石色，象牙白和海宝色，薰衣草色和紫褐色，珊瑚色和淡紫色呢？……随着色彩层次越来越完善，这些颜色似乎循着一条长线，彼此之间的距离渐渐变得模糊微妙——赤褐色、酸橙色、紫晶色、浅黄褐色、茉莉色、茶色、琥珀色、樱桃色、焦糖色、红褐色、蓝绿色、米黄色、牡蛎色、蔚蓝色、血红色、茶褐色、朱砂色、碧玺色和橙黄色……这些颜色不只是独自发光发热，而是惊心动魄地融合在一起，以醒目或精巧的图案呈现，形式有条纹、斑点、十字交叉，等等。这些全部都是属于大自然的颜色，还有很多颜色我们尚未命名。色彩无疑是自然最终极的丰饶。

为何存在如此斑斓的色彩呢？必定是有理由的：所有颜色都是功能性的。根据达尔文的自然选择理论，这些动植物都经过了进化，之所以色彩纷呈，纯粹是为了多方面提升自己在寄居地的存活率，有些颜色让它们变得显眼，有些则让它们隐身于泥土；有些颜色令捕食者恐惧，有些则让它们更具魅力；有些正合适它们的外表，并让它们颇具优势，而有些则让别人对它们敬而远之……然而对我们来说，缤纷色彩是动植物的最大魅力，如今，进化生物学揭示出了其背后的真相。可是，在观察像红裙灯蛾这样的生物时，我们人类并没有本能地去接受，但我们具有审美意识。它那黑色与奶油色相间的前翅上布满条纹，打破了它原本的轮廓，这是一种伪装，而它暗红色的后翅则布满蓝色斑点，是为了在捕食者面前忽闪着吓唬它们，好给自己千分之一秒的机会逃跑。但是我们绝不会将这对翅膀当成伪装，我们看到的只有漂亮的翅膀而已。我们看花朵也是这样，看蝴蝶、看鸟、看其他不计其数的生命体时都是这样：虽然它们的颜色具有实际功效，但我们通过这些颜色获得了喜悦。

我们身处地球，这真是天大的好运气，我们在这颗星球上不断进化演变，本不需要它为我们变得多么美丽，结果这颗星球却美到超乎想象，完全不是非黑即白的单调世界。就让我举一个例子来说明。有这样一群有机体，我认为，人类无论如何也创造不出它们如此斑斓的色彩，那就是北美林莺（wood-warbler of North America）。北美林莺和旧大陆的莺鸟——比如棕柳莺（chiffchaff）和柳莺——没什么关系，但它们共同进化，占据了相似的生态位，都是站在树梢的小型昆虫采集者。要知道，我们的鸟类总体上相貌平平，都是棕灰色的小生命，大多数是褐色和橄榄色的——它们更偏向用歌声而非外貌来表达自我。然而，美洲有 50 种左右的莺鸟，它们展现出了一系列绚丽的色彩与图案，举世无双（至少春日来临时，雄莺身披繁殖羽，格外亮丽）。我们常常发现，它们在色彩上是同一个主调的变奏，比如这只有黑色的喉咙，那只后背有条纹，色彩亮丽，让人眼花缭乱——赤褐色、金色、天蓝色、鸽子灰、火焰橙、海军蓝、栗色——而驳杂的色彩排列常常让人眼前一亮，简直是一场令人难以置信的视觉盛宴。几年前，我第一次对鸟类有了震惊的体验后，我问了一位著名的美国鸟类学家格雷科·布彻（Greg Butcher），当时他是英国奥杜邦协会（National Audubon Society）的环保部负责人，还是个鸟羽专家，我问他，自然选择怎么能造就如此难以想象的色彩变化？他说："这个嘛，首先是有色彩选择的，然后是区别性的选择，之后颜色才能恣意漫游。"——我觉得这是很迷人的想法。颜色是怎样漫游的呢？就举一个非常简单的例子，木兰林莺（magnolia warbler），春天繁殖期的雄鸟顶着灰色顶冠，眉毛呈白色，面颊呈黑色，脖颈呈黄色——这还只是它的脑袋——接着是黑色背羽，黄色小腹，点缀有粗粗的黑色条纹。但它还远远不是最惊艳的！亲眼看看金翼莺（golden-winged warbler）吧，或者是蓝翅黄林莺（prothonotary warbler），它们的颜色更加绚烂和光彩

163

夺目。还有黑喉蓝林莺（black-throated blue warbler），特别是黑斑林莺（blackburnian warbler），黑白相间的羽翼下是强壮有力的下肢。美国观鸟者亲切地称金胸歌鸲（passionate orange）为"百香果"。这些鸟儿如同破碎的彩虹，它们从远在中南美洲的冬季栖息地迁徙而来，在美国和加拿大的北方森林之中繁育后代。它们的到来代表着美洲最特别的事，那就是美洲的春天。即便是在美国中央公园看见它们，我也按捺不住激动的心情。我曾在中央公园见过一只橙尾鸲莺（American redstart），它是莺鸟中最为精美的，宛如一只黑橙交错的巨型蝴蝶，绕着树木彷徨盘旋，离游人如织的草莓地（Strawberry Fields）只有几米远。草莓地是为了纪念约翰·列侬（John Lennon），他就是在街对面的达科他大楼（Dakota Building）遭遇枪击的。

当然，我们是不可能创造出美洲莺来的，大自然可以，在色调和风格方面，大自然的构想无穷无尽。一切色彩都令人激动，可我还是觉得，最吸引我的反而是大自然偶尔给出的某种单色，浓郁而强烈，比如大型铜色蝶的亮橘色，某些水鸟最为纯粹的白色（比如白鹭），棕绿色沼泽上落下的新雪，或者是罂粟如口红般的猩红色，虹鳟（rainbow trout）侧面的紫色闪光，更有甚者，树林里蓝钟花的蓝色，春日里，我曾连续5天到树林里去看它们。

吸引我一次次回去的正是那种蓝色。我深知，比起其他颜色来，蓝色最能吸引我。先把蓝钟花放在一边，让我给出一些别的例子来吧。还有另外两种蓝色花朵也极易打动我：一种是深蓝色的，另一种是淡蓝色。深蓝色的是矢车菊，农民吉尔斯使用除草剂的"好习惯"灭绝了乡村地区的诸多植物，其中矢车菊最为醒目。我在诺曼底见到了许多矢车菊，弥补了极少在英国见到的遗憾；在法国，人们之所以种植矢车菊，是因为怀有特殊感情。因为它们是第一次世界大战中在战壕里英勇作战的法国军人的象征，正如在英国，鲜红的罂粟花依然象征着英国士兵。矢车菊尤其吸引我的是，它们看上去似乎在暗暗发光，或许因为色彩非常浓烈——是靛青色的，真的——却不是在阳光下发光，而是在黑暗中闪烁，简直就像是要从黑暗中挣脱出来。当我步入中年，渐渐了解矢车菊后，这种品质忽然触动了我内心的记忆，让我想起十几岁时读过并热爱的诗歌，那些诗歌清晰表达了我的想法，就像是念了咒语一般，那就是 D.H. 劳伦斯（D. H. Lawrence）的《巴伐利亚龙胆草》（*Bavarian Gentians*）。

> 巴伐利亚龙胆草，硕大，黢黑，只有黑暗
>
> 用如烟的蓝让白昼变暗，
>
> 那是冥王布鲁托的幽怨，
>
> 遍布棱纹，形如火炬，熊熊燃烧的暗影散播着
>
> 蓝
>
> 向下压迫，一点一滴，在白昼的清扫之下
>
> 摧枯拉朽
>
> 如火炬般的花朵，弥漫着蓝色轻烟的幽暗，布鲁托
>
> 深蓝的迷茫，
>
> 地狱厅堂里的漆黑灯光，燃烧着幽暗的蓝，

散播黑暗，蓝色的黑暗，如同德墨忒尔的白灯

散播光明

那就引领我吧，为我引路。

Bavarian gentians, big and dark, only dark

darkening the daytime torchlike with the smoking blueness

of Pluto's gloom,

ribbed and torch-like, with their blaze of darkness spread

blue

down flattening into points, flattened under the sweep of

white day

torch-flower of the blue-smoking darkness, Pluto's dark-

blue daze,

black lamps from the halls of Dis, burning dark blue,

giving off darkness, blue darkness, as Demeter's pale lamps

give off light,

lead me then, lead me the way.

　　劳伦斯要求花朵引他步入地狱，若你愿意，可以把这看作是
对死亡的预言（诗歌写在他的生命晚期，那时他身患肺结核，病
情严重），然而，可爱的"蓝色阴暗"魔咒却没给这首诗渲染上
丝毫阴郁或病态。无论何时，只要看见矢车菊，它们都会闪烁更
深层次的含义，这是劳伦斯的诗歌带给我的：它们也可能是通往

地狱的火把。可是，如果矢车菊属于黑暗，我钟爱的其他蓝色花朵，比如圆叶风铃草（harebell），则在光谱的另一端：它因苍白而为人知晓。事实上，它的苍白正是其自身魅力的一部分，它是那么敏感细腻。蓝钟花偶尔令我迷惑不解——它们和圆叶风铃草大小差不多，但蓝钟花属于风信子属，而圆叶风铃草则和鸢尾花、兰花一样属于风铃草属，与雏菊科的花相距甚远——与其说它们是春日花朵倒不如说是仲夏之花。当蓝钟花聚集的数量呈压倒性时，人们绝不会忽略它们的存在，圆叶风铃草则可能因此黯然失色。有时候你会发现它们一小丛一小丛地盛开，但更多时候却只有一两株。和蓝钟花相比，它们显得无比娇弱。林地里，蓝钟花生长在格外潮湿的土壤中，却有粗壮坚挺的根茎，汁液饱满；圆叶风铃草则生长于干燥开阔的地带——我最早在沙丘里发现了它们——它们的花茎如电线一样纤细。它们钟形的蓝色花朵，宛如用薄纱般的纸张揉成，如果说是哪个小学生剪裁拼贴出来的也不为过。这种纤弱意味着它能感受到最微弱的风，在微风中颤抖、点头，连续不断地闪烁。克里斯蒂娜·罗塞蒂（Christina Rossetti）写过：

希望如同风铃草，从出生开始便瑟瑟发抖……

Hope is like a harebell trembling from its birth …

虚弱与摇曳是圆叶风铃草最突出的特点，人们马上就会注意到这些花朵。犹如风中的灯光秀，有个朋友曾这样形容过它们。

181

顺便说一句，克里斯蒂娜·罗塞蒂并不是唯一一写到风铃草的
19 世纪女诗人；美国诗人艾米莉·狄金森（Emily Dickinson）也
同样写过一首有关风铃草的诗。她与罗塞蒂同龄——她们都出生
于 1830 年 12 月，生日相差不到一周——很不寻常，也很有说服
力。诗歌开场处，艾米莉·狄金森带有一点点明显的情色成分，
令人震惊，也让人忍不住想引用：

风铃草是否衣带渐宽

为了蜜蜂爱人

蜜蜂是否视风铃草为女神

就像从前一样？

"天堂"的珍珠护城河

能否被说服？

伊甸园会是伊甸园吗？

或者，贵族真是贵族吗？

Did the Harebell loose her girdle

To the lover Bee

Would the Bee the Harebell hallow

Much as formerly?

Did the "Paradise" - persuaded -

Yield her moat of pearl

Would the Eden be an Eden,

Or the Earl – an Earl?

　　理解这首诗可能需要一些解密，但狄金森用她那独特的破折号诉说了值得珍惜的事物，人们对于自己所追求的事物，或许一旦得到就不再珍惜。

　　然而，风铃草最深层的吸引力并不是摇曳生姿的灯光秀，而是色泽与时机的契合。它的外表之所以纤薄脆弱，呈淡淡的天蓝，是因为它出现在夏末，许多生命都已离开这片大陆——绿草褪成棕黄，鸟儿的鸣唱也渐渐歇止，雨燕飞离，鲑鱼不再露头。虽有花朵还在开放，比如粉棕色的大麻叶泽兰（hemp agrimony）和粗糙的黄色狗舌草（yellow ragwort），但是不知怎么的，它们就是属于凋敝枯朽的那种颜色。日历却说，你有什么好抱怨的呢？现在依然是夏天啊。可我却总觉得，每到 8 月 15 日，夏天就真的结束了，此后的感觉宛如自然界性爱之后的低潮——那是秋季到来之前的虚无时刻，它夹在两个季节之间，也有自己鲜明的个性。进入这段忧郁的时光（至少对我来说是这样），大自然会盛放圆叶风铃草：在荒野或沙丘，在草地或山坡，半透明的蓝色小吊钟捕获了风，捕获了光，捕获了人心，它们的颜色仿佛是在述说未来而非过往，哪怕周围的一切都开始褪色。它们给予这片大地最后的生机，世界从此开始走向凛冬与死亡。

　　苍白的挑衅与黑暗的脉动，这两种蓝色都能将我牢牢吸引住，但是无一能同蓝钟花媲美。蓝钟花的蓝色走得更远，能在我身上引起极其惊人的化学反应。我也会去想象，在其他人眼中，蓝钟花千变万化的阴影里包含了什么——那是最极致最耀眼的蓝，是自然的偶然赠予，是基础颜色的急剧强化才形成的风格，其他颜色似乎根本做不到。所以，这也成了大自然最醒目的视觉现象。我想它也只能是亮蓝色。对我来说，代表这种蓝色的典型是南非的蓝闪蝶（morpho butterfly），而英国本土的代表就是蓝钟花旁边的两种生物，它们都有翅膀，一种是我们土生土长的蝴蝶——阿多尼斯蓝蝶（Adonis blue butterfly），是一种缩小版的蓝闪蝶。它们和蓝闪蝶有着同样炫目的光泽，只是体形要小得多。事实上，在英国境内发现的蝴蝶里，有 7 种都非常美丽，但最有魅力还是最为常见的阿多尼斯蓝蝶，翅膀是色彩斑斓的淡紫色。我觉得它们的美并没有得到充分的认识，因为名字实在是不起眼——如果它的名字是伊眼灰蝶（Polyommatus icarus），那人们可能会更加喜爱它们。阿多尼斯蓝蝶用明亮的色泽给美丽的翅膀镶了一道蓝边，初次看见它们是一个朋友喊我看的：蝴蝶正停在草皮上，翅膀竖起收拢，只展现出下面斑斑点点的棕色，我蹲下来，仔细观察，心跳加速，朋友用指尖去触碰那只蝴蝶，忽然就炸开一小片蓝色来。

　　另一种蓝色代表是翠鸟。值得注意的是，翠鸟身上有两种蓝色。折叠起来的翅膀是闪烁的湖蓝色，这种颜色在雀形目的标准插图里能够看到：色彩引人注目，华丽出众，与棕橘色的下腹部形成鲜明对比。但让你无法呼吸的是另一种蓝色，那就是背羽的蓝，是一种只有在真实生活中才能看到的蓝色，而非绘制在茶壶或者贺卡上的那种蓝。当你看到翠鸟时，它肯定会急速飞离你，当它张开双翼，背部羽毛暴露无遗——蓝色跃然眼前。

这蓝色是如此明亮，仿佛是从身体内部发出的光亮。

这蓝色比天空还要明媚。

我在美术商店的色卡里从未见过这种蓝色，我对翠鸟的感觉和对大型铜色蝶的感觉是一样的，第一次亲眼看到这些生灵的人可能会涌起溢于言表的喜悦，他们对于世界的包罗万象又多了些体验。我儿子塞布就是这样。在诺曼底度假时，晚上我们一起出去散步，那会儿他 17 岁。我们沿着河边漫步，这条河是威斯内河，穿过佩尔什，附近有许多文艺复兴风格的庄园（称得上是浪漫的爱情庄园），这里非常偏僻。暮色渐浓，童话般的尖顶径直指向夜空。在愈发浓郁的暮色里，河水在高高的河岸间奔流，河边黑漆漆的，忽然间，我们脚下有一抹蓝光闪过，塞布猛然停下，惊呼道："那是什么？"我便告诉了他，他立刻来了兴趣。在一首旋律难忘的歌曲中，谢默斯·希尼（Seamus Heaney）用一行诗歌，轻而易举地捕获了这样一个时刻：

> 我遇见一位来自德里加韦的姑娘
> 她的名字，是失落已久的浓烈麝香，
> 回忆起飞流急转的河水，
> 翠鸟在黄昏时，闪烁着蓝光……

I met a girl from Derrygarve

And the name, a lost potent musk,

Recalled the river's long swerve,

A kingfisher's blue bolt at dusk …

塞布这一代人并不热衷观察大自然，但暮色里的蓝色闪光让 169
他毫不犹豫地停下了脚步。

蓝钟花对我来说也是这样的存在。在连续 5 天的春光中，在
同一片树林里，我因地球的绝美而哑口无言。5 天里，我刻意回到
那片树林，不断去看蓝钟花的颜色，那鲜活的颜色。在我意外与之
相逢时，它们正处在最好的状态，我很清楚，浓郁的蓝色很快就会
褪色，黯淡下去。一天，一天，又一天。我谁也没告诉。我觉得
我……为什么呢？惭愧？才不呢，完全不是。只是，大家都深受流
行文化规范的影响，我也不例外，我总觉得，要是说出自己连续 5
天去窥探蓝钟花，会让别人觉得有点古怪，或者别的什么。可我还
是一再被吸引去，毫无招架之力，用色彩填充所有感官，我谁也没
告诉。这种感觉就好像是自己也成了地狱的一部分……

迈入 21 世纪后，自然之美在官方文化里或许不受青睐，但
对无数聪明人而言，它仍旧保有无可争辩的魅力，并且效力强
大。这是一种强有力的证明，证明对自然之美的欣赏深深扎根在
我们与自然之间的隐形纽带中，这是一种本能。我的情况正是如
此。至今，否定美的后遗症或许仍与我们如影随形，我并不在乎
现代主义抛弃了美，对我而言，自然界保留了予人欢乐的能量，

它的重要性并没有因为艺术、文化或者哲学上的潮流而削弱——事实上，它的重要性反而与日俱增，不可估量，因为如今，自然界正遭受致命威胁。

回到蓝色，回到它对我的致命吸引力。我认为这也同样是出于本能而非文化。我很清楚，比起其他颜色我更沉醉于蓝色，从我自己的人生经历看，这绝不是社会化作用的结果。如果可以的话，我们应当承认，是人类与自然的相互作用才诞生了想象力，这种作用历经了五万代人。因此我想，或许我对蓝色的偏爱也来自这种相互作用，很可能我与某种颜色之间存在一条纽带，对我们四处漫游的祖先来说，这种颜色是主要颜色，在他们头顶上延伸得如此之远、如此之广，最终他们称之为天堂。而这条纽带就根植在我体内，根植于基因之中。

当然了，地球的美远不止于色彩。无论是地表风光还是它所孕育的生命，都能在外形上找到诸般美妙之处：群山连绵起伏，景致和谐，山谷充满隐秘的魅力，洒落其上的阳光千变万化，优雅至极的金钱豹，精巧的羚羊，猛然俯冲、投入战斗的鹰隼，还有我说过的沉着自信的涉水禽，美就在这些生命之中。我赞美所有这一切。但是，有一种景观非常特殊，它的美给过我喜悦，那就是河流。当然了，并不是所有的河流，而是非常明确的某一类河流，在特定的地方，它的美对我而言意味深长。这种美几乎超越了物质世界，到了理想王国。

　　最初接触河流时，我所接收的信息全是对河流的偏爱：我这一生都非常热爱河流，这多少同我 8 岁那年的阅读经验有关。那一年，我初次遇见的濒危物种让我狂喜入迷，即 BB 笔下的小精灵，来自《小灰人》中沃克里郡的愚溪。书中的水系让我格外亲切，它们永无休止地浅唱低吟、扑通扑通、哗啦哗啦，随着河水上涨，河面拓宽，河上有了拦河坝还有水磨。精灵们藏身于隐蔽的停泊处，那是一片杂草丛生的小岛，它们是这个长篇冒险故事里最重要的五个角色，尤其是菟丝子、苦龙胆和喷嚏草。在《顺流而下》这本书里，失踪后又被找到的兄弟——野生黄莓陪伴主角左右，他们一路追着河流直到大海，孤注一掷寻找新的人生。从那以后，但凡看见河流，我都觉它们是有灵性的，无一例外——在任何一段旅程中，只要途中穿过河流，我都想知道这条河的名字，只要有可能，我都要在桥上稍作停留，凝望水流。我的举动完全是无意识的。然而，随着年龄增长，我想，河流对我的引力或许是与生俱来的，或许远在童年开始前就已经形成，也许是从狩猎采集者身上继承而来的？是否有可能，愚溪的故事打开了早已存在的渴望，这种渴望一直都在，只是深埋在内心中。

　　如今，生活变得越来越程式化，越来越封闭，而我们可能觉得这一切理所当然，但河流仍是构成人类生存的关键元素。不过话说回来，河流真的有必要吗？哪怕没有花朵我们也能够在地球上轻松进化，所以没有流动的河水，我们也能够在一颗星球上扎下根来。所以，真正奇异的现象是永恒的变化和永恒的相似，而要提出这个主张，没有一点想象力是不行的。我们需要赫拉克利特（Heracleitus）来提醒我们，没人能够两次踏进同一条河流。但河流作为如此显著的实体，从人类进化之初便一直存在，并在适当的时候成为人类本质的一部分。我还记得，在认识到这一点时，我格外兴奋，那是我第一次看到这个真相由诺曼·麦克林恩（Norman Maclean）高贵地表达出来，他是美国的英文教授，还是个飞钓渔夫（fly fisherman），他的自传拍成了著名的好莱坞电影。"最终，"诺尔曼写道，"万物合而为一，一条大河奔腾流过。"

　　所以河流就像天空一样，很大程度上是我们来处的一部分，但还是要对河流做些区分。河流其实分为两个截然不同的种类：世界上的大河，以及其他河流。在我眼中，大河同其他河流是完全不同的两种事物，不只是地理学意义上的不同，其中还包括我们对它们的文化响应，它们真的比小溪小河大太多了。大河作为一片水域，旅行者们或许得沿河跋涉数千英里，它们当真算是纵向的海洋。encontro das aguas[①] 是巴西玛瑙斯（Manaus）附近的水流汇集处，索里芒斯河（Solimões）与内格罗河（Rio Negro）在此相遇，汇成了亚马孙河（Amazon River）。它们携着各自深沉的棕色河水并肩奔流，互不相扰，你会发现亚马孙河是有地平线的，和大海一样。事实上，探索世界上的大河，其难度远远超过勘探海洋：欧洲人在找到尼罗河的源头之前，早就找到了大西洋的尽头。在早期历史里，最能激发人类想象力的也是这些大

① 葡萄牙语，意为水流交汇处。

河，最早的伟大文明也多是环绕在大河流域：尼罗河流域的埃及，底格里斯河与幼发拉底河流域的美索不达米亚，印度河与恒河流域的印度，黄河与长江流域的中国。这些巨大的河道奇迹般地哺育了生命，同时也对依赖其生存的生命产生了巨大威胁。它们能够赠予我们丰饶，也能暴怒地毁掉一切——致命的黄河就是最典型的例子——依赖黄河生存的人本能地造出了自己的神祇，去崇拜，去感恩，去安抚。即便是在 20 世纪，成长在圣路易斯密西西比河边的 T. S. 艾略特也不禁将童年时期的庞大河流称为"强大的棕色神明"。

我也感受到了人们对密西西比河的敬畏，对其他大河也是如此，比如尼日尔河。在延巴克图上空俯瞰，水稻田宛如绿色缎带，蜿蜒着穿过马里棕黄色的半荒漠区，在巨大的彩色独木筏的映衬下，更显出河流本身的庞大，令人心生敬畏。但敬畏和喜爱不同，我所喜爱的河流无一例外都是其他类型，是小河，用人来打比方的话，那就是正常体型的人，不是超级巨人。这一次，英语可真是苍白了些，竟然没有给这两种河流作区分！法语中有天然的区分：大河是 fleuve，小一些的河流是 rivière，但是在英语里，很遗憾，它们都是一个词。所以，2900 英里的刚果河与莎士比亚笔下 85 英里的埃文河（Avon）都是一个词。让我先声明清楚，后文说到河流时，指的都是埃文河这样的小河，不是刚果河这样的大河，让我倾心的正是埃文河这样的河流。

我能给出的理由是，它们的存在使岁月静好，无须害怕，也不必费力安抚，这些小型河流生来就与我们友好相处。而且，一直以来我都有种很强烈的感觉，所有河流都是特别的，就像所有蝴蝶都是独一无二的，它们的特别就是最丰厚的奖赏——和它们的名字一样，五花八门。我花了许多时间去同河流交朋友，并且总能得到回报。我爱上了许许多多河流，包括兰开夏郡的霍得河（Hodder）。兰开夏郡是工业革命的摇篮，竟然还能拥有如此珍宝，我真的很吃惊。我还喜欢迪斯尼河（Dysynni），其河水幽暗阴森，孤僻地流过卡德尔·伊德里斯（Cader Idris）山下；在萨瑟兰郡的赫姆斯代尔（Helmsdale），我喜欢过小流氓一样闹腾的河流；我也喜欢过甜蜜害羞的河流，比如德文郡的里德河（Lydd）；我尤其喜欢那些与文学有关的小河，比如霍斯曼笔下的戴姆河（Teme），亨利·威廉姆森（Henry Williamson）的塔河（Taw）与托里奇河（Torridge）（泰德·休斯〔Ted Hughes〕也提到过这两条河），狄兰·托马斯（Dylan Thomas）的艾龙河（Aeron）（他和凯特琳给女儿起名为艾龙薇）；谢默斯·希尼笔下的莫约拉河（Moyola），顺着斯普林山（Sperrins）流入内伊湖（Lough Neagh），之前我引用过歌曲"蓝光翠鸟之河"（kingfisher's blue bolt）的歌词，其中有一句"在赤杨木下欢乐奔腾"。

它们全都是我的快乐源泉，让我无比喜悦，正像我试图定义的那样，那些美丽的河流有时候看起来超凡脱俗……好吧，它们在别处，但不是在什么香格里拉。你完全可以在地图上找到它们，虽然确实是不太常见的地图，你得定制才行。这是一种"比例尺为 10 英里的地图"——英国地质调查局绘制的英国地质图，每英寸代表 10 英里，地图上显示的不是行政区域或者景观特征，

191

而是地表下的岩石。各种各样的岩层用不同的颜色表示，这是为了做区分而不是为了与实物相似（标记我成长的地方威勒尔的三叠纪砂岩是沉闷的土褐色，确实和石头本身的颜色差不多）。每当我打开地质图，总能让我很兴奋的是一条绿色的河流，它斜斜地穿过英格兰，从左下角的西南部开始，一直蜿蜒到右上方的东北角，如同明媚的彩带。

那是白垩河（chalk）。在地图上，绿色代表白垩丘陵柔软的白色岩石，从多赛特郡绵延而来，一路向北，穿过维尔特郡、汉普郡和伯克郡，然后进入奇尔特恩斯（Chilterns），再往北进入诺福克郡、林肯郡和约克郡丘陵。它由亿万只微小海洋生物的残留物组成，在恐龙主宰地球时，这里是一片温暖的海洋，海洋生物死后的残壳沉积在了海床上。这里沉积着纯粹的碳酸钙，是美丽丰饶与野生动植物的慷慨给予者之一。白垩丘陵常被称为丘陵或者丘陵地带，是英格兰南部乡村柔美魅力的缩影，因为山丘的外形非常柔和，平缓流畅（宛如人体轮廓），和威尔士还有苏格兰那些峭壁嶙峋的花岗岩山脉截然不同。更重要的是，这些丘陵还拥有无可比拟的生物多样性，这里的草坪宛如一张开满鲜花的地毯，遍布芬芳的野生百里香（wild thyme）、马蹄野豌豆（horseshoe vetch）、远志属（milkwort）花朵、仙麻（fairy flax）和兰花（orchid），争奇斗艳；深绿色豹纹蛱蝶、大理石条纹粉蝶（marbled white）、银星弄蝶（silver-spotted skipper）和大量蓝闪蝶浩荡游行；从石䳭到云雀，群鸟云集。即便是物种锐减的今天，索尔兹伯里平原（Salisbury Plain）的白垩草原也有 1.4 万对

174

云雀，春日里，它们向大地洒下雨点般密集的歌声，像风一样成为天空的一部分……但最重要的是，白垩河给我们提供了水。

如果一定要挑出某样事物来代表地球之美，还只能挑一个，那一定是南英格兰的白垩河。它可爱得如同梦幻。哪怕和中等长度的河流相比，它们都显得很小，很久以前的垂钓者就称它为白垩河，这名字就这样流传了下来。垂钓者是这些小河的拥护者、守卫者，是一切河流庆典的参与者，这些人当中最重要的当数飞钓渔民，他们被视白垩河为最完美的鳟鱼河。在与飞蝇钓有关的文学作品里，白垩河有着重要价值，特别是汉普郡的泰斯特河（Test）与伊钦河（Itchen），在这两条河上，维多利亚时代的垂钓者发展出了用假蝇钓鱼的技术，这几乎成为一种时尚。在另一些记录里，还有几条白垩河为人熟知：多赛特郡的弗洛姆河（Frome）与皮多尔河（Piddle），维尔特郡的怀利河（Wylye）与埃文河（Avon，不是莎士比亚笔下的埃文河，而是流经索尔兹伯里的那一条），伯克郡的肯尼特河（Kennet）与兰伯恩河（Lambourn），奇尔特恩丘陵的彻斯河（Chess）与半斯堡河（Misbourne）。还有许许多多更小的溪流，有些小溪你甚至可以一脚跨过去——在贯穿全国的白垩带上，环境总署（Environment Agency）总共统计出161条这样的小溪——正是这些中等大小的美丽河流使这些小溪变得与众不同。

它们最为突出的特质还要数水质本身：那是全世界最干净、最清澈的河水，人们习惯用"金酒般清冽"来形容它们。河水清澈见底，让你挪不开眼。在白垩河里，河底多是柔软明亮的金色砾石，清晰可见，仿佛是透过一面一尘不染的玻璃窗看到的。水流之所以如此澄澈，都是因为地质原因。白垩是可渗透的，雨水可以通过它渗入地下水库或者含水层，雨水下渗的过程中也同时被白垩过滤。当春天将雨水还给河流，所有杂质都已经被清除干净，水是洁净的。这个滤水过程也让白垩河拥有了第二个关键特质——恒定的流动。当雨水毫无保留地冲刷大地，在所谓的大河里，水位会急速升高或回落；但白垩河却极具弹性，它们的水位始终固定，水流从容不迫，从不迟缓，也从不一泻千里，始终保持优雅（泰斯特河就像是卢瓦尔河〔Loire〕的缩影）。

这是多么美妙的特质啊，而白垩河所蕴含的丰富生命又进一步增强了自己的美好，这里有大量的水栖野花，以花毛茛（ranunculus）和水毛茛（water crowfoot）为首。毛茛用白色星星状花朵和祖母绿叶子装饰河流表面，至于掩藏在水面之下的鱼，以褐鳟（salmo trutta）最为活泼可爱，朝气蓬勃。它们是褐鳟是鲑科鱼类，它们精美而敏锐，无须像来自热带珊瑚礁的鱼类一样，把自己弄得花里胡哨，它们的美是北方美，是朴素的壮丽，流线型的外形远比装饰艺术更为流畅动人。它们永远保持警觉，身体永远在摆动，保持流动的姿态（垂钓者言："居安思危"）。金酒一样清冽的河水，清澈见底，不可思议。河蝇（river fly）奋力向上，飞在所有蜉蝣上方，它是最大也最漂亮的，其大小如蝴蝶一般，翅膀布满平纹。在河蝇的一生中，它们大部分时间都作为幼虫生活在沙砾河床中，暮春时节破土而出，在同一天中交配并死亡。河蝇成千上万，雄性跳起求爱的舞蹈，成群聚集，上上下下地飞舞，大约能飞 12 到 15 英尺高。但凡雌性靠近，便会被他们抓住，而后受精，雌绳将卵产在河里，随即死在虫卵表面的薄膜上。每当河蝇交配时，无论规模大小，鳟鱼都会为之疯狂，尤其是在夜晚，它们会火速攻击死去的河蝇，因忽然升起的贪婪之心去划破河蝇卵膜。哗啦啦，哗啦啦。扑通，扑通。一条河道上同时搏动着生与死。

30 年前，我沿着彻斯河边散步，发现了这些白垩河，便开始探索它们。随着探索不断深入，我渐渐意识到它们究竟是什么时，我震惊了：起初是因为它们绝美非凡，让人忍不住回眸，之后则是因为，在垂钓文化之外，它们竟然如此不受重视。在飞蝇钓和相关文学作品里，这些河流都得到了应有的重视，但是除此之外，它们对大众来说可能是像月球一样遥远的事物。诗歌没有赞颂过它们，画家没有描摹过它们，作家没有书写过它们，甚至是从方方面面书写过乡村的自然作家也没写过，除非他们恰好也是渔民，比如来自法洛登（Falloden）的格雷（Grey）——就是他评说过，光明正从整个欧洲逝去——他感情充沛地书写过伊钦河，就像写鸣禽时那般热情洋溢。白垩河从前似乎——显然依然如此——在国民意识里没有一席之地。对我而言，它们和蓝钟花树林没有差别——这两者都是英国自然界最为极致的美丽造物，可惜，我觉得并没能得到广泛的认同，或许，他们能够感同身受，只是还没有机会。像泰斯特河与伊钦河这样的河流，都是我们国家的丰碑，应当像我们的中世纪大教堂一样被好好珍惜。

似乎有点儿不可思议，他们竟然对白垩河如此冷漠，但我不在意。我知道自己正在凝视什么。我好像发现了一个秘密，一个只有垂钓者才知道的秘密。我开始如饥似渴地阅读文献资料（比如哈利·普朗克特·格林（Harry Plunkett Greene）的《明亮水流的相遇处》（*Where the Bright Waters Meet*）或者约翰·沃勒·希尔斯（John Waller Hills）的《泰斯特河上的夏天》（*A Summer on the Test*），诸如此类。那段时间，我有点儿走火入魔，来来回回不停旅行，把所有河流看了个遍。我追踪了泰斯特河的所有支流——伯恩·里维莱特河（Bourne Rivulet）、德弗河（Dever）、安东河（Anton）、沃勒普小溪（Wallop Brook）与棕河（Dun）。我驾车沿着乡间小路缓行，留心观察桥梁护墙，只要可以就都亲自到水边走一走。随着越来越了解这些白垩河，我才逐渐明白它们真正的独特之处——即便是用常被滥用的词语来形容它们也不为过，它们真的是"独一无二"。我所指的不只是漂亮，远不止于此。它们之所以独特，是因为纯净。

想想看，污染是现代社会的普遍现象，我认为，其中最典型的就是河流污染。我说的不是死水污染、海洋或陆地污染这种宏大命题，而是人们较少关注的污染。但是，只要提起污染，最先出现在我们脑海中的一定是奔腾的河流，脏兮兮的，污染严重，我们都不喜欢这情形。在历史进程中，大规模污染是新事物。对地球而言，比起250年前工业革命时的滥砍滥伐，如今的环境污染才是地球面对的最严峻问题。资本主义大爆发之初，没有清规戒律约束，河流就是自然界的第一受害者，它们纷纷被第一批工厂奴役，以提供电力，带走污染物。河流持续承受污染与掠夺，

直到20世纪80年代，西方制造业大规模崩溃，从那以后，不少
178 河流得到了清理。但是，纵观整个19世纪，以及20世纪的大部
分时间，在西方世界，绝大多数工厂及产业复合体，还有大部分
工业城镇，都有一条与之紧密相连的河流，肮脏不堪，数百万人
都曾亲眼看到那样的河道。

我不觉得人们对此漠不关心，虽然河流污染对他们并没有产
生直接影响。我认为，我们对河流污染都会本能地反感，这是我
从实际经验中总结出的观点。早前我就说过，河流对我们可能有
着深深的吸引力，这种吸引力深藏在基因之中，属于五万代人建
立起的那条纽带。若真如此，那么对河的着迷可谓源远流长，
早在大型制造业用污染物损害地球之前，这种迷恋就已经存在。
我们迷恋那些清澈的河流，而且它们本身就是净化剂，带走人类
的垃圾，又不会被这些垃圾玷污，在人类数量还没那么庞大时，
河流确实是人类的珍宝。若是我们的细胞内埋藏着一条河流（我
认为极有可能是在细胞里），那显然是一条完全未被玷污的河流，
近乎柏拉图的理想状态，是我们渴望已久的一条河，因此，目睹
现实中的河流备受折磨，会让我们悲伤难过，虽然我们并不知道
自己为何会难过。

然而，在当今世界，真有那样一条河流能够匹配我们心中那
种纯净的影像吗？在物质存在中，有什么能够接近我们的理想
吗？我们很可能环游世界，却永远也找不到它，这才是我们大多
数人可能拥有的命运，除非偶然找到了白垩河。它们的出现极度
震撼，忽然间，理想便照进了现实，内心的影像与之完美匹配。

很难描述白垩河水的完美无缺，在《泰斯特河上的夏天》这本书里，20 世纪早期保守派政治家、渔民约翰·沃勒·希尔斯写道，泰斯特河支流安东河的河水在他看来是"无法想象的纯净"。现实中的河水能有多纯净呢？你能想象出的纯净或许远不如安东河纯净。它不仅比你之前看过的所有水流都更澄明，都更清冽，它甚至比你想象中的纯粹更纯粹，所以完全不像是存在于日常生活中的水流，它是某种极致状态。河水的纯净让整条河闪闪发光，河流本身看起来也仿佛脱离了人间，好像属于某种更高级的存在。

夸大其词吗？我猜你可能会这么说。但是除了讲出真实感受外，我还能做些什么呢？几年前的一个 5 月的早上，我走出家门，来到了伊钦河上游，那里是汉普郡的奥文顿（Ovington），河边花朵盛开，杨柳低垂，水流平缓，无比清澈的河水中，鳟鱼掀起涟漪，阳光为眼前这一切镀上了金边，风景如此美妙，仿佛不在人间。

它当然是人间的一部分，我又一次感受到了无尽的喜悦。

我们可能在自然之美中得到怎样的喜悦呢？我还想再举一条河流的例子。但这个例子有些特殊，是个失败的例子。这个例子说的是我觉得那里可能蕴藏喜悦，结果却没有。那是一个梦想，最终无法实现，可是想来想去，我还是觉得这个故事值得讲述，不只因为这条河是全世界最著名的河流之一。

这个例子就是泰晤士河——伦敦的河，也是我自己的河，或者至少我是这么看待它的，因为我已经在它附近居住了 20 多年，并对它的历史着迷。每周我都要骑上自行车，沿着河边的纤道骑上好几英里，观察河水的变化。它是极具历史价值的河流，也同样是条美丽的河流，尤其是我最了解的这 11 英里河段——起点是汉普顿宫，途经特丁顿和里士满，流向英国皇家植物园邱园，穿过伦敦边缘的翠绿山谷，这里至少散布着九栋宏伟房屋或者壮观的宅邸——在伦敦，只有这里最接近卢瓦尔城堡 ①。

然而，从生物学角度看，这里并非白垩河。泰晤士河承受了英国历史上最严重的河流污染，200 年前，水污染直接导致了泰晤士河鲑鱼的灭绝。或许你认为泰晤士河并不适合鲑鱼生活，然而，直到 19 世纪初，还有大量大西洋鲑鱼（salmo salar）在此聚集，这种庞大的海洋鱼类会回到淡水河交配繁殖。在英国，有个无人不晓的故事，说的是，伦敦城里的学徒实在太讨厌吃鲑鱼了，所以他们将这个写进了师徒合约里，一个星期最多吃一次鲑鱼。这个故事虽然没什么历史依据，但是毫无疑问，从泰晤士河里抓来的鲑鱼量非常大，每年有 3000 只鲑鱼被送到伦敦鱼市场，用渔网捕鱼的人经常大批量地捕捞它们。比如，1749 年 6 月 7 日，在里士满桥下，一天之内就捕获了 47 条鲑鱼。它们是体形庞大的鱼类，有不少体重超过 50 磅的记录，16 磅是个还不错的平均值。过去数千年里，鲑鱼洄游非常固定，它们完全自给自足。

然而，从历史的角度来看，鲑鱼的消失也不过是瞬间的事。

---

① 卢瓦尔城堡是卢瓦尔河谷里的景点。卢瓦尔河谷是法国最大的旅游景区，为游客提供了一条长达 280 千米的旅游线路。"和谐"是这里最显著的特征，无论是建筑在河流上的城堡，还是躲藏在深林中的花园，人文风光与大自然在卢瓦尔河沿岸实现了完美结合。

同其他灭绝的物种相比——比如渡渡鸟或者大海雀，泰晤士河鲑鱼的消失是悄无声息的。人类行为对其他生物产生了诸多不可挽回的影响，鲑鱼的例子和其他例子一样，糟糕至极。鲑鱼消失得太快了，不超过25年，而污染就是罪魁祸首。

数个世纪以来，伦敦的河流都在接收污染物，但是这些河流足够强大，无论日渐壮大的城市居民往河里丢什么，它们都能给冲走，多多少少保持住了大体上的生态平衡。但它最终还是不堪重负，终于出问题了。1800年后，随着工业革命开始，伦敦人口数量激增，从1801年的（第一次英国人口普查）96万增长至1831年的160万，再到1851年的230万。这种繁荣给泰晤士河鲑鱼带来了两个致命问题：其一是直接进入河流的污染物数量激增，尤其是1815年，污水坑和房屋排水管接入了公共下水道（在此之前排水系统基本只是排水渠）。

伦敦的人体排泄物，即"粪便"，几百年来都是由手推车进行收集，将之作为肥料播撒向土地。而人口爆炸之后，粪便就倾倒进了河里，这个进程又因抽水马桶的发明而被野蛮地推向巅峰。

其二是首都的工业化飞速发展，河边工厂林立，有毒物质被大量排入河流，尤其是新建的煤气厂，自从1807年伦敦的大街小巷开始使用煤气灯后，煤气厂激增。煤气厂的废弃物毒性极强，含有多种有毒物质，包括石炭酸和氰化物。一方面，未处理的污水源源不断流入河中，另一方面又有致命污染物汇入，泰晤士河在伦敦境内逐渐变成了一条有毒、发臭的臭水沟。

接着出现的第三次大发展，对大西洋鲑鱼也相当不利。看看我们干的事儿，称自己为野兽都不为过——我们在河流上大兴土木。在伦敦上游，为了让吨位更大的轮船能够顺利进出工业城市，我们筑起磅锁及相关的堰。一切发展得太快。特丁顿船闸（1811 年）迅速成为泰晤士河新的潮差极限。一直以来这个极限是斯坦恩斯（Staines），1811 年。1812 年，建起了森伯里船闸（Sunbury）；1813 年，彻特西船闸（Chertsey）建成；1815 年，汉普顿宫船闸投入使用。这些船闸和它们的堤坝成为可怕的壁垒，阻挡了逆流而上迁徙的鱼类。这也改变了整条河的自然特质，致使水位上涨，水流变缓，水深增加，鲑鱼能够产卵的天然沙砾浅滩严重淤塞，最终，要么消失不见，要么全部被疏浚挖走。

鲑鱼遭遇灭顶之灾。它们无法在肮脏污秽的河水里生活，可是要逆流而上游出去又更加困难，哪怕它们能游出去，也无法交配繁殖。有一些图片记录了与鲑鱼有关的悲伤数据，是鲑鱼锐减的生动注解。这些图片是在梅登黑德（Maidenhead）的布特（Boulter）船闸处拍摄的，是渔民洛夫格罗夫一家在 1794 年至 1821 年间的记录。1801 年，他们抓到了 66 条鲑鱼；1812 年，抓到了 18 条；1816 年，14 条；1817 年，5 条；1818 年，4 条；1820 年，2 条，就是这样。1821 年 7 月 19 日，乔治四世（George IV）为自己的加冕礼特别寻求一条泰晤士河鲑鱼，但一条也没找到。人们相信，最后一条泰晤士河鲑鱼是在 1833 年 6 月抓到的，威廉·亚雷尔（William Yarrell）在 1836 年出版的《英国鱼类史》

182

（*A History of British Fishes*）一书里提到过（虽然并没有给出具体坐标）。

140 年以来，泰晤士河鲑鱼没有再出现过。鲑鱼消失后，污染进一步加剧，最终泰晤士河再也无力承受：1858 年 7 月，热浪让泰晤士河的气味异常难闻，位于威斯敏斯特的议会决定采取行动。这就是广为人知的"大恶臭"（The Great Stink），并直接促使工程师约瑟夫·巴扎尔格特爵士（Sir Joseph Bazalgette）建立了现代伦敦下水道系统。泰晤士河两边建立了庞大的拦截隧道，将问题从伦敦市中心转移出去。泰晤士堤岸是用来存放被拦截的城市垃圾的，首都的污秽一路向东，顺流而下 12 英里，抵达伦敦塔桥，来到埃塞克斯的贝克顿河口（Beckton）以及肯特郡的克罗斯内斯（Crossness）。

这一举措虽然让威斯敏斯特和深受其害的伦敦城如释重负，但也不过是把污染转移到了别的地方；下游的排污口位置并没有那么远，退潮无法将这些未经处理的污物冲入大海，最终，垃圾还是会随着潮水被送回来的。下游这些令人作呕的污染物如同巨大的"塞子"堵住了河道，导致附近区域的鱼类大面积死亡。在 19 世纪下半叶以及 20 世纪上半叶，这种情况一直在持续，战后，一切变得更糟，直到 1957 年，英国鱼类的最高权威，自然历史博物馆（Natural History Museum）的阿尔文·惠勒（Alwyne Wheeler）所做的一篇调查报告，证实了一个有关泰晤士河鱼类的令人震惊的观点：河里没有鱼了。

惠勒确认，在伦敦西郊邱园和东郊的格雷夫森德

（Gravesend）之间，已经没有鱼群了。这个真相深深刺痛了公众的良知。之后他又陆续发布了几份谴责性的科学报告，内容是泰晤士河的化学与生物状况。有些事几年前就该做了，如今终于得以实施——从1964年开始，贝克顿和克罗斯内斯的污水在排放之前，要先经污水处理厂进行净化，如此一来，污水中的微生物就无法再吸食掉水中所有的氧气，污水最大的破坏性不复存在。效果立竿见影：从1960年代中期起，河水中重新出现了鱼类，阿尔文·惠勒一直在进行监控。他有一个绝妙的主意，那就是责令沿岸的发电厂时不时检查一下，看看冷却水进水滤网中都吸进来了什么东西。一开始是蝌蚪鱼（tadpole fish，鳕鱼科成员之一），之后便出现了一个又一个物种：七鳃鳗（lampern）、刺鳍鱼（sand goby）、拟鲤（roach）、鲃鱼（barbel）和海鲂鱼（John Dory），等到1974年，已经记录了不下72个鱼种。随后，不可思议的事情发生了：1974年11月2日，一条8磅12盎司的鲑鱼被吸进了西苏洛克发电站的进气滤网，这是一条31英寸长的4岁成年雌鱼，发电站在达特福德附近，位于伦敦塔桥下游16英里处。惠勒亲自确认了它的身份，那一天，我们的梦想成真了。

我经常沿着萨里郡那一边的河畔的纤道骑车，从里士满骑到特丁顿船闸，穿过泰晤士河，再回头骑到米德尔塞克斯郡；每当推着车子走上人行天桥，我总会凝望拦河堤坝，这道堤坝是泰晤士河的潮差极限，我在脑海中看到了闪烁的银色小鱼，奋力逆流而上，受繁殖本能敦促鞭策，拼命向上游回溯，越过浪花汹涌的屏障，为了生命的延续奋力一跃……鲑鱼是多么神奇的生物啊！为了让它回到我们的河流之中，有什么是不能付出的呢！这难道还不能带给你喜悦吗？当阿尔文·惠勒确认了鉴定结果后，许多人为此欢欣鼓舞：通往微小可能性的大门终于打开了。大家无比振奋，宣传更是铺天盖地——这是 141 年来的第一条泰晤士河鲑鱼！人们马上就由此联想到了别的地方，我们的河水真的已经足够干净了吗，古老的鲑鱼洄游真的有可能再现吗？令人鼓舞的是，此后，又陆续发现了两只鲑鱼远远地逆流而上。1975 年 7 月，在达格南（Dagenham）的潮间带上发现了一条 21 英寸长的鲑鱼残骸，紧接着——完全出乎意料——1976 年 12 月 30 日，在摩尔河（River Mole）汇入泰晤士河的迪顿，发现了一条死去的鲑鱼。

这太不可思议了，因为已经越过了潮区界，越过了特丁顿船闸。

它肯定是跃过了堤坝……

因此伦敦港务局（Port of London Authority）针对泰晤士河中的迁徙鱼类开启了一项调查，最终的调查报告指出，河口的状况对于回归的鲑鱼和海鳟来说已经不成问题，如今正是重新引入这两种鱼类的好时机。所有的参与人全部就位，所有与此相关的委员会都一一碰面，一切准备就绪。在 1979 年，泰晤士河鲑鱼复兴计划正式确立，我们的梦想也正式成为官方的梦想。我一直都觉得这是一场精彩的好梦，鲜有公共政策能具备这种令人振奋的愿景。这种久负盛名的正义之鱼，所经过的所有活水都需要有高度溶解氧，这是水域干净程度的指标，这些鱼即将回到泰晤士河，这将是泰晤士河重生的最高象征，它标志着一条伟大的河流重获新生。正是这些鱼向我们讲述了苏格兰、挪威、冰岛和新斯科舍（Nova Scotia）的种种，以及遥远北方那些完全未经破坏的野生之境，而伦敦境内的河流也已经准备好再度迎接这场盛事了。伦敦的河流即将成为鲑鱼之河，还有比这更为壮怀激烈的事吗？

然而这一切并没有发生，甚至是在努力尝试30年之后，在花费了无数的研究、努力和金钱之后还是失败了。我们掠夺自然，再反过来支持自然对抗这种掠夺，在我们付出的所有努力中，这个失败的计划，是我目睹过的最悲哀的事情之一。虽然恢复计划的第一部分相当成功。它的目标是证明鲑鱼可以通过曾经污染严重的河口离开海洋，顺利穿过河口，回归河流。它们确实做到了，回归数量相当庞大。初次由河入海的小鲑鱼有6英寸长——放养在潮路之中（在特丁顿船闸下游），很有可能在海中度过一两个冬天后折返时被鲑鱼陷阱捕获，这些陷阱已经在汉普顿宫附近的莫里瑟拦河堤坝（Molesey weir）处设置妥当。1982年，128只洄游的鲑鱼落入陷阱；1986年是176只；1988年是323只；1993年创最高纪录，338只。这段时期，报纸上的头条都是回归的泰晤士河鲑鱼。第一条用鱼竿钓上来的鲑鱼将整个事件推向高潮。1983年8月23日，来自斯坦恩斯的塞尔·多伊格（Mr Russell Doig）先生从切特西大坝水库钓上了第一条鲑鱼，鲑鱼重达6磅。多伊格赢得了泰晤士水务局颁发的银奖杯和250英镑奖金，之前也有至少两名垂钓者宣称自己钓到了鲑鱼，但是并没有得到奖励。人们给他拍摄了一张照片，他坐在伦敦塔桥前的一条船上，手持钓竿和鱼（鱼看起来像是刚从冰柜里拿出来一样）。这张照片虽然是摆拍，但却清清楚楚地用图像说话，为伦敦呐喊，为鲑鱼呐喊，这是一种无价的宣传。到目前为止，它都能反映出潮路的洁净，这个信息是千真万确的。

然而，潮路只是故事的一半。鲑鱼是洄游来产卵的。但是在哪里产卵呢？主河道里根本就没留下什么合适的据点。经过 10 年的激烈选址，专家确认，鲑鱼最佳的潜在产卵地位于一条白垩河的上游河段，泰晤士河在巴克夏的支流——肯尼特河。大家的注意力都集中在肯尼特河的偏僻流域，那里河底沙砾丰富，也就是所谓的野生水域，人们在此放生即将孵化的鱼苗——小鲑鱼。然而，它们曾经的繁殖地是 75 英里之外被污染的河口，位于伦敦与海洋之间。而如今，从野生水域到伦敦塔桥是一段 75 英里长的河流，无论从哪方面看，这条全伦敦第二长的通道，对于洄游产卵的鲑鱼来说都太难了。就这样，在产卵地而不是潮汐河放生鲑鱼，洄游鲑鱼的数量立刻戏剧性地减少了。对它们来说，首要问题就是在特丁顿船闸和野生水域之间的不下 37 座拦河堤坝。即便有些鲑鱼能够跃过大坝，在鲑鱼支持者看来，选择去往野生水域就意味着，每一条拦河堤坝都得有让鲑鱼能通过的装置。于是，从 1986 年开始，在 15 年的时间内，这件事办成了，花了数百万英镑，大部分都是由泰晤士鲑鱼信托公司（Thames Salmon Trust）投资的，这是一家专门筹措资金的慈善机构。在我看来，那是令人震惊且鲜为人知的成就。最后的鲑鱼通道在肯尼特河、格林汉姆磨坊（Greenham Mill）和纽伯里（Newbury）同时开放，整个事件达到高潮，那是 2001 年 10 月。

尽管对泰晤士鲑鱼的实验性放养已经进行 20 多年，但直到这一刻，鲑鱼洄游才有了真正的可能性，虽然还没有发生。就我所知，到今天为止，还没有鲑鱼——在我写下这些时，已经过去了 13 年——在野生水域中放养的小鲑鱼，一路顺流而下游入大海，然后再逆流而上洄游而来，在它们的"故乡"繁衍生息，这就是整个仪式的重点——重中之重。至少，我们知道，有一只鲑鱼走完了这趟旅程。它有一个名字，或者说是有一串数字。2003 年 7 月 14 日，达里尔·克利夫顿 - 戴伊（Darryl Clifton-Dey）在森伯里拦河堤坝的鲑鱼陷阱里发现了这条鲑鱼，他是英国环境总署的科学家，是泰晤士鲑鱼计划的运营人，他发现的是一条重达 12.5 镑的雄鲑鱼，根据评估，它应该在海里生活了两年，被确认是"千禧年宝宝"——是 2000 年 6 月 9 日在野生水域放养的 1 万条小鱼苗中的一员。达里尔和同事们在它身上做了一个小小的标记，确定为 00476 号，随后放生；在接下来的 11 月 28 日，他们捕捉到了它进入汉姆斯特德·马歇尔水库（Hamstead Marshall）的信号——那是第 37 座拦河堤坝，是通往野生水域的途径——因此证明了泰晤士鲑鱼艰苦卓绝的产卵之旅确实是有可能的，这让他们喜出望外，尽管这并没有真的发生。

但是 00476 号与它作为证据的奥德赛之旅还不足够——它去过格陵兰吗？这还不够。环境总署连续 8 个季度都在野生水域里放养鲑鱼鱼苗，但是没有人观察到鲑鱼洄游产卵，每年夏天都只有一些奇奇怪怪的鱼类回到泰晤士河下游。最终，在 2011 年放养鱼苗之后，泰晤士鲑鱼恢复计划宣告失败。这个计划至少持续了 32 年之久。

我密切关注这个计划超过了 20 年，关于这个计划的失败，失败原因，以及我们需要学习的经验教训，我想了很多很多。

毫无疑问，在计划推进的这么多年里，环境变化冲击着鱼群，新的问题层出不穷，其中有两个问题非常突出。其一，在天气炎热的年份，自来水公司为了供应客户，从河流里抽走了越来越多的水，使得水流不足，无法吸引河口处的鲑鱼洄游，比起气候变化，这个变化可能更加糟糕。其二，更为严峻的问题是，在伦敦城里，约瑟夫·巴扎尔格特的下水道系统老化腐朽，每当大暴雨灌满管道时，就会将未经处理的污水泄入河流，这种情况越来越多，导致河水快速脱氧，大量鱼类因此死去。后面这种现象成为广为人知的"伦敦肮脏的秘密"。2014 年 9 月，英国政府批准了一项解决方案，建立价值 4000 万英镑的全新"超级大坝"，用以拦截全部的雨水排放，预计在 2023 年完工。这能帮助鲑鱼洄游泰晤士吗？或许吧。

对我而言，我从中学到的是关于我们的极限。我们越来越习惯于听到野生动物保护的成功案例，习惯于灭绝的物种又奇迹般地回归：在英国，我们有海雕（sea eagle），有仙履兰（lady's slipper orchid），有大蓝闪蝶……在更远的地方，我们看到了美洲野牛（American bison）、阿拉伯大羚羊（Arabian oryx），至于毛里求斯红隼（Mauritius kestrel）呢，上帝啊，有一段时间，全世

188

界只剩下 4 只毛里求斯红隼，如今又有了上百只……我们都很清楚，我们正在全世界范围内摧毁自然，但是我们这些关心自然保护的人一般倾向于认为，如果环保主义者倾情投入，努力救助珍稀物种（这是顺应时代风向的行为），又有足够资金支持，他们肯定能成功。可是，并不总是能成功的。对我来说，泰晤士河鲑鱼的故事带给我的主要教训就是，有时候我们对大自然的破坏太严重，无法修复。

然而，除了教训，除了失败的原因，我从中感受最多的是悲伤。那是一个美梦，也许带有一丝浪漫的色彩，但又是一个非常实际的理想，而且这绝对是一个鼓舞人心的梦想。目睹梦想破灭是一种沉重的负担，虽然破灭的或许只是这个项目本身，而不是这个美梦。推着我的自行车走过特丁顿船闸步行桥时，我脑海里仍会浮现桥下银色的身影，它们正拼尽全力逆流而上，冲向堤坝处翻腾的河水。在它们冲破浪花一跃而起时，那一刻，我也意识到更多关于地球的美。地球之美并不仅仅存在于色彩之中，也不仅仅存在于形式之中，而且存在于生命本身。

7/惊 奇

在本书开头，我没用多少笔墨写蝴蝶，但是 60 年前，它们确实飞入了我的灵魂，从此再也没有飞离。长久以来，我都不知道该怎么归类 7 岁时在阳光银行巷的经历。作为一个孩子，那些让人铭记终生的经历通常都不是什么好事，或者至少都是些让人不安的体验，无论是生理上的还是心理上的。然而，阳光银行巷的这段经历虽然发生在混乱时期，但这段经历本身并不苦涩，而是很强大——它在我身上建立了前所未有的统治权，对此我一直都很清楚。那种感觉就好像是，这段经历向我紧绷的神经里注入了某些永恒不变的东西：对蝴蝶的感受力几乎成了一种全新的本能。如果你愿意的话，可以称之为一种同理心。它成为我身上很古怪的一部分，是一种怪异的个性，就像走路跛脚，说话大舌头，就像急性子或者贪财，这种个性会一直伴随我。我要再说一次，这并不意味着我成了一个蝴蝶迷——我可不是福尔斯笔下的弗雷德里克·克莱格，而且有很长一段时间，我都没怎么想过鳞翅目昆虫，而是将青春期全部的热情都奉献给了鸟类，正如我之前描述过的——但这也确实意味着，在我的身体里，极有可能始终存在着对蝴蝶的强烈感应，尤其是在始料未及的邂逅之时。

多年来始终如是。

1968 年 4 月就发生过一次。那年我 20 岁，是图卢兹大学（University of Toulouse）的一名学生，复活节假期时，我搭便车旅行，遍访意大利文艺复兴时期的遗迹。那时我去了佛罗伦萨，看了所有人都会看的东西，尤其是年轻的洛伦佐·德·美第奇（Lorenzo de' Medici），他是我崇拜的英雄之一，在戈佐利（Benozzo Gozzoli）的壁画《三博士朝圣》（*The Journey of the Magi*）中也绘有骑在马背上的洛伦佐——18 个月之前，阿诺河（Arno）的大洪水在画中留下了潮水的印记，一道垢痕贯穿整幅画面。圣塞波尔克罗（Sansepolcro）博物馆里的皮耶罗·德拉·弗朗西斯卡（Piero della Francesca）的名作《复活》（*Resurrection*）令我惊叹不已。我一直欣赏的蒙特费特罗宫（Federigo da Montefeltro's palace）在乌尔比诺（Urbino）城中若隐若现。还有一对法国夫妇开着一辆阿尔法·罗密欧车载我沿着山丘一路去往里米尼（Rimini），在里米尼我睡在了沙滩上——我依然能够回忆起那些好玩儿的细节。我的钱花光了。我用最后一点钱买了两块面包和几个鸡蛋，在阿雷佐（Arezzo）的青年旅补里我把鸡蛋给煮老了。第二天早上，我还记得是星期六，我走到里米尼的高速路入口观望。我还剩 3 个鸡蛋和 1 块面包，没有现金，要搭车走 750 英里才能回到图卢兹，但我觉得没什么困难。越过阿尔卑斯山，从都灵到马塞，我父亲的一位朋友的遗孀就住在那里，我可以找上门去。她可能会把我五花大绑，但无论如何这都很值得，真的。我在莱里奇（Lerici）的城堡里逗留过，雪莱就是从那里启程，最后淹死在海上的。我挤进了萨沃纳洛拉（Savonarola）的牢房，但最令我兴奋的是发现了布龙齐诺（Agnolo Bronzino）的肖像。紧接着，我就看到了燕尾蝶。

在一个交通环岛的转弯处——这个环岛没有用草坪或者花草边框来进行装饰美化，而是简单粗暴地填入了高速公路的施工碎石，因此杂草丛生，野花摇曳，但你还是无法忽视那个小东西的存在——它正在捕捉明媚的春日阳光。那一刻我完全忘记了文艺复兴，忘记了搭便车辗转，浑身如过电一般。这里有着某种来自想象力最深处的小东西，是《观察家书系·蝴蝶卷》里提到的早期梦幻品种之一，我一直胡乱地幻想这种小生灵，在当时的英国，这种蝴蝶很罕见，仅生活在非常狭小的范围内——诺福克湖区。这种蝴蝶也是个头最大的蝴蝶品种，更重要的是，它是……我发现我根本绕不开"迷人"这个词。这到底是怎么回事？这是最迷人的英国蝴蝶，而我从未亲眼见过，直到这一刻，我才在意大利东北部看到它。

我用了"迷人"这个词，我想我指的应该是某种内在的令人兴奋激动的美。那是一种古典的诱惑，就像电影明星。毫无疑问，这只蝴蝶的外表具有某些特质，它那香蕉黄色的窄窄后翅被煤炭一样漆黑的条纹横切一刀，一分为二。这绝不是恬静的配色，它艳俗奢华，还有那么一丝冒险，甚至是危险。如今，天真早已荡然无存，我认为这种色彩甚至带有风骚的意味，那一双针尾般的后翼就像细高跟凉鞋。我完全被迷住了，聚精会神地盯着它看了有三四分钟，直到它飞走，我挥了挥手与它道别，兴奋之情才慢慢平息下来。之后，我把装饰有英国国旗的登山包放在脚边，竖起大拇指来赞美它。那天晚上，我在亚历山德里亚（Alessandria）附近一个名为托尔托纳（Tortona）的小镇边缘落脚，这里离都灵有 70 英里。当我爬进松树下的睡袋时，左肺猛然抽了一下，之后发生的事改变了我的一生，但是每当我回忆起那一天，最先想起的总是那只燕尾蝶。

我可以告诉你，大约 10 年后，发生了相似的事情。从 1977 年 5 月开始，我作为《每日镜报》（*Daily Mirror*）的记者，去了巴西亚马孙地区的朗多尼亚（Rondonia）。曾属于罗伯特·麦克斯维尔（Robert Maxwell）的《每日镜报》，现在正努力成为普通工人的《卫报》（*The Guardian*），我很喜欢这份报纸，也很信任它。《每日镜报》有一个系列报道名为《最后的边疆》（*The Last Frontiers*），我正在为此撰写热带雨林里的移民的生活，在亚马孙流域滥砍滥伐的第一波浪潮之中，他们像大象尸体上的蚂蚁一样蜂拥而至。参与砍伐的都是来自南部、头戴草帽、神情冷峻的年轻人。在那里，到处都在肆无忌惮地砍伐并焚烧树木，到处都是冒着火苗或烟雾缭绕的残桩，满目疮痍，仿佛刚刚结束了一场装甲车战斗。我关注的是，他们正在侵占印第安人的领地，有些部落我们才刚刚发现，或者刚有一点接触。FUNAI 是巴西的国家印第安基金会，他们正克服重重困难，想对印第安部落进行保护。不断涌入的人潮，难以遏制的破坏，我满脑子想的都是这些，10年后，这一切都将让全世界无法释怀，但在当时，这还只是个开始。与此同时，千里之外的一个美国女人紧紧抓住了我的心。这个女人43岁，而我当时29岁，虽然我以前也曾深陷爱河，但这个女人第一次让我感受到了激情，无论我去哪里，眼前总有她令人激动的面庞和火红的头发，在里约，在圣保罗，在巴西利亚，之后是在波多韦柳（Porto Velho），在我们抵达亚马孙的边陲小镇和定居点之后，总之，她的样子总是在眼前浮现。那时我们四个人，我、摄影师、翻译员和向导要深入丛林，在一条小路的尽头，所有人都快累趴下了。小路尽头是一幢几个月前才建起的小木屋，它建在苏鲁族（Surui）的保留地内。苏鲁族是个印第安部落，外界三年前才开始同他们有所接触。当时是1974年，如果按照FUNAI划定的领地来说的话，这栋小屋就是非法建筑。在离开路虎车徒步穿过雨林的小路时，可以清楚地看到界桩。我们和木屋主人稍做交流——我们注意到他的孩子有苏鲁族的弓箭——他自己就窝在这里，哪儿也不去。门后挂着一杆来复枪。他兴致勃勃地带我们走过倒下的树桥，穿过小河，给我们看他栽种的水果。这是一小片原始森林，有半个足球场那么大，他把这里清理干净，种上了香蕉。在这一刻，我意识到，这正是人类入侵亚马孙的最前沿（即便是在那里，我依然看到了她的面庞）。越过密林，是苏鲁族村庄，在10英里之外，没人知道确切位置，因为能够抵达那里的唯一途径就是走到由FUNAI修建的简易小机场，飞过去，但他们绝对不会带我们过去，所以我们要怎么去呢？这是个问题。这是个了不起的故事，但只讲了一半，我们必须得亲眼看一看苏鲁族才行。我们离开林中的香蕉地，穿过倒下的树桥，在小木屋里同木屋主人告别，回到原先的路上，朝车子走去。我们动作很快，因为马上就要下雨了，一旦下雨路就完全走不了了。折返的路上，我翻来覆去想的都是如何看到苏鲁族，怎么才能到达苏鲁族的村庄，我们怎么才能过去，这可真是个大难题，就在此刻，一只闪蝶飞出了丛林。

我一动不动，定在了双脚踩出的坑里。有生之年，我还从未见过这样的小东西，从未见过这样的生物，从未见过这样的活物。那是一大片纯粹的蓝色，宛如晴朗无云的天空笼罩大地。现在我觉得，那很可能是黑边蓝闪蝶或者大蓝闪蝶——我判断不出，因为我惊呆了，完全无暇注意任何细节。我呆若木鸡，哪怕其他人纷纷回过头来呼唤我，"迈克，快过来，要下雨了"，我也不为所动，那只蝴蝶太大了，不只是个头，还有它的蓝色，它那闪耀着金属光泽的蓝，它那亮烈的蓝，它那燃烧的蓝，它那炽热耀眼的蓝……我全然忘记了亚马孙流域的滥砍滥伐。我忘记了苏鲁族和他们无法抵达的村落。我甚至，真该死，忘记了那令人脸红心跳的面庞，几周来这还是第一次。近乎 40 年后的今天，当我闭上双眼，回想雨林，蓝闪蝶从密林之中翩然飞出，我还是会情不自禁地露出微笑，即便只是短短片刻，也真的令我内心火热的爱意黯然失色。那时候我肯定会对你说，肯定会对你发誓，没有任何东西，无论是什么，都无法做到这一点。

多年以来，我有过诸多这样的邂逅，比如我的第一只豹斑蝶（silver-washed fritillary），在埃克斯穆尔（Exmoor）的哈登山谷

194

（Haddeo valley）里，它在橡树林里蹁跹起舞；我的第一只坎伯韦尔美人蝶（Camberwell beauty），是在普罗旺斯的林间小路偶遇；还有我的第一只帝王蝶，是在波士顿的一个公园里——它们或许在美国人眼中稀松平常，但对我来说却格外新鲜——正是这种新鲜让它们极具魅力，当时的我几乎是魂都被勾走了。因此，我渐渐开始明白，也意识到那正是我在阳光银行巷里的体验，它的名字就是"惊奇"（wonder）。

在一本讲述喜悦的书籍里，这算是某种离题吧，但这又必不可少。因为惊奇也是自然能够激发的一种重要感受，我们对此可能都有所体会，对我而言，惊奇似乎比喜悦的体验更为深刻。以前我曾简单地写过这种感受，描述过自己感受过的惊奇。那时我儿子 11 岁，一天夜里，就在距离我们几英尺的树林里，一只夜莺正在深情歌唱，我和儿子一起侧耳倾听。我觉得很多人在与大自然不期而遇时，肯定都曾有过这种体会，也都被深深触动过，虽然他们可能说不清自己的感受。为什么会有这种感觉呢？似乎值得花时间去探索一番。我的直觉是，惊奇和喜悦一样，展现了我们同自然之间的纽带，这条纽带由我们遥远的祖先锻造在我们的灵魂之中，在我们体内留存至今。

如今在大众心目中，惊奇和喜悦好像没什么区别，因为大家觉得这不重要。在这个充满怀疑精神的世俗时代，惊奇也好，喜悦也罢，都与我们关系不大，在日常话语中也没有太大的作用。虽然如此，它还是像从前一样，包括在人类的情感之中。或许惊奇与喜悦有相同之处，但区别更为显著：其一，它很难界定。毫无疑问，无论我们怎样描绘喜悦这个词，它总归是一种浓缩的幸福感，而惊奇这个概念虽已用尽了千言万语，却依然没有一个统一的定义。

《简明牛津词典》（*The Concise Oxford*）在解释惊奇这个词的时候，有个条目很有用："惊奇是由始料未及的、不熟悉的或者无法解释的事物所激起的情绪，是一种极度的惊讶，同时混合着赞赏与好奇之情。"要是我的话，会给出截然不同的解释——我会说，惊奇是一种极度震惊的一见钟情或者崇拜，常常包含有神秘元素，或者至少是我们知识缺失的部分，但又不全然由这些特质来定义。因为，即便神秘的面纱揭开，缺失的知识得以补全，真正的惊奇感也还是会保留下来，"当新奇感逐渐退去，震惊的感觉都不会停止"（英国哲学家罗纳德·赫伯恩〔Ronald Hepburn〕引用自康德〔Kant〕之语）。

在我看来，惊奇是一种战胜了我们自身的情绪，一方面与宗教体验类似，另一方面又与艺术审美体验相通。它表明，给我们带来惊奇感的事物对我们来说意义非凡，或许通过这些事物，我们才能感受到自己在世上所处的位置。我认为，我们之所以感到震惊，是因为我们发现自己所处的世界竟然有着如此非凡的景象——比如，夜色中婉转鸣唱的夜莺——而后呢，不知怎的，这种震惊之情对我们的影响又进一步加深，让我们清晰感受到了自身的存在。无论何时，我们都觉得人类的存在理所应当，这是我们最大的自满，但惊奇的体验却能让我们如梦初醒，从而意识到，非凡的不只我们自己，世上一切存在其实都很了不起。为什么是所有的？为什么我们不是独一无二的？拉尔夫·瓦尔多·爱默生（Ralph Waldo Emerson）的 196 散文《自然》（*Nature*），开篇就用一种既生动又迷人的想象力写道："如果 1000 年里，星辰只会在一个晚上出现，那我们一定会万分迷信和崇拜它们，并世代传颂这段上帝之城显现的记忆！"

我们不必为了感受惊奇而去体验宇宙的全部辉煌，在日常生活里，惊奇感能够被艺术（尤其是古典悲剧）和精神顿悟（如今比母鸡长牙还要罕见）所激发，而且从自然之中感受惊奇或许更合适。让我再举一个例子。2004 年 6 月，我带着弗洛拉和塞布去度假，我们去的是一个比较偏僻的希腊岛屿，斯波拉提群岛（Sporades）的阿洛尼索斯岛（Alonissos）。（出发前最后一分钟，我的妻子乔不得不留在家中，因为她的父亲突发重病。）弗洛拉12 岁，塞布刚过完 8 岁生日。一天早上，我们三个加入了一个短途旅行，登上一条古老的当地船只——kaïki①，过去这种船多用于交通运输和捕鱼，现在已经转而服务于旅游业了。我们驶向了更为偏远的圣母岛（Kyra Panagia），造访古代修道院，吃午餐。在阳光下，爱琴海恍如凝固了一般，泛着明亮的蓝色波光。去往圣

———
① 希腊语名称。

母岛的路上，海面如玻璃般光滑平坦，是我从未见过的宁静，没有一丝涟漪，一点波澜，这是真正意义上的如镜子般平静，kaïki 如梦如幻地在热浪中漂流而过，我们 12 名乘客都很放松，昏昏欲睡，就在此时，船边的水面忽然裂开，一群海豚探出头来，有 6 只，它们盯着我们瞧，绕着我们的船嬉戏，船上的每个人都尖叫起来，无不惊奇而开心。就在我们看海豚看得入迷时，它们表演起了特技，下潜、跃起，围着这条船持续了三四分钟，而后消失得无影无踪，海面又一次变成了平静的水塘。

所有乘客都陷入了深深的震惊。一时间很难明白究竟发生了什么。我们似乎是被海豚给围观了，这些生灵如此庞大，美得触目惊心，如火焰般精力充沛，它们从乌有之地冒出来，是有意来看我们的。它们似乎具有智慧和友善，甚至相当欢乐。就在那一刻，站在甲板上，我们意识到了一件事，在过去 30 年里，越来越多的人都意识到了——鲸类动物是多么独特——尤其是鲸和海豚，它们能与我们互动，多不可思议。它们比其他动物更令人惊奇，在探索自然界的奇迹时，它们是一个很好的起点。

在高度工业化的西方世界，最近几年，人们才开始欣赏鲸类动物的非凡品质，这代表着一种迷人的文化变迁，但是鲜有人做出这种评论，因为很难归类这种欣赏——我们应当在什么名目下去探讨它呢？心理学？动物学？旅游业研究？鲸和海豚在古老的民间传说中有着根深蒂固的形象，尤其是在近海居民的传说中。在《创世记》里，它们是主带到世间的第一种动物——上帝创造了巨鲸。而对希腊人来说，海豚是自然界的明星之一，海豚是壁画的宠儿，最主要的马赛克图案也是海豚，无论是在神话传说里（硬币上就有）还是在严肃历史中，无不流传着海豚救人于洪水的故事：希罗多德（Herodotus）记述了诗人阿里翁（Arlon）的故事，还是可相信的。阿里翁在柯林斯船上被某个心怀鬼胎的水手抛下了船，一只友好的海豚将他带回了岸上。

但是，在现代欧洲和美洲的农业及工业文化氛围里，几个世纪以来，鲸类基本无足轻重，除了赫尔曼·梅尔维尔（Herman Melville）奇特而又迷人的作品《白鲸》（Moby Dick，1851 年出版，但是在 20 世纪 20 年代之前并没有多少人看过）。直到二战之后，发生了一系列事件，才将鲸类从默默无闻的深渊带入了属于我们这个时代的民间传说中。

首先是海豚表演的风靡。自 20 世纪 60 年代开始，受好莱坞电影《海豚的故事》（Flipper）和相关连续剧启发，这种表演模式开始横扫发达国家。某个时期，仅英国就有不少于 36 处海豚池——蓄养海豚的玻璃水缸（1933 年，它们全都从英国消失了。但是，根据 2014 年的一篇报道，有超过 2000 只海豚、227 只白鲸〔beluga whale〕、52 只虎鲸〔killer whale〕、17 只伪虎鲸〔false killer whale〕和 37 只钝吻海豚〔porpoise〕仍旧被囚禁在 63 个国家的 343 处封闭设备内）。其次是在 20 世纪 70 年代，出现了新的环保组织，比如"绿色和平组织"和"地球之友"（Friends of the Earth），他们开始参与鲸类保护运动，呼吁终结以营利为目的而进行的大型鲸类捕杀，这些捕猎行为非常残忍，他们喊出了现代绿色运动的经典口号：拯救鲸鱼！在这

198

些事件的作用下，鲸鱼渐渐游进了现代意识，并驻扎在此。最终，因为第三次产业革命，从 20 世纪 80 年代开始，出现了有组织的观鲸活动。

这是一种消遣性质的活动，是在鲸鱼、海豚和钝吻海豚的自然栖息地进行的观察。如今这种活动遍布全球，数量庞大：最近的调查数据估计，2008 年有 1300 万人参加了观鲸之旅，而我和我的家人也在其中。在去往圣母岛的航行途中，海豚意外出现，此后我们都想要尽可能看到更多鲸类，所以只要时间允许，假期里一定有观鲸活动。多年以来，在温哥华岛近岸海域我们设法接近了白腰鼠海豚（dall's porpoise）和灰鲸（gray whale）；在科德角（Cape Cod），我们近距离观察了座头鲸（humpback whale，看到了座头鲸劈开海面，一跃而起的壮观场景）；在卡迪根湾（Cardigan Bay），我们靠近了宽吻海豚（bottlenose dolphin，海豚母亲带着小海豚靠近我们的船）；我们还靠近过一对神气活现的普通海豚，它们定居在苏格兰高地的一处海湾里；我们还短暂地享受过瞥见鼠海豚（harbour porpoise）和小须鲸（minke whale）的快乐。

所有这些鲸类都让我们兴奋不已。从看见它们的那一刻起，我们就像打了鸡血似地激动。我们觉得这些生命太特别了，有些人有幸在水中与它们亲密接触，我们虽然没有这种与众不同的体验，但也已经心满意足了。就是这种体验让人们觉得，在自然界中，鲸鱼和海豚与其他非人类的动物相比很独特，它们是更高级的动物，有着令人瞠目结舌的特点：同我们人类相比，它们

199

完全掌控了另一个世界。但这并非主要原因，更重要的是它们非常愿意同我们交流，它们若隐若现的智慧，它们的嬉戏玩耍，它们的友好与温柔，令人着迷。它们偶尔会在有人陷入麻烦时出现。详细了解这些故事，或者详细谈论这一切，其实是在进入一片夹在缓慢发展的科学与迅速累积的逸闻趣事间的无人区，我和马克·卡沃丁（Mark Carwardine）正是这样做的。马克是个博物学家，也是电视主持人，他比英国境内的所有人都更了解鲸类生物。正式的研究越来越清晰地表明，鲸类确实在诸多方面非常独特。就让我们从诸多特点里挑出两个作为代表。现在已经知道，海豚的发音中是有"签名哨"（signature whistle）的，代表的是各自的名字，这就提出了一个问题：它们是否具有自我意识？人们相信某些北极露脊鲸（bowhead whale）能够生存 200 年，甚至更长。但是在过去 30 年里，鲸类与人类相遇，常常出现在一些不受实验方案约束的偶然事件中，正是这些相遇产生了真正的惊奇和新的传说。作为引领观鲸活动的科学家，马克就处在惊奇之中。他紧密追踪当下的研究成果，并且完全了解人神同形同性论①的危险性，然而，经过多年密切观察，他有些怀疑，比如说，海豚乘着船头的波浪仅仅是为了取乐，还是为了从 A 地赶往 B 地，有些科学家依然坚持它们只是在玩耍。

他撰写了畅销全球的鲸类动物指南，介绍消失的野生动物的系列图书（包括后续书籍）。其中包括道格拉斯·亚当斯

———
① 人神同形同性论是指人们认为其他生命体或者类生物体都具有人类的情感，甚至具有自己的性格特质。

（Douglas Adams）的《最后一眼》（*Last Chance to See*），他是
《银河系漫游指南》（*The Hitchhiker's Guide to the Galaxy*）的作者
（之后由斯蒂芬·弗雷〔Stephen Fry〕拍摄成了系列纪录片）。"我
组织了数百次旅行，去观察全世界各种各样的动物，大猩猩、大
象、犀牛和老虎，这些旅途都对人们产生了强烈影响。"他对我
说："但是过去这些年来，我注意到，鲸和海豚对人们的影响不
大一样，要更强烈。这并不是因为我偏爱它们。我实在是看到了
太多次。"其中一个巨大影响就是，当他带人们去墨西哥的下加
利福尼亚圣哈辛托潟湖（San Jacinto lagoon）时——灰鲸会从北
极地区南下到这里生产，过去它们总是在这里遭到捕鲸船的大屠
杀。而现在呢，雌性灰鲸和它们的幼崽会靠近观鲸船，享受人们
的抚摸。想到这地方的黑暗历史，它们所表现出的信任有时候会
让爱抚它们的人不知所措。"这样的经历会彻底改变一个人。"马
克说。

　　我自己，我的妻子乔，还有我们的孩子弗洛拉与塞布，虽然
在旅途上看到鲸鱼和海豚让我们感受到无与伦比的惊奇，但我们
并不享受这种亲密接触。我尝试分析这是为什么，却有点无从下
手。但是通过与弗洛拉的一番聊天，我打开了思路，她是我们家
最狂热的观鲸者（这时她已经22岁了）。她说："它们就像是来
自不同维度的存在。"这个想法迷住了我，我们又进一步做了探
讨，最后我请她写下自己的想法，以便我能记下来。

　　她写道：

　　"我之所以喜欢鲸，是因为它们属于'别的世界'——它们

奇妙的身体就是最好的证明（怎么说呢，如此庞大，如此缓慢，完全脱离了自然界的时序）——几乎是返祖成恐龙的生物。"

"它们相对来说超凡脱俗，不动声色地冲击我们的世界观——换句话说，生活比我们日常印象要更丰富也更陌生，肯定还有其他的隐藏维度（比如海洋），它们是地球重要的组成部分，但我们却常常遗忘它们，有些东西对我们来说是不可见的，就像深海之中没有阳光。"

201

她总结道："所以，鲸如此神奇，因为，每当它们浮出水面，就提供了一个有形、可见的象征，象征着另一个领域，这个领域对于我们来说是隐蔽神秘的，但也是我们星球的组成部分。"

换句话说，它们提供了神秘，而这正是惊奇感的主要来源。

在自然界中，能触发惊奇感的因素有很多。比如，除了神秘感之外，我们或许很容易就注意到某些具体状况，它们与神秘截然相反，却同样能激起夹杂着喜悦的惊奇感。这些状况很罕见，带来的惊奇感相当丰盛。可是，自然有时又会将这些情形隐匿起来，而一旦偶遇，还是能够让我们对地球上的存在、对自身的存在感到无比惊奇。其中一种状况，就是万物的年龄——有太多事物存在于人类诞生之前，所以很难精确计算出来。更确切地说，能够记录在案的都是它们的规模：

树木很古老；当春风醒来，花蕾从石楠的枝丫间迸发，

它们的美貌如此古老——哦，没人知道

穿过野性的世纪，玫瑰又回到了原来的地方。

Very old are the woods; and the buds that break out of the brier's boughs, When March winds wake,

So old with their beauty are-- Oh, no man knows

Through what wild centuries roves back the rose.

沃尔特·德·拉·梅尔对此深有感触:《逝去的一切》(*All That's Past*)就代表了他的理解程度。大自然的某一面对我们来说其实不那么熟悉，但也同样奇异而美好，那便是变化的能力。这种变化最能同我们的想象力产生共鸣——我们会对人的身份变化产生兴趣，事物变得截然不同也能吸引我们的注意，我们都喜欢青蛙变王子的故事。莎士比亚就以这样的故事为生。奥维德(Ovid)的《变形记》(*Metamorphoses*)不仅在奥古斯都时代的罗马超级畅销，而且也可能是中世纪和文艺复兴时期最受欢迎的图书。不言而喻，变化也可以走向截然不同的方向，包括悲剧、喜剧和讽刺。但是在我看来，变化最基本的方向是下沉和上升。下沉就是变得不幸，比如从银行家变成乞丐，比如李尔王失去了一切；但是，最能吸引我们的改变绝对是积极向上的，原本平淡无奇的人类、动物或者其他事物变得特别，变得辉煌灿烂。这种桥段似乎总能在我们心中激荡起深沉的共鸣，触及某些原始的渴

望。这种渴望远不止是想要获得财富或地位，比如，一个普通女孩儿最后成了公主。这种渴望其实是神话与宗教的核心，包括基督教在内——我们满身缺点，却依然渴望完美，虽然我们知道这种想法很蠢，但我们就有这样的愿望。某个春天，关于这个问题我想了很多，试图去理解自然界某个特别的现象对我产生的影响：破晓的鸟鸣声。

几个星期以来，我都在努力给一篇长文章收尾，为了完成任务，不得不彻夜工作。如果你通宵工作，就能看见黎明降临，或者，你还能听见它的到来。那一年的 5 月 21 日清晨，4 点 8 分，某种声音钻进了我的耳朵。我停止打字，站了起来，走到通往后花园的厨房门边，将门打开。微光浮现于东方的天际，鱼肚白的天光正迅速涌来，虽然在天光映衬下，周围的房屋与树木依旧是黑漆漆的剪影。朦胧的月轮还挂在空中，一丝风也没有，万籁俱寂。两三个花园之外，在一株高高的紫叶山毛榉（copper beech tree）树梢上，一只乌鸫正在鸣唱，歌声在空中如此透彻清亮。

再无其他声响。这只乌鸫唱着它没完没了的歌谣，仿佛此刻的静寂是专为它而准备的，歌声在寂静之上流淌，它的歌喉如此纯粹，深深催眠了每一个人；紧接着，附近某个屋顶的电视天线上，第二只乌鸫加入进来。很快，知更鸟应声唱和，随后是蓝山雀，然后是金翅雀，就这样，破晓的大合唱开始了。

我确实不知道——没人能确切知道——为什么第一道曙光降临时，鸣禽们都要齐声高歌，随后便陷入沉寂（它们表现得好像是在宣告自己的领土范围，要么就是在吸引同伴）。我只知道，在接下来的几周，我走出门去听它们唱了十几次。随着破晓的合唱越来越早（直到某天早上，它开始于3点34分），歌声也越来越迷人。起初我认为是鸟儿们的交响乐让我百感交集，但是现在我知道了，还有别的原因：鸟鸣之中蕴藏着变化的力量。因为我住在郊区，我生活的地方有整洁的公园，有房产经纪公司，有停车场，有随主人散步的狗，有割草机，相似的房屋连绵不绝，日光之下永无新事，永远也不会有人用精彩来形容这地方。然而，破晓时的鸟儿合唱为郊区生活披上了惊奇的外衣。就像圣诞老人或者罗尔德·达尔（Roald Dahl）笔下好心眼巨人（Big Friendly Giant）的造访，鸟儿鸣唱时，我们大多数人还在酣睡，所以我们错过了。经过那几周之后，我觉得自己仿佛发现了天大的秘密。鸟儿的合唱给寂静镀上了一层银边，耀眼的爆发从天而降，不过短短半小时，这点儿时间恐怕连割草机都还没完工。

在平凡之中发现惊奇真的很罕见，但变化是必须的。在神秘莫测的事物当中发现惊奇之处——比如在来自不同维度的鲸和海豚身上——从某种程度上来说，反而更容易一点，尽管今天神秘事物最显著的特征是它正在以更快的速度萎缩。我们为此感到遗憾。

神秘对我们来说很重要。神秘代表着非同寻常，如果我们把神秘定义为未知现象，那在过去，它就一直是压力的主要来源。因为人类出于本能，很难对未知事物做到漠不关心，这很可能是宗教的根基之一。我们都知道，水獭并不会担心河水因旱灾而干涸。但是我们会担心，是什么让我们生病？是什么毁掉了庄稼？

204

我的未来是好还是坏呢？我们是谁，我们为什么会在这里？人类一旦着了观念的魔，就再也没办法心平气和地坐在那里，必须得做点什么才行。可是，除了凭空捏造出全知全能的超自然存在之外，还能做什么呢？

自从 17 世纪科学革命以来，我们始终坚定不移地侵蚀神秘疆域，如今，我们大概知道是什么导致了疾病，或者是什么让谷物枯萎，如果我们不知道为什么这样的话，我们的未来又将会怎样呢？然而，我们绝对不乐意看到神秘事物退出我们的生活，近乎悖论的是，过去它曾让我们有多害怕，如今对我们就有多大的吸引力，它的消失让我们追悔莫及（你可以就失落的神秘写出相当畅销的巨著，比如，尼尔·阿姆斯特朗肥大的靴子将月球的神秘踩在了脚下，再搞个特色封面）。今天，神秘事物的恐怖成分在减少，并且变得越来越有吸引力。它似乎有明确的特点，尤其是它吸引了我们天性中解决问题的部分，我觉得这得追溯到那五万代人身上去，就像是恐惧未知一样。"神秘具有力量。"约翰·福尔斯《占星家》（*The Magus*）一书中的人物康奇斯如是说。"它会将能量注入任何一个追寻神秘事物答案的人身上。要是你透露了解决神秘事物的方法，那你就是剥夺了其他追寻者的一个重要能量来源。"除了能量之外，神秘事物还散发着致命吸引力，这一点毋庸置疑。难道你不愿意让别人觉得你神秘莫测吗？我知道我是很愿意的。自然界也是如此。

自然的神秘牢牢吸引着我们。据说早已灭绝的象牙喙啄木鸟（ivory-billed woodpecker）仍旧存在于阿肯色州的野生丛林里。2005 年 6 月，康奈尔鸟类学实验室（Cornell Laboratory of Ornithology）高调宣布了它们的存在，这个结论在世界范围内被广泛报道。或者其实并不存在？毕竟 10 年过去了，没人能够重现康奈尔实验室的发现。而美国最伟大的鸟类鉴定专家说，他们拿出的模糊视频，最终能够证明的就是，那确实是一只啄木鸟，但不是象牙喙啄木鸟，这份声明带来了诸多疑问，却也增加了象牙啄木鸟的神秘感。这个疑问将我们吸引住了。或者说，吸引住了我。我和康奈尔团队的成员梅勒尼·德里斯科尔（Melanie Driscoll）聊过，但这番谈话让我很困扰，她对我说："别人都把我看成是幻想家，也有人把我当成摇滚明星，但我知道我看见了什么。"还是个愣头青时，我第一次看到一本比利时动物学家写的书，从那时起我就一直为这样的事情所困扰。这些神秘事物贯穿我的想象力，至今依然在我心中轰鸣震动。

　　该书于 1958 年首次出版，名为《追踪未知动物》（*On the Track of Unknown Animals*），其作者是伯纳德·霍伊维尔曼（Bernard Heuvelmans）。书中研究了这样一个观点：仍旧有大型野生动物尚未被发现，某些未知动物的身上可能有着远古动物的印记。霍伊维尔曼的书将名为"神秘动物学"（cryptozoology）的调查研究正规化了，如果你喜欢的话，这种研究真的能激发你极大的热情，它旨在搜寻那些尚未被证实存在的动物。可惜的是，神秘动物学后来演变成了伪科学，因为和尼斯湖水怪、雪人、美国西北部大脚印（一般称之为"神秘生物"）的联系，它的伪科学属性彻底确定下来，更别提 ABCs 或者幻影猫——是不是萨里美洲狮？或者博德明野兽？事实上，这种学科飞快地转了方向，去关注 UFO 和超自然现象，并在诸如《奇异时代》（*Fortean Times*）等专门报道怪异新闻的出版物中占据显著位置。

背离初衷如此之远，如此疯癫可笑。但是霍伊维尔曼本人是个经过传统训练的动物学家（他的博士论文是关于土豚的牙齿的），他的书是一本严谨而清醒地收集信息的书，里面不只有科学上未知的野兽，还有那些曾经不为人知但最近刚刚被发现的动物，比如侏儒黑猩猩（pygmy chimpanzee，倭黑猩猩〔bonobo〕）和科莫多巨蜥（Komodo dragon，马来群岛上的巨型蜥蜴），书中还记录了近期灭绝的生物，比如袋狼（thylacine），或者塔斯马尼亚虎（Tasmanian tiger）。这种记录方式并非空想，而是从大量案例里搜集证据，给出直截了当的评估，向读者展示，哪种动物已经被发现了，哪种动物已经消失了，而另外一种动物或许还在等待人类去发现。他所强调的某些例子具有潜在的轰动效应，让冒险家们蠢蠢欲动，但其他看法则比较克制，有些在我看来还颇有道理。

其中一个例子是有关猛犸象（woolly mammoth）的，我们通常认为这种动物已经在几万年前灭绝了，但是如今我们得知（通过碳定年法确定了它们的存在时间），它们在弗兰格尔岛（Wrangel Island）得以幸存，在靠近西伯利亚海岸的地方一直活到公元前 1650 年。霍伊维尔曼的主张建立在俄罗斯猎人不为人知的零散传闻上，这种大型动物与世隔绝，是否还有后裔仍旧生存在西伯利亚的泰加林、无边无际的针叶林和白桦林里呢？我们对亚马孙的热带雨林更为熟悉，要知道，西伯利亚的泰加林更为幅员辽阔，即使到了今天，依然有大量区域完全无路可入。读到他的主张时，我心想，有什么不可能呢？至今我依旧这样想。

我们太过傲慢，因此假设人类已经征服了大自然；可大自然仍旧保留着震惊我们的实力。尽管我们已经大大缩小了这颗星球上的未知区域，也缩减了与之相关的神秘事物，但有一个事实还是让我喜不自禁，那就是，在我这一生中，这颗星球仍旧保留下了足够的区域，来容纳那些我们一无所知的生物，探索它们的过程本身就奇异而美妙。有两处动植物栖息地的情况尤其如此：保留下来的热带雨林和深海。近几年来，中南半岛的热带雨林表现得格外慷慨大方，孕育着未知的庞然大物。当然，这很大程度上是因为，战争长期将勘探者与博物学家封锁在外。其中最令人惊叹的就是时运不济的越南爪哇犀牛，它们在 1988 年被发现，2010 年因偷猎灭绝——之前完全没有人知道，中南半岛上竟然还有犀牛存在——但我们也于 1922 年发现了仍遗存于世的武广牛（Vu Quang ox），它是羚羊和水牛的杂交品种，头上长着长长的、向后倾斜的长角，脸上镶着白边，看起来特别忧伤。与武广牛同时被发现的还有至少 3 种越南鹿的新品种。从新千年开始，除了大量的鱼类和其他微生物被发现之外，有两种全新的鲸类游进了我们的视野范围——佩氏中喙鲸（Perrin's beaked whale）和德兰尼亚加拉尖嘴鲸（Deraniyagala's beaked whale），以前只能通过留存下的骨骼去辨识的铲齿喙鲸（spade-toothed whale），也是头一次出现在野外。可以肯定的是还会有更多这样的生物。

它们很可能会让我们感到惊奇。我们当然会惊奇了，猛犸象是否会再度出现，象牙喙啄木鸟也会再现吗？事实上，我也不太肯定，究竟哪一种会更令人惊奇。尽管猛犸象可能很有史前气息，可是它毕竟只是毛发乱蓬蓬版的亚洲象，而象牙喙啄木鸟可是相当耀眼的生物，它被称为"主神之鸟"，那些有幸见过这种极品啄木鸟的人，真的会情不自禁叫出声来："天呐！"

然而，即便是确定存在于我们周围世界中的生物，它们也仍有神秘的一面，也可能渐渐转变为惊奇，有一种生物就一直占据着我的想象力：蓝带夜蛾。这是一种飞蛾，它的名字表明了它无可匹敌的外表，对此我完全赞同。这是能够在不列颠群岛发现的最绚烂的飞蛾。它不仅仅体形庞大，还有一个特征让它和其他867 种大型飞蛾截然不同，那就是蓝色。又是颜色！飞蛾通常偏好棕色和灰色，虽然有时候也有红色、黄色、橘色和奶油色，偶尔有绿色。此外它们还有奇怪的斑点，比如眼鹰蛾（eyed hawk-moth）的眼状斑纹。对于不列颠的飞蛾来说，蓝色是彻底消失不见的颜色。

但是蓝色并没有从蓝带夜蛾身上消失，它也叫蓝色后翅蛾，每当它展开有花纹的银灰色前翅时，就会露出黑色的后翅，两边的后翅都被丁香色的宽带形条纹拦腰截断，这种颜色朦朦胧胧的，极富魅力。这双后翅令人震惊，而这就是重点所在。在英国有十几种美丽的后翅飞蛾，全都是利用颜色恐吓敌人，从而进行自我保护。我之前提到过，红裙灯蛾就是这样。飞蛾的前翅通常低调隐晦，是完美的伪装，可以混入白天的休憩场所，一面石壁或者一块树皮。但是，如果小鸟之类的捕食者注意到它的话，它就会猛然张开前翅，亮出后翅鲜艳的色彩，明艳的色彩足以让小鸟迷惑片刻，给它增加一秒钟的逃跑时间。

这样的飞蛾里有些品种很常见，比如硕大的黄夜蛾，但绝不是蓝带夜蛾。蓝带夜蛾不仅精美，而且非常稀少，每年的目击报告也就几次，所有的鳞翅目昆虫爱好者都非常珍视它们。它们首次被发现是在 18 世纪，在白金汉郡克莱夫登泰晤士河边的住宅区（两次世界大战之间，南希·阿斯特〔Nancy Astor〕在这里发表了非常著名的演说。1961 年，保守党部长普罗富莫〔John Profumo〕在这里遇见了即将成为模特的年轻女孩克里斯蒂娜·基勒〔Christine Keeler〕，开始了他的性丑闻，这个污名跟随了他一生）。蓝带夜蛾是非常具有传奇性的珍品，对于飞蛾的狂热爱好者来说，是圣杯一样的存在，神秘莫测。

就我而言，作为一个鳞翅目爱好者，作为一个书呆子气的飞蛾爱好者，我可以坦诚地说，我对蓝带夜蛾很渴望，年复一年，天知道我有多渴望能目睹它们的风采，结果从未成功。我以为我永远也不可能成功，但是有一年秋天，约莫 10 月初，慈善机构英国蝴蝶保护委员会（BC）宣布有欧洲大陆的大批稀有飞蛾涌入，其中有大量的蓝带夜蛾目击报告，有 3 次目击来自蝴蝶保护委员会的蝴蝶专家莱斯·希尔（Les Hill），都在多塞特郡。一两天后，我动身前往多塞特郡。我到达的时候已是黄昏，他早在花园里放好了飞蛾陷阱，我也准备好了彻夜不眠。但莱斯带来了惊人的消息，半小时前，他的同事马克·帕森斯在自家小屋的墙上发现了一只蓝带夜蛾，这消息千真万确，马克是 BC 的飞蛾保护带头人，他的小屋距离此处 30 英里。他抓到了这只蓝带夜蛾，把它保留下来。我们匆忙驱车前往多塞特郡的另一端，最终，在马克厨房的一只塑料盒里，我看到了那只蓝带夜蛾。它在睡觉。（飞蛾需要睡觉吗？好吧，当时反正是懒洋洋的。）蓝带夜蛾虽然一动不动，但如同奇迹。当马克温柔地触碰它银灰色的前翅时，它的翅膀忽然张开，立刻露出了灿烂的蓝紫色彩带。真不敢相信我竟然亲眼看到了这一切。

它动了起来，马上开始绕着厨房缓慢飞行。我惊讶得合不拢嘴。它竟然有蝙蝠那么大——一只绝美艳丽的蝙蝠。最后它落在厨房的墙壁上，在马克将它放出去前，我想尽办法让它在我手上爬了爬。简直像做梦一样。无论用怎样夸张的词汇都形容不了我当时的感受。我被这个世界所震惊，这世上竟然有如此梦幻的生物。

我一直关注我们可能会在大自然当中获得怎样的惊奇感，我自己有过亲身体会，你们肯定也有过同样的体验。我能提供的体验或许更多，比如出神地凝视一朵仙履兰，这种植物 50 多年以来都是英国最为珍贵的有机体，由专门的看护人进行完全保密的照顾，令人惊叹不已。罗马尼亚的乡村仍旧留存着丰富多彩的生命，迄今为止还没有被集约农业荼毒——干草地上铺满野花（我看到的第一片干草地上有 27 种野花）。特兰西瓦尼

210

亚（Transylvania）的维斯基利山坡草地更是蔚为壮观，里面有数百万朵花开正茂的六瓣合叶子（dropwort）和佛甲草，这些花朵织就了一张白色与金色相间的地毯，里面挤满了昆虫，如同海中的鱼群——蝗虫和蟋蟀；精美绝伦的甲壳虫，比如金龟子；美艳惊人的蝴蝶，比如杨树将军蝶（poplar admiral）、匈牙利滑翔机蝶（Hungarian glider）和阿波罗蝶（clouded Apollo）。这里的鸟群也一样壮观，到处都是红背伯劳和金莺，在白杨树上吹着长笛般的口哨（树里有熊）……可我为什么会因此而惊奇呢？这或许才是更有趣的问题。

对我而言，感受惊奇的能力，意味着我们与自然之间早已存在某种关联，这是与生俱来的。惊奇感是可以世代传递的。我们内心有一种接受它并积极参与其中的系统，华兹华斯意识到了这一点，并写下了"感受崇高 / 从某些更深沉交融的事物之中"之语。

> 它来自落日的余晖，
>
> 来自大海和鲜活的空气，
>
> 来自蓝天和人的内心……

> Whose dwelling is the light of setting suns,
>
> And the round ocean and the living air,
>
> And the blue sky, and in the mind of man...

这些感受已经牢牢扎根于我们的心灵之中，我相信，这就是那根纽带，是五万代先人与自然之间的纽带，这根纽带能够让自然的方方面面强有力地影响我们：喜悦如此，惊奇也如此。我在阳光银行巷所感受到的惊奇就是典型例子，当我仰头去看醉鱼草丛时，我还没有社会化，没人教过我，在面对我所仰望的东西时，该作何反应。或许你会说，你肯定是在学校看过蝴蝶的书，至少也看过图片，或许我确实看过，但是，即便我看过，当时也没有印象了。那时我才7岁。我并没有感觉到：啊，这是我在书上看过很多次的蝴蝶。我只是对眼前的事物做出了最直接的反应。于是我注意到，我这一生，面对万事万物，几乎都是一个小孩子面对新鲜事物的模样。小孩子马上就会被没见过的事物吸引。他们极少面对新鲜事物却漠不关心。这又是人类的共性之一。所以动物园才那么成功，直到孩子们长大，不再喜欢那里——父亲明天要带我们去动物园，我们可以在那里待上一整天。所以，并非之前看过的书或者图片将我和贝宾顿的蝴蝶联结起来。很可能是史前时代的观察者们，我的五万代祖先，等待一只燕尾蝶停留下来，可以好好观察一番，并且惊异于他们眼前的小东西。

211

在韩国，我亲眼见证了新万金的破坏威力，2014年4月，从韩国回来之后，我想知道鹬该如何迁徙，因为它们格外依赖那片消失的河口。勺嘴鹬之所以引入英国，是为了建立一个繁殖保护项目。于是我去接触了位于格罗斯特郡的斯林布里奇的野生鸟类和湿地基金会（WWT），正是他们在照顾这些勺嘴鹬；他们的保护部负责人黛比·佩恩（Debbie Pain）博士邀请我去斯林布里奇看一看。

这真是天大的荣幸。勺嘴鹬的鸟舍是特别建造的，周围的生物安全保卫工作非常严密。黛比患了感冒，没法亲自陪同我，人类感冒对于那些"小勺子"们来说是潜在的致命威胁。于是，经过多道擦洗程序，还穿上了无菌服和木底鞋，我和尼格尔·贾特勒（Nigel Jarrett）一起进入了鸟舍，他是 WWT 繁育保护项目的领头人，当这些鸟儿还没破壳、还在遥远的楚科塔时，他就已经是它们的教父了。

忽然置身于地球上最为珍稀的鸟群之中，这又是一个惊奇时刻，它们是珍贵物种的典型。一共有 25 只勺嘴鹬：小小的，眼睛亮亮的，无比优雅，而且完全不怕人，人来后反而变得很活跃，围在我的脚边，在鸟舍里模拟的滩涂池塘中觅食。它们刚刚换上了繁殖羽，脱掉了冬日里的一身灰，披上了可爱的夏装，脑袋呈现赤褐色。尼格尔指出，它们越来越容易激动，彼此追逐，一只雄鸟抬起翅膀，那是捍卫领土的警告，而当一只蛎鹬——完全无害——鸣叫着从它们脑袋上飞过时，它们全都躲了起来。"以前它们都是作为同一个鸟群生活在一起，很适应彼此的存在，但是现在，高涨的荷尔蒙正贯穿它们小小的身体，促使它们换羽，并对彼此感兴趣。"他说，"它们就像是神经敏感的青春期的孩子。"

离开鸟舍后，我们回到了黛比的办公室，讨论这个繁育保护项目。我们漫无边际地谈到了野生动植物和自然界，黛比是个资深的野生动植物旅行者，才刚刚旅行回来。她和丈夫一起去了拉达克，他们是想去那里看一看野生环境里的豹子。黛比说，她的好朋友认为，能够看到野外的豹子，那将会是最极致的野生动物体验，她几乎就要同意朋友的观点了，结果转念一想，对朋友说，不，不，那还不是最极致的。

我来了兴趣，"那什么才是最极致的呢？"

黛比说："生物发光海豚？"

"那到底是什么？"

黛比解释说，她和丈夫之前参加了下加利福尼亚的观鲸之旅，他们参观了圣哈辛托潟湖，灰鲸会到这里来产仔——这是马克·卡沃丁最为关注的地区——亲眼看到那些鲸类，尤其是海豚，黛比和马克有着同样的感受，"我爱鲸，"她说，"很难说清楚，我就是觉得自己与它们之间有着某种联系。海豚是能令人感到愉快的动物，如此不可思议，它们总是会跳出水面，跑到船头去，而我是个科学家，总觉得它们那么做是有原因的，但是我真的觉得，它们之所以那么做只是为了享受一段愉快的时光……它们是在找乐子，你明白吗？我真的愿意去这么想。"

她说，一天晚上，海里出现了"生物发光体"（bioluminescence）——在特定条件下，散发出绿色光芒，那是上千万微小的浮游生物（一个比较老的名词是"磷光现象"）。真是让人难以忘怀的壮阔景象。"生物发光体很美……真是难以置信啊，当天

213

晚上没有月亮，海水条件恰好合适……它便闪烁出绿光，美得令人窒息，即便那光芒只是来自四溅的水花。看到这片光芒中的鱼群，真是太奇幻了。你能看清它们的轮廓，它们的线条，而在这片闪烁绿光的巨大海域，一群鲸鱼朝着船涌来，随后又四散开来奔往不同方向，身后留下一串闪光的痕迹——就像放射线一样。真是太震撼了。"

"但是，仍比不上海豚令人震撼。"

"我们当时就在船上，在船头，我们看到这些线条自远处而来，朝着我们蜿蜒而来，我们看出了它们的轮廓，绿光闪烁，随后它们就出现了，就在我们的船下，距离我们仅仅 4 英尺，闪着光——我们完全无法呼吸。"她的眼睛里泪光闪烁，她说："只要回想起那一幕，我就会哭出来。它们围着船嬉戏。忽闪着绿光。太让人兴奋了。那是我一生中从未见过的惊人景象。我丈夫也是一样。他走到我身边，抓住我的手说，我们永远也不会忘记这一刻。它们离开后，我们在甲板上伫立了一个小时之久，就是不想回到船舱里去，不想上床睡觉。"

她说："它们来的时候是半夜。"

又说："你知道那是什么感受吗？最突出的感受是什么呢？"

"是什么？"我追问。

"这个世界多么神奇啊！"

她望向远方，沉浸在回忆之中。因为回忆而惊奇，她禁不住摇了摇头。而后她看向我，微微一笑。

"我觉得，哪怕我忘记一切，也不会忘记这件事。"

8/一种全新的爱　

　　如果将前面提到的所有事物叠加起来会成为什么呢？雪花莲和三月兔，一树繁花与杜鹃归来，蓝钟花树林与白垩河，矢车菊和风铃草，木兰林莺，蓝带夜蛾，跃过拦河大坝的鲑鱼，以及滨鸟在湿地上的婉转悲歌——是一个人在自然之中一生的快乐吗？我坚持在开篇时说的那些话：用喜悦去保护自然。但这不是一个绝望的想法吗？就像某些悲伤的嬉皮士在1969年所说的那样，我们必须胜过光头党？一个处于最猛烈破坏中的星球，承受的折磨越来越多，怎么可能真的通过人类的幸福感去保护它呢？

　　我们在自然中获得的喜悦或许会告诉我们，我们究竟是谁，答案就藏在之后的结果里。

　　回头去看所有一切，我要重申一次……我们可能会热爱大自然，或许能够奉上火热的真心，但不应该只是接受自然的馈赠，对它的危险视而不见，踮着脚尖绕开。大自然在我看来独特非凡，我根本找不到合适的词汇去描述它，对自然的爱和我们的语言一样，让人类作为独特的动物脱颖而出，或者说是，拥有了意识。这个基本前提的奇特之处是，我们可能会非常热爱大自然，这一点没什么好多说。但是，为何破晓时的鸟鸣会让我们百感交集？为什么离开自己的维度前来看望我们的海豚会让我们激动不已？比起人们为什么选择某条道路，为什么人类的观念会随着年龄转变，为什么人类有时会谋杀，前面那些问题似乎从未有人做过调研，没有人带着问卷出去，就那些问题进行调查。但那些感受确实存在，并且与众不同。

当然了，我们必须得痛快承认，许多人，或许是绝大部分人，并不能与我们的想法产生共鸣。我绝不认为对自然的爱是普遍的。普遍的是什么呢？我相信是热爱自然的倾向，换句话说，热爱自然对人类来说是可能的。在我看来，这不是在特别的个体之中发现的偶然性特征，而是构成人类本身的一部分，而且是强有力的一部分。它是更新世五万代先人的遗产，是我们与自然之间尚未消亡的纽带，所以它深埋在我们的基因之中也就没什么可奇怪的，它被五百代文明人给掩盖了。自从农业社会开始，我们就一直生活在文明之中，我们不再像狩猎采集者一样是大自然的一部分。狂躁的现代都市生活让这条纽带在今天埋藏得更深。然而，只是埋起来了，并没有毁掉，它还在原地。它可以重见天日，我们能够与之重新连接，如果我们愿意的话，所有人都做得到。这是一种领悟，一个真理，或许能够为我们点亮一盏明灯：自然界是我们天然的家园，是我们心灵的天然休憩处。最为突出的证据其实非常简单：它能给我们带来和平。

我度过了动荡失衡的童年，和平真的很容易吸引我。我很清楚，我属于最幸运的那一代人——婴儿潮一代，我们成长在富裕的西方，是前所未有的美好年代，充分享受着和平，而我们的父母与祖父母无不经历过战争摧残。但是我以为，尤其能够吸引我的和平并非国家之间的和平（尽管这种和平至关重要），而是非常小范围内的和平。这种和平，可能偶尔会来到我烦乱的脑袋里，我相信这种可能。维瓦尔第（Vivaldi）曾为一首赞美诗作曲，名叫《人间需要真正的和平》（*Nulla in mundo pax sincera*），我发现这首精妙绝伦的歌曲的副歌部分竟然在我心头萦绕不去，我常常思考这句歌词——世上没有真正的和平，我并不认同。（他的观点显然是，真正的和平只能在耶稣的国度找到，歌词是一首不具名的拉丁语诗歌，这首诗真的非常痛苦——它说的是在一树繁花里发现了毒蛇，于是你很想知道这位佚名作者的人生究竟发生了什么。虽然这首诗表面上是写上帝的光明，而真正贯穿全诗的却是阴郁悲伤，在维瓦尔第精美旋律的衬托下，更显得阴霾弥漫，悲伤更深。）

对我来说，和平在这个世界上，尤其是在大自然中，随处可见。30 年前，罗杰·乌尔里希公布了他备受瞩目的发现，接受过外科手术的病人，如果能透过病房窗口看到树木，他们的恢复速度就会比那些从窗口只能看到墙壁的病人要快，而且恢复情况要更好。正如我之前举过的例子，我们已经开始正式研究大自然对人类身心产生的积极影响，现在终于有了实质性的文献。要用事实说明自然的治愈能力，这样的例子不胜枚举，但是根据约瑟夫·康拉德的观点，艺术的影响力比科学的影响力更持久、更深入，所以我打算用一首诗来说明。诗名是《复苏》（*The Recovery*）：

> 从阴暗情绪的控制中
> 我释放了这个人；西方仍有微光。
> 这最高尚、忠贞、优美的灵魂
> 得到了最美好的祝愿。

> 这是治愈心灵的药
> 躺在镀金的阴影里；扇动翅膀
> 信仰长存；触碰这棵树的皮肤——
> 心平气和，感受复苏。

> 不再大声追求白手起家
> 耳中的喧嚣渐渐减弱；这里栖居着
> 暮光之城，嫩枝，蘑菇，根茎，
> 静默无声，又婉转动听。

> 在习以为常的穹顶之下
> 在这偶然种下的历史悠久的树下
> 清清楚楚，散发泥土气息的毒蛇蜿蜒而来，数量庞大
> 和我一样，呼吸属于自己的时间

叶片蜷缩

一片接一片，一闪又一闪；

空中的片片树叶倒映在

时光的蓝色河流中。

流过青青草地的小溪

会让我恢复活力，精神焕发

想象那场谋杀，安全的曲折小径

穿过垂头丧气的田野

如此这般，在这片土地上

我最早的天使不再信步、呼喊、飞翔，

但老鼠还在嗅来嗅去，

用明亮的眼眸探索我的双眼。

From the dark mood's control

I free this man; there's light still in the West.

The most virtuous, chaste, melodious soul

 Never was better blest.

Here medicine for the mind

Lies in a gilded shade; this feather stirs

And my faith lives; the touch of this tree's rind,—

And temperate sense recur.

No longer the loud pursuit
Of self—made clamours dulls the ear; here dwell
Twilight societies, twig, fungus, root,
Soundless, and speaking well.

Beneath the accustomed dome
Of this chance—planted, many—centuried tree
The snake—marked earthy multitudes are come
To breathe their hour like me.

The leaf comes curling down,
Another and another, gleam on gleam;
Above, celestial leafage glistens on,
 Borne by time's blue stream.

The meadow—stream will serve
For my refreshment; that high glory yields
Imaginings that slay; the safe paths curve
Through unexalted fields
Like these, where now no more
My early angels walk and call and fly,

But the mouse stays his nibbling, to explore

My eye with his bright eye.

　　我完整引用了这首诗，因为我特别喜欢它，这首诗没什么名气，但我觉得它值得拥有更多读者。这首诗的作者埃德蒙·布伦登（Edmund Blunden）是一战时期的诗人。他是从怎样的情况里恢复过来的呢？是在战壕里目睹了一切之后。1916 年，19 岁的布伦登作为陆军中尉前往法国，接下来的战争岁月里，他大部分时间都待在前线，从服役时间来看，他比其他著名诗人，比如威尔弗雷德·欧文（Wilfred Owen）、罗伯特·格雷夫斯（Robert Graves）和西格夫里·萨松（Siegfried Sassoon）的服役时间要长很多。他的生还本身就是个奇迹。可是，或许他的肉身毫发无损，可心灵创伤是巨大的。从他的作品《战争的底色》（*Undertones of War*）中，我们可以很生动地感受到这一点。在所有著名的一战回忆录里，这是最为克制的一部，即便如此，真正的恐怖还是发生在了他眼前，每天都有身体被炸成碎片，不管愿不愿意，这个真相都无法被隐瞒。他余生是在学术研究中度过的，在文学世界里，他心怀恐惧地活着，夜晚的噩梦更是家常便饭。（2014 年，他的女儿马尔吉〔Margi〕告诉一个采访者，布伦登的白天虽然被文学新闻和教授身份所占据，"夜晚则完完全全属于战争"。）这首诗之所以如此振聋发聩，就是因为，那些心惊胆战的记忆他只是间接提及，并且一笔带过——"想象那场谋杀"——它们在背景中轰隆作响，它们是远处的闷雷，而作者将

219

焦点放在了那些缓解恐惧的事物上，那些事物平凡普通，充满安慰，与大自然息息相关，总而言之，有一种回家的感觉。

确实是家。因为自然界是我们进化的地方，我们是在自然中成为现在的我们的，我们也是在大自然中学会感受和做出反应。在这里，人类想象力得以形成并放飞，在树木、清澈的河流、野生动物和随风摇曳涌动的草地中，在毒蛇、致命掠食者、敌人和对食物无止境的需求之中，我们找到了它们的隐喻和明喻。但绝不会在水泥建筑物、汽车、下水道、集中供暖设备和超市之中找到，因为最后这些东西只是一些堆积物、附加物，无论今天这些东西怎样支配了我们的生活，在演化过程中，它们出现在我们生命中的时间不过一瞬。深挖下去，它们没有任何意义。和尼尔·摩尔斯一起目睹了新万金失去的河口，遥望周围的海岸线，他的滨鸟让我对此有了更为细致的领悟，让我明白，为什么自然才是容纳我们心灵的真正港湾。

220　　在这样一个人的陪伴下度过几天时光，非常有趣。长期以来他都在持续不断地观察自然，尤其是观察滨鸟。这样的生活也让尼尔产生了特殊的兴趣，野生动物是怎样穿越各种地形的？它们对地貌的兴趣又是怎样的呢？他本人的兴趣也随之扩展，从观察某一处的鸟类发展到观察人类。他毫不怀疑，我们仍旧和更新世的先辈一样拥有对自然景观的响应，比如，所有野生动植物都有这样一种本能，想看见别人，但不能被别人看见；要看见猎物，但是不能被捕食者发现。所以他对人类在露天环境下的反应很着迷，比如，人们本能地想要贴着边走，他说，这样一来他们就会不太显眼，要是从中间走过去，那就会暴露在很多人眼中。

尼尔觉得，作为人类，我们会更期待眼前的风景中包含某些特定元素，我们期待一种和谐，一种对称性，一种物体间的预期关联，这是我们的天性："有山顶就一定会有深深的山谷，而山谷之后应该是另一个山顶。"（现代的人造风光总是违反这一原则。）因此，我们也本能地会去处理风景通过视觉、声音或者气味传递给我们的信号，最重要的是那些预示着不同或者突变的信号。"不同的事物是危险的，超出了预期的和谐——那是熊，那是狼，那是从别的山谷跑来的陌生人。"这种恒定的处理模式非常耗费心力，但是我们通过千百代人的进化，已经非常善于动这个脑筋，我们已经适应了。"可能会有危险，但那是一种你的身体可以理解的危险。"可是呢，他说，我们做不到的是，用同样的方法去对付城市里源源不断的信息流，所以渐渐对周围过剩的噪声、灯光和气味麻木了。因为我们持续暴露其中，所以需要消耗掉大量脑力来处理一切潜在威胁，因此我们不再思考什么威胁不威胁，那些都是压力的来源。但是，在自然界，我们这种通过进化而来的技能又可以再度运转起来。

我完全赞同，而且还要加上自己的一些看法：我们虽然很热爱自然，但自然界绝不是天堂。任何将自然与天堂画等号的人都弄错了重点。自然可以伤害你，可以杀死你；自然绝对充满危险。但从某种程度上来说，那就是属于我们的风险，无论是怎样的风险，它们都是生态系统的一部分，就在我们内心的最深处，我们全都能够适应。虽然我们是新新人类，但已经顽强地适应了地球的生物圈，这都是"持续一生的野营旅行"重复了五万次的结果，所以自然仍旧是我们的家园，所以它才能给我、给她、给他、给你带来和平，特别是给我。我有通过自然得到和平的经历。

我想这是一件很不寻常的事，得出这个结论花了我一生的时间。但是当答案终于到来时，它在我渴望的某种东西上盖上了封印。我试图构建意义，可一系列的情况又非常特殊，只有自然才能提供我所需要的东西。这件事与我母亲诺拉有关，和她的困扰有关，和她的三次崩溃有关。三次崩溃分别发生在我 7 岁、9 岁和 11 岁的时候，这让我们的家庭陷入了混乱和悲痛，但是现在我明白了，最有意义的其实是诺拉完全康复了。

我觉得这很不寻常。对于那些遭受了精神冲击并留下了永久创伤的人，我只有深深的同情，我觉得精神错乱通常会持续一生。可诺拉并没有这样。在 1958 年秋天，她终于恢复了平静。她自然会厌倦每天的磕磕碰碰，她充满怀疑，缺乏信心，但又像——对她来说这是最关键的——内心的损伤从未发生过。她还是那么见多识广，才智过人，我刚提到的这个方面指的是她的本质。就是这样，没有余震，对于从前的不幸她毫无怨言，不寻求同情，不嫉妒他人，没有一丁点儿自怨自艾——更确切地说，是她的本质始终未曾改变，正如我对外界所说，这种本质是毫不自私，完全赤诚，以温柔善良对待他人的过错。

之后的几年是我的青春期，我把那种古怪的冷漠丢在身后，和哥哥约翰形成鲜明对比的是，过去我欢迎她的消失，后来我与她之间渐渐建立了桥梁。她的才智深深吸引了我。一开始，我只是模模糊糊地注意到她很聪明，但是我发现，随着我自己心智的拓展，尤其是 14 岁那一年爱上诗歌以后，她就成了我无可匹敌的智囊，她给我做解释，做补充，打开了我的眼界，让我遇见了那些根本不会遇见的人（比如，正是她给我介绍了杰拉德·曼利·霍普金斯）。当然了，她对约翰的成长也同样上心，曾经的家庭创伤显然严重伤害了约翰，他依然痛苦焦虑，这让我觉得为难（这肯定也让诺拉痛苦万分）。1944 年的教育法额外增加了11 项测验，极度不公平，因此我俩更加疏远了：我"通过"了检查，去了文法学校，学习语言和人文学科；他"失败"了，去了一所现代中学，学习职业教育项目，比如木工、金属加工或者家政学。

但是从十几岁起，约翰开始弹钢琴（我们家里乐声不断），很快我们就发现，他有着无法掩盖的天赋，当他通过五级考试并获得优秀时，考官说，如果这孩子能上一些 GCE 课程，那他就能去音乐学院——也就是拿到英国普通教育证书。这是离开学校的基础学历，但是约翰所在的现代中学的学生却无法拿到这个证书。母亲去见了他的校长，请求他让约翰去上 GCE 课程，但被拒绝了。15 岁时，约翰两手空空离开了学校，玛丽的丈夫戈尔登给他找了个办公室勤杂员的工作，就在他自己的公司里，利物浦的船舶供应商。但诺拉是不会接受挫败的，她将约翰从办公室的工作岗位上拉了回来，给他购买了一系列函授课程，通过这些在家中自学的课程，经过两年半时间，她亲自帮约翰从头学习了 5 门 GCE 课程：英语、英语文学、音乐、法语和宗教知识。他通过了全部 5 门课的考试，被曼彻斯特皇家音乐学院（Royal Manchester College of Musi）录取；在诺拉的一手栽培下，她的大儿子从 11 项附加失败者（eleven-plus failure，这是当时的术语）成了古典钢琴家。

事到如今，再回头去看，她所做的一切都让我惊叹。那时我十几岁，这件事就发生在我眼皮底下，我觉得理所当然，可是现在想想，她的精神不久前才刚刚崩塌。慢慢地，我没有办法不注意到母亲那非同寻常的品质。比如，在我开始学习并领会 18 世纪的启蒙运动时，她已经对这段时期的历史了如指掌，我这才渐渐意识到，她自己的身上就集中了启蒙运动所带来的价值，而这种价值也是构成我们社会的基础。不过，彻底将我征服的是她本人的天性，我越来越明朗地认识到她柔软平和、兼容并包的思想境界；她有一种几乎没有边界的善良，尤其对弱者格外敏感，最后我终于看到是什么构成了她的人格特质。20 岁时，我谈了一段非常愉快的恋爱，这次恋爱改变了我看待世界的方式，当我犹犹豫豫地把这件事告诉她时，我发现她完全能理解我，或许你会说，她懂得什么是爱，我也是这样认为的。

从那以后，我们前所未有地亲近起来，同时我从大学毕业了，成了记者，而她也不仅仅是一个我所钟爱的母亲，她走得更远，她是我最好的朋友。我们一起走过 20 世纪 70 年代，走进 20 世纪 80 年代，我同她分享了生活中的大部分事物，从我在报纸上看到的人物，到我们这一代最棒的音乐：比如，我给她放了很多乔妮·米切尔（Joni Mitchell）的歌——听听这个，这个真的不错——她非常喜欢。她的思想很开放，并且勇于冒险。我觉得她无与伦比。我为她感到骄傲。她竟然是我的母亲，这让我觉得自己的形象也高大了起来，她是我最好的际遇——住在逼仄的郊区住宅里，却才智过人，道德上的严肃认真一点儿也没有磨损！最终，我们开始谈论 1954 年发生的事情，一直到那时，我始终不清楚这件事，她尽可能把一切都告诉给我（虽然她也没有办法说出最核心的部分——那是我从她的医疗记录当中自己找出来的）。我因此更加明白自己，尤其更加理解约翰。1977 年，他回到家中，在此之前他在加拿大国家芭蕾舞团（National Ballet of Canada）做了 4 年钢琴家，并且加入了皇家芭蕾舞学校（The Royal Ballet School），当父亲杰克开始找他的茬儿时，我保护了他，这还是头一回。杰克当时已经退休了，但是暴躁的老毛病有增无减。我开始试着去做一个合格的好兄弟。那时约翰依然有着各种各样的艰难，除了从童年时期带来的情绪不稳定之外，他还是个轻度酗酒者，是个同性恋，但仍旧是个虔诚的基督徒，教堂似乎因为他的性取向而谴责他，指责那是天生的邪恶，所以他才会极度痛苦，这些情况导致约翰成了一个个易燃易爆的混合体。一个特殊的危机点出现在 1982 年，改编自伊夫林·沃（Evelyn Waugh）的《故园风雨后》（*Brideshead Revisited*）提前在电视上放映，约翰觉得剧里的同性恋——基督徒塞巴斯蒂安·弗利特与自己很像，当他试着和诺拉间接讨论一下时，完全没有意识到性取向问题的诺拉也认为塞巴斯蒂安是邪恶的。约翰开始狂饮痛醉，喝遍了所有的酒，在一个多星期的时间里，他都沉浸在醉醺醺的状态里，时不时冲她失声尖叫——你罪恶的儿子。她特别难过，而且一头雾水，我这才意识到，我得插手了，我让她坐下来，对她说："听着，有些事情你必须得知道，约翰是个同性恋。"她非常震惊。她的思想形成于性解放之前，她才刚刚知道同性恋者这么回事。这不是她的宗教信仰所能允许的，直到生命终结，她依然坚持了这一点。我给了她两个星期时间，然后回到她身边，我说："你现在必须得接受这件事。"而她也确实接受了。于是她和约翰开诚布公地谈论了这个问题，这对约翰来说真是喜出望外，而且特别及时，因为这一年的年底，诺拉去世了。

母亲才 68 岁，但身体已经油尽灯枯。摔坏的脊椎是她巨大的身体负担，那是从床上掉落之后导致的，当时我人在亚马孙地区。她的身体向来不结实，但从那以后更是日渐虚弱，最终看起来像一只弱小的鸟儿。1982 年圣诞节前的那一周，她在睡觉时中风了。早上 7 点父亲给我打来电话，一如既往地惊慌失措，他尖叫着："迈克尔，迈克尔，我叫不醒你母亲了！"她还活着，但深度昏迷。帮父亲处理好一切该做的事情后，我开车横穿伦敦，接上约翰，出发去贝宾顿。我们要沿着 M1 公路开上 200 英里，等到了沃特弗德·盖普服务区，我就知道她去世了，因为我忽然看见她在向我道别。我极其难过，马上给玛丽打了电话，她对我说："上帝把她带走了，迈克尔。"我们所有人，我，约翰，父亲，玛丽，还有戈登，因为震惊和悲伤呆住了。玛丽尤其伤心，但她坚强得可怕，开始筹备葬礼。第二天，我坐下来写讣告，发布在《利物浦回声报》（Liverpool Echo）的逝者专栏里，我将这份讣告作为一种记录，留下我当时的感受：

麦卡锡－诺拉：1982年12月21日，走得很平静，得到了教堂仪式的祝福。她在家中中风，在克拉特尔桥医院去世。诺拉·麦卡锡（本姓得伊）是杰克的爱妻，是约翰和迈克尔挚爱的母亲，是玛丽和戈登深爱的姐妹。安魂弥撒安排在位于威勒尔的新弗里的圣约翰大教堂，将于12月29日上午9点15分举行。（生前她非常虚弱，因为后背受伤，所以要承受多种持续不断的痛苦，但她始终积极开朗。她的观察力依旧敏锐，常识仍然健全。她极其乐观，并坚定不移地抱有希望，总能看到人们心中美好的一面。她没有丝毫的小气卑鄙、虚与委蛇或者假模假式。她的高贵与温柔与生俱来，无论是在她去世时还是在她的少女时代，皆是如此。她给你们、给我、给所有人的爱，都是艾略特曾描述过的那种爱，淳朴简单，毫无保留。）

我用这份讣告记录了自己当时的感受，之后发生了一件奇怪的事情：我的感受消失了。

开头我就提到过，我们都对自己的经历有所预期，试图让自己的人生轨迹符合既有典范，但人生并不总是走直线。在我这里也是一样。我不再觉得难过，一开始，我认为那只是一种情绪，虽然很怪诞，而且令人不安。另一种情绪取代了我的悲痛：我完全不在意她的死。可我是那么爱我的母亲，我对她的爱远胜于其他人。怎么会这样呢？为了找回我的悲伤，几天之后——那是平安夜——我去看了她的遗体，她躺在棺木里，我认为这样肯定能奏效，会让我再次伤心难过，可探视遗体的结果却令人更加苦恼：她根本不在自己的肉体里，她不在那里，那具遗体不过就是个物品。看到这具遗体在我心底引起了非常不愉快的感受，我也不明白那究竟是何种感觉。我唯一知道的就是，它让我深受震撼，把我的感情驱赶得更远了。

227　　我没有任何参照物可以解释这一切。在我们的习俗里，悲伤占据了最显眼的位置，但是忽然之间，悲伤莫名其妙地不见了踪影，在我的所见所闻中，这绝对无法被社会认可。我很迷惑，很伤心，因为无法伤心而伤心。在理智上，我自然知道诺拉值得一份充满爱意的悼词，我在讣告里都写了下来，但是此时此刻，我能清楚地感觉到，那份悲伤已经不在我心里了。Varus, Varus, 请把我的悲伤还给我！可悲伤还是弃我而去。从那时起，我的人生进入了一段非常奇怪的时期，我猜是一段失落的时期，差不多持续了10年之久。不仅仅是因为我对母亲的感觉消失了，我很快发现，我的自我价值感也和那些感受一起消失得无影无踪，太意外了，根本无法解释。我的自信心彻底瓦解，35岁以上的人看起来都是颇为自信的成功人士，而我的心中忽然间只剩下一无是处的感觉，感觉自己完全没有道德可言。我依然还能工作，但我感到自己不再关心诺拉所承载的那些价值，我觉得自己什么也不在乎了。我以一种极其不开心的方式，站在自己的身份废墟里，年复一年，拼命想弄清楚其中的缘由，却做不到。那就是一团迷雾，最终，在她去世7年之后，我终于抓住了重点，但凡我想找到走出去的途径，就必须寻求专业帮助，于是我开始将这一切吐露出来。每星期都有两个晚上，我顺着梯子爬上蹲尾区的阁楼，阁楼的浴室墙上挂着弗洛伊德的照片。

我将永远感激这个男人，是他让我最终明白了一切，并且指引我走出了迷雾，但真的花了太久太久的时间：几乎超过3年。这是个辛苦烦琐的过程，缓慢得难以忍受，需要翻开重重叠叠的情感和回忆。但我很幸运，我有约翰，在那段焦虑混乱的时间里，约翰对于发生的事情有着如水晶般清清楚楚的记忆，而那段记忆对我来说完全是一团乱麻，困惑糊涂。我发现，我可以用约翰回忆起的那些细节来供养我那缓慢生长的理解力，虽然对他来说这也很痛苦。正如和我聊这些事的人所说的那样，你拥有的是电脑，约翰拥有的是数据。整个进程中最激动人心的瞬间发生在威尔士，在纽基的一个海边小城。我是受《纽约时报》委派过去的，和绿色和平组织一起去看卡迪根湾的海豚，坏天气延后了行程，我拥有了一整天属于自己的时间，于是我坐在宾馆的房间里，经过数小时紧张严肃的思考，我将我所知道的一切信息放在一起，那天晚上，我终于找出了答案。

我恨她。

我几乎无法相信这个结论。这可是我最爱的母亲啊。

可答案就在这里。

恨意依然存在，深深积压在我心底，在一个我要花 3 年时间才能挖掘到的地方。我恨她在 1954 年的时候离开了我，离开前一句话也没有对我说，就那么抛弃我，走了。然而我的灵魂却不允许我承认这种恨意，因此，在我 7 岁的时候，面对她离开的恨意就变成了和别人不一样的反应。同样的，在我 35 岁这一年，她永远离开了，恨意机关又被触发了，那种事不关己的冷漠又回来了。

我恨她又一次抛弃了我。

我恨她死了。

想明白这一点，我很震惊，这也是一种巨大的启示。等我一回到家，就马上去了阁楼，一股脑地倾诉出来，说出了我一心想要问的问题，这种恨意现在可以消失了吗？它能走开了吗？能吗？

安德烈平静而安详地说："我认为，有些事情起了变化。"

"什么？什么变化？"

"或许，"他说，"从你知道答案的那一刻起，它就无法再支配你了。"

当然了，我觉得……事情正在变化。僵局已经打破了。但还是有一部分情绪在困扰着我，这部分如今暴露在光天化日之下。下一周，我去和约翰吃饭，对他说："你知道的，母亲第一次去医院的时候，我真的有点儿气恼，她一句话都没说。我是说，在她去之前。你知道的，就是安慰我们一下。或者，说点儿什么都行。"

约翰说："但是，她说了。"

"什么时候？她什么时候说了？"

"她到了我们的卧室。她说，我要离开家，去休息一下。我哭个不停。我说，别走，妈妈，求你了，别走，而她说，'我必须得走'。"

我说："太对不起了，我竟然不记得。我真的一点儿也不记得。我对此完全没有记忆。"

约翰说："因为你睡着了。"

"什么？"

"你睡着了。她不想吵醒你。"

"我睡着了？"

"是的，她不想把你吵醒。"

我脑袋一阵晕眩。

我看到了那个夜晚，那个 8 月的夜晚。多年以前，就在那个夜晚，一个家庭分崩离析：一个极度痛苦的母亲，即将和两个年幼的儿子分开，很可能是永别，大儿子哭哭啼啼，小儿子却在睡觉，心不在焉，无知无觉……3 天后，我驱车北上，去了贝宾顿，去了她的墓地，在那里，僵局最终打破了，我为她哭了出来。

10 年后，我才找回了对母亲的感觉，明白了我为什么会失去这些感觉，这也让我完全明白了童年时代所发生的一切，虽然一直以来，那些事看上去那么不清不楚，难以理解。可以想象，这对我的人生而言，意义非凡，那是喜悦的来源，至少，我修补了对诺拉的爱，让这份爱看起来更加完整。不知怎地，我有一种感觉，所有失去都是它的标记，虽然我并不知道那是什么。我只是和普罗大众一样，渴望创造意义，用仪式来铭记人生中的某些大事件：出生，结婚，死亡，恢复爱意。因为缺少这样的标记，我试图以更多的同情心对待那些曾深陷悲伤的人，从约翰开始。在他严重酒精中毒之后，我们才能去探讨，面对诺拉的精神危机，他遭遇了多么痛苦的折磨。但是病好之后，诺拉依然是见解深刻、极富耐心的女人，虽然不可能完全和从前一样，但她渐渐给了约翰通往平和的可能性。我也和其他人聊了——父亲杰克，玛丽和戈登——对于发生的事情，我尽可能多地同他们谈论，并且在他们三个人的身上发现了相似的态度，那是一种熊熊燃烧的悔意，因为他们都没有按照应有的方式去对待诺拉——他们觉得，虽然他们没能正确理解发生的事情，或者搞清楚她到底生了什么病，但是从某些方面来说，他们并未履行自己对她的义务。我认为，最重要的是因为他们意识到了她的品格，感受到了她给予大家的爱，看到了她的好，他们全都觉得自己对她有所亏欠，而父

259

亲的感受尤为强烈。杰克逐渐意识到自己犯下了怎样的罪——他们都犯了疏忽罪。过去他是个写谐趣诗的天才，有一天，他出人意料地塞了一张纸在我手里，上面写着：

　　我无法遗忘
　　我未能履行的职责
　　琵雅芙没什么可懊恼
　　但我有太多悔恨

　　There is no way I can forget
　　The things I failed to do.
　　Piaf found nothing to regret
　　But I have much to rue.

　　我马上向他敞开了心扉，我爱他，直到他离开这个世界。　231
　　事实上，在 20 世纪的最后 3 年里，他们一个接一个离世，和诺拉埋葬在一起。他们四人并肩长眠，在我眼中，这是诺拉用爱拥抱了他们所有人。我在墓地立起一块墓碑，这是很有意义的举动，虽然在心底深处，我仍旧渴望以某种更有仪式感、更合适的方法，让我能够纪念她。她真的非常伟大，但我还要再等上另外一个 10 年，另一代人——一个无罪的 10 年。2009 年，我和乔带着弗洛拉和塞布来到威勒尔，来到墓地，因为他们已经长大了，分别是 22 岁和 17 岁，应当了解一下他们从来都不认识的祖父母。那是 4 月初的一个星期天，早上很冷，穿过浓密云层的阳光十分苍白，北风如冬日般凛冽，然而，即便是在凛冽寒风之中，墓地依然是个令人愉快的地方：苍翠丝柏和茂盛的冬青连缀成行，让人感觉仿佛置身于意大利。

我们找到了墓地，孩子们阅读了墓碑上的铭文，我们沉默，思考着墓碑上的话。就在这时，一片枯叶在风中打着转飞来，落在我们脚边，就在墓穴边上。紧接着，在稀薄的阳光里，那片枯叶张开了翅膀：一只孔雀蛱蝶。

我吃了一惊。

就像在里米尼遇见燕尾蝶，在亚马孙遇见蓝闪蝶，在波士顿花园里遇见帝王蝶。

这只蝴蝶在我母亲的墓穴上。

它刚刚度过冬天，所以衣衫褴褛，粗糙不平，但它华丽的颜色仍旧清晰可辨，红褐色的翅膀上有四块以紫水晶色为内核的眼状斑点……那一瞬间，它在我心中点亮了什么，蝴蝶总能对我起到这种效果。它点燃了我通往 1954 年夏天的生命之火，回到那混乱动荡的时光，回到小男孩仰头凝望醉鱼草的世界。一整天我都在想那情形，回伦敦的路上在想，晚上在想，第二天早上走进办公室我依然在想。我的办公室在《独立报》(*The Lndependent*)的新闻编辑部，当时我提出了一个夏季特色选题，也是报纸一直在寻找的系列专题。我说，我会试着用一个夏天的时间，亲眼看到所有的英国蝴蝶——全部 58 个品种，我会邀请读者们加入，看看他们能找到多少种，给最佳参与者颁发奖金。这是个好点子，颇为杰出的编辑罗杰·奥尔顿（Roger Alton）（走得太早了，唉）和犀利且精力充沛的新闻编辑奥利弗·莱特（Oliver Wright）都很赞同我的想法，在接下来的一周，我们就开始了这个系列专题，用的是因迪（Indy）图像工作室制作的一张蝴蝶挂图，绚烂瑰丽，极其迷人。后来我们宣布还剩下一些图的时候，有超过 1000 所学校给我们发来邮件，索要复印件。我们管这个系列叫"伟大的英国蝴蝶追踪之旅"（The Great British Butterfly Hunt），我自己是马上就开始行动了，并寻求了 BC 的帮助，这是最最值得敬佩的慈善组织，其领导人马丁·沃伦（Martin Warren）一口答应赞助。于是，一个月后，我已经站在汉普郡巴策尔山（Butser Hill）的山顶，站在了南方丘陵 888 英尺的制高点，和我并肩而立的丹·霍尔（Dan Hoare），来自 BC 的东南英格兰负责人，他正在寻找勃艮第公爵蝶。这种蝴蝶是遍布世界的蝴蝶家族——蚬蝶科唯一的英国成员，是真正的罕见品种。7 岁时，我在《观察家书系·蝴蝶卷》里看到了它的名字，激动不已——没人知道这种蝴蝶为什么叫这个名字——但是这种小动物总是从我身边逃开，所以我从没看见过。现在这种蝴蝶已经非常稀少了，而且还在变得更稀有，BC 建立了几处公爵蝶的繁育基地，丹带我去了其中一个。

那是 5 月里的一天，当我睁开双眼，卧室的窗口呈现一片明媚的蓝，我心情大好。然而，在我去往繁育基地的路上，丘陵忽然出现在挡风玻璃上，我沮丧地发现冰冻的海雾正从 10 英里之外的海边翻涌而来，山顶消失在迷雾漩涡之中，宛如英格兰湖区

旁的小山。尽管如此，我们还是朝山顶前进，雾气慢慢消散，等
到正午时分，阳光倾泻而下，让当地的昆虫、奇怪的蜜蜂和奇怪
的捕蝇花都活跃起来，几分钟后，丹喊我过去，就在那里了，在
山楂灌木丛中的一片欧洲报春花叶子上有一个格外显眼的小家
伙——翅膀上黑色与橘色的格子，让我想起了刚刚印刷出来的邮
票，光彩夺目，我看得入迷，我对母亲说：

看呐，

勃艮第公爵蝶，

这是献给你的

但是紧接着，我就看见了十几种种类不同的蝴蝶，这是春
日里最稀松平常的场景。引领这种场面的是孔雀蛱蝶的 3 种近
亲，它们也都度过了冬季，翅膀收拢，看起来活像枯叶：红纹
丽蛱蝶、狸白蛱蝶（comma）和小玳瑁蛱蝶。我还发现了另外
两种早春的可爱标志，钩粉蝶和橙尖粉蝶（orange tip），还有第
一抹蓝色——冬青小灰蝶（holly blue），第一抹棕色——斑木蝶
（speckled wood），还有 3 只普通的白蝶，一只大的，一只小的，
还有一只绿纹白蝶（green-veined white），我在家附近的皇家植
物园邱园见过它们当中的大多数。但是，作为最为常见的品种，
人们对它们不大理睬，科考队必须寻找更为珍稀也更难发现的品
种，于是大一点的科考队远征巴策尔山。最大的科考队去了苏格
兰，发现了银弄蝶（chequered skipper），它是弄蝶属里最漂亮的

一种。20 世纪 70 年代时，这个属的蝴蝶就已经在英格兰灭绝了，好在它们活了下来，在阿盖尔郡（Argyllshire）的沿海山丘上繁衍生息，欣欣向荣。我在 BC 的苏格兰成员汤姆·普雷斯科特（Tom Prescott）的陪伴下去了那里，他带我去了格拉斯德拉姆森林（Glasdrum Wood），森林沿着雷兰海湾（Loch Creran）蔓延，这是奥本镇（Oban）北部极其迷人的风光。我们运气很好，天气不错，有足够的温暖和阳光能让蝴蝶出动——哪怕温度低上几度，我们都有可能一只蝴蝶也看不到，那可真就是一段漫长的一无所获之旅。不过这种天气条件对于每一个在高地散步的人来说都是巨大的痛苦，因为苏格兰蠓（Scottish midge），所以汤姆做了重要的防蠓措施——一款名叫"Skin So Soft"的雅芳精油，当地人都很信任这种方法。随着我们不断往上爬，在林中穿行，就越来越需要大量涂抹精油。之后我们进入了一大片林中空地，这是为了输电线开辟出来的，也是蝴蝶的理想栖息地。成群结队的蠓围着我们的脸，拼命地咬，仿佛要完成最后任务。最终，我们找到了目标，一只小小的棕色生灵，精致地散落着金色斑点，我对母亲说：

看看我们呐。

包裹在精油里

被蠓咬得体无完肤

但这里有银弄蝶

这是献给你的

　　阿盖尔郡是我走得最远的一趟旅程，却不是最高的。山地卷蝶（mountain ringlet）——我们真正的高山蝴蝶，也被称为阿尔卑斯蝶（Alpine butterfly），它们只存在于英格兰湖区的半山腰以及苏格兰高地，通常生活在海拔 1500 英尺到 2500 英尺之间，为了寻找它们，这一次我争取到了两名 BC 东北英格兰代表，戴维·维恩莱特（Dave Wainwright）和马丁·韦恩（Martin Wain）。他们带我去的地方就在湖区里，从威利诺斯山口（Wrynose Pass）出发，我们穿过朗格戴尔山谷（Langdale），翻越高山，抵达埃斯克代尔（Eskdale）。我们步伐稳健地攀登了一个半小时，看到了许多蝴蝶，草地褐蝶（meadow brown）、小希思蝶（small heath）和小红蛱蝶，但没有一只看着像山地卷蝶。随着空气变冷，我们渐渐窥见了湖区的座座山峰，斯基多峰（Skiddaw）就在远处。汗珠顺着额头滚落，我开始觉得我们可能不太走运，结果两个同伴齐刷刷地大喊起来，我发现了一只旋转的黑球，周围环绕着一圈橙色光环。那正是一只山地卷蝶，嗡嗡嗡地飞过草坪，紧接着又是一只，还有一只，当我们坐下来喘口气时，发现有一只卷蝶停在草茎上休息，就在我们身后。于是我们有机会能够近距离观察它棕色的翅膀，它的每只翅膀上都有带状的橙色纹路，上面有眼状色斑，会给人以错觉，让人以为它飞行的时候有橙色的光芒。最终，我想方设法让它爬上我的指尖，我们给它拍了照，我问戴维·维恩莱特，我们爬了多高，他报了一下 GPS 上的数字——614 米，海拔 2014 英尺，我对母亲说：

看到我指尖上的小生灵了吗

在海拔 2014 英尺的高处

山地卷蝶

这是献给你的

我渐渐明白，用一个夏天的时间阅尽所有英国蝴蝶，这是个意义重大的承诺。尽管我也见过单枪匹马完成这件事的人，但严格说来，在我能够抽出的有限时间里，如果没有蝴蝶保护协会提供的专业帮助，我是肯定完不成的。比如，我只能腾出半天的时间来看燕尾蝶，而 BC 的曼蒂·格拉斯（Mandy Gluth）和伯纳德·瓦茨（Bernard Watts）在诺福克湖区的何山（How Hill）自然保护区帮忙找到了它，事实上是找到了好几只燕尾蝶，它们以紫色的沼泽蓟（marsh thistle）为食，美得令人窒息。和 40 年前在里米尼第一次亲眼看到燕尾蝶时一样激动，我对母亲说：

看呐，看呐!

燕尾蝶!

饮下沼泽蓟的花蜜!

美得如此不真实!

这些都是献给你的

保护区里有太多太多令人喜悦的存在，比如紫色帝王蝶、网蛱蝶、白纹蛱蝶、银星弄蝶，尤其还有大蓝闪蝶，1979 年，这种蝴蝶已经在英国灭绝了，英国的鳞翅目科学带头人杰瑞米·托马斯教授又将它重新引入英国，取得了巨大成功。我是在萨默塞特郡的绿坡和杰瑞米一起看到的，我小声嘟囔着：

看呐。

大蓝闪蝶。

起死回生！

这是献给你的

或许最值得纪念的瞬间，是希思豹纹蛱蝶（Heath fritillary, Melilaea athalia）的舞蹈。希思豹纹蛱蝶是一种以黑色和橙色为主色调的蝴蝶，是英国最珍稀的蝴蝶品种之一。它在肯特郡的布林森林（Blean Woods）里有自己的据点，那是坎特伯雷（Canterbury）附近一片古老而广阔的丛林，是 RSPB 的自然保护区。森林里有一部分区域被管理人迈克尔·沃尔特（Michael Walter）留给了蝴蝶。我之前去过那里，和沃尔特一起见过希思豹纹蛱蝶，数量上还算不错。但是后来，他实施了林区修整的计划，让植物群落发展得更为成功，这就让蝴蝶的幼虫饲料茁壮成长起来——成果相当不错。迈克尔带我深入丛林，沿着一条小路走了大约两英里，然后又走上一条分岔的狭长小径，最终进入了一片林中空地。哪怕用 100 万年你也不可能发现这样一片空地，在那里我们偶遇了上百只希思豹纹蛱蝶，或许有上千只，在草木上方 1 英尺左右的地方振翅飞舞，到处都是——它们看起来就

236

像是在光斑里舞蹈，拥着一束阳光，静默无声地跳着小步舞，唯一打破沉寂的只有鸟鸣，我目不转睛地盯着眼前的场景，对母亲说：

> 看见这舞蹈了吗？
> 真是奇迹啊。
> 寂静之舞，在林中空地
> 这是献给你的

整个夏天，我都在寻找蝴蝶，一周又一周，每次找到蝴蝶我都发表在了《独立报》上，但我心中，始终专注于诺拉。等到8月末，我看遍了56种蝴蝶，只剩下2种还没找到，分别是棕色灰蝶和纹黄蝶（clouded yellow）。迟迟不遇红背小灰蝶是在预料内的，因为它是每年最后时刻才会出现的蝴蝶，而纹黄蝶却有些出乎意料。它的翅膀是硫磺金色，上面有黑色斑点，一年一次，从大陆迁移而来，绝对不是罕见品种，我自己就见过不少。可是今年夏天，我就是找不到它们，随着8月悄然流逝，我特地去了萨里郡、萨塞克斯郡和多塞特郡，我去了6次，一次都没遇到，不只一次有人告诉我，你应该明天再来。最终，8月31日如期而至，那一天是8月的银行周一假，是夏日的最后一天，也是"伟大的英国蝴蝶追踪之旅"的最后一天：这一天要给读者颁奖，获奖者可以参与蝴蝶保护协会率领的野外观光旅行，寻找棕色灰蝶（附赠午餐）。

从众多读者之中脱颖而出的优胜者加入进来，他是一位刚从北伦敦的弗里恩巴尼特学校退休的生物老师，名叫安迪·金（Andy King），非常和蔼可亲。他一共观察过57种蝴蝶，并且全部拍下了照片，其中包括棕色灰蝶——成绩斐然。但是他无法完成所有蝴蝶的观测，他去了阿盖尔寻找银弄蝶，但蝴蝶躲开了他。我和马丁·沃伦带他去了萨塞克斯的斯戴宁（Steyning），在那里我们见了BC萨塞克斯分部的尼尔·胡尔默（Neil Hulme）。在微暖的阳光下，尼尔领我们进入了山地牧场，来到一片狭长地带，白蜡木（ash wood）和黑刺李下层林将这片区域环绕其中，我们一眼就看见了一只雌性棕色灰蝶，正在黑刺李的茎秆上产卵。这个新发现让我惊呆在原地，巧克力色的前翅被金橘色的横纹拦腰截断，我痛饮她的美，写下了献词。

此时才刚过正午，还剩下足足半日，我依然差1只纹黄蝶。因此，我沿着丘陵又走得更远了些，白垩土草地上点缀着粉色的马郁兰和蓝色山萝卜花朵，接下来的半小时里，我们看到了许许多多白蝶、小希思蝶和小红蛱蝶——这一年小红蛱蝶从欧洲大陆大举侵入英国，来了几百万只——当我听到一阵骚动时，以为不过是一只小红蛱蝶，并没有在意，然而当我转过身去，看到马丁·沃伦正冲我挥手，大叫着："迈克尔！迈克尔！迈克尔！"

"什么？"

"看！"

一团火焰破空而来，是熊熊燃烧的硫磺色火焰，它就在那里了，第58种蝴蝶，也是最后1种，在蝴蝶之夏的最后一天，我将它带到了母亲面前。

看见了吗？看见了吗？

它在那儿！

纹黄蝶！

最后一只！

这是献给你的！

在我心中的某个地方，诺拉笑出声来，她说，

没错，儿子，它就在那儿！

这是我送给她的礼物。

这是我对她的纪念，纪念她的特别。这是我的悼词，致我失而复得的感受，致感受得到彻底的修复。这是我最终抵达的和平。我献给她的礼物，似乎最终标记了我对她的爱。此前岁月，我的爱迷失在动荡混乱的时光里，如今，这份爱奇迹般地转移到了蝴蝶身上。

我将全英国的蝴蝶都献给了她。

一种不落。

大自然能给我们带来和平，大自然能给我们带来喜悦，这些

只是确认了很多人在面对自然时的本能感受，却没能清楚说明：自然并非额外的奢侈品，相反，它对人类来说不可或缺，是生而为人的一部分。因此，我们的认知也应当进入保护自然的范畴。

随着我们大步迈入 21 世纪，如轮船驶入飓风中，悬在自然头上的威胁也史无前例：它指向了人类历史中的一个终结时刻，这个时刻或许转眼将至。人类属于地球百万种生命形式之一，从所有物种中脱颖而出，掌握了语言和意识，发明了艺术、法律和医学，甚至能遨游太空，但最终，却将毁灭自己的家园。不，他们不会将这个星球扯成碎片——岩石和海洋还会留下。但是生物圈里的各种生命体正走在通往毁灭的路上，我们便是"第六次物种大灭绝"的书写者，同之前的五次大灭绝一样，生物圈毁于一旦。栖息地的消亡将送走无数物种，比如黄海的滩涂，支撑着 5000 万涉水禽的迁徙，却消失在钢筋混凝土之下；还有热带雨林，在链锯下不断倒伏；所剩无几的红树林沼泽都变成了养虾场；所有奔腾不息的长河都为了发电筑起大坝，这些地方的生态系统全都遭到了永久破坏。与此同时，人口规模仍在前所未有地扩张，尤其是在发展中国家，即将和栖息地消亡一样成为破坏自然的强大力量。过度榨取资源、过度捕猎甚至偷猎，导致越来越多的鱼类资源枯竭、大型动物伤亡，比如大象、犀牛和老虎（2013 年，一份来自国际科学家小组的报告显示，2010 年，非洲森林象被确认为独立物种，在过去的 10 年里，它们的数量因为象牙盗猎者而缩减了三分之二，正坚定不移地走在通往灭绝的路上）。还有入侵物种的威胁，不断扩张的

全球化贸易也在煽风点火，这些都将不断造成难以预期的浩劫
（"二战"之后，亚洲棕树蛇偶然进入了太平洋关岛，几乎扫荡
了岛上三分之二的土著鸟）。而在所有威胁之上，还高悬着全球
气候变化的幽灵，这才是最恐怖的。如今，气候变化正伺机破
坏大气的稳定性，几百万年来正是稳定的大气保证了生命的出
现，允许我们繁衍生息，自由生长。

　　我们面对的问题本质究竟是什么？要清楚地知道这一点其
实非常困难。因为两代人以来，开明的世俗人文主义始终是我
们占据支配地位的信念，虽然亦有可圈可点之处，但对待环境
问题时却做不到不偏不倚。地球和它特殊的人种——智人之间
的冲突源远流长，冲突升级非常迅速，智人就是地球的问题儿
童。在我们当前的信仰体系中，人类就是上帝，正如大家谈及
通用汽车和美国的时候常说那句话——对人类有好处的东西，
当然就对整个星球都有好处。但事实并非如此，对人类有益的
事情甚至可能毁掉地球。事情发展成这样并非我们本意，我们
却不得不承认，大自然正在遭受攻击——无法抵赖，结果却招
致了一种转移行为：把问题归结于特定的政治制度似乎很方便。
但过去一个世纪以来掠夺自然的罪责，所有的经济体制和政治
制度都要共同承担，他们为了自己或者为了股东去投机赚钱，
还有那些在英联邦里寻求更广泛利益的人，大家都一样，都在
摧毁自然界。大自然并不是被某一种特定的政治制度或者经济
纲领所破坏，它毁于人类事业的规模失控。

　　我们不妨看一看，面对未来，有哪些最基础的担忧，这一切

就更加明晰了——截至21世纪中叶，地球上大约有90亿人定居，要怎样喂饱这90亿张嘴呢？ 2011年，英国政府的科学办公室发布了一张天际线扫描（Horizon-Scanning），直面这个议题，名为《食物与农业的未来》（*The Future of Food and Farming*）。这是对现在及未来数十年工作的全景展望，其关注点是全球食物体系，以及它将如何面对即将到来的挑战。这份报告给出了几个主要忠告：例如，有争议的新技术——如转基因生物——不应被排除在外；消灭食物浪费是重中之重。但是有一条建议抓住了我的眼球——报告提出，大量开垦"新大陆"毫无意义，比如开垦雨林种植作物，会释放温室气体，导致气候变化，而且排放量大，非常危险，如此一来，"全球食物供应必须走可持续发展路线"。

集约农业盛行70年之后，面对自然，我们早已无所不用其极，换句话说，全球用来种植谷物的土地只会被压榨得更厉害。这份报告显示出，它确实意识到了环境危机，达到"不破坏生态平衡"这一标准也很重要。但在本质上，"发展"就意味着越来越多的化学投入、越来越多的化肥生产，尤其是更多的有毒物质，各种各样的"剂"愈演愈烈——更多杀虫剂、除莠剂、杀真菌剂、杀软体动物剂，我正在提出一个奇怪的问题，恐怕之前还没人想到过：21世纪给昆虫提供了什么呢？

在我看来，在即将到来的新时代，喂饱这90亿人需要付出高昂代价，其中之一便是牺牲掉昆虫。我们或许很崇拜魅力非凡的大型动物，比如雪豹和山地大猩猩，但是很少有人会担心昆虫（除了蝴蝶和飞蛾），所以对摇摇欲坠的昆虫数量毫无察觉，这

273

也没什么可奇怪的。最近几年，昆虫数量的减少成为令人不安的环境现象，事实上，也是我们这个时代明确的生态特征。然而，昆虫并不仅仅是匍匐爬行的小东西，是它们"支撑整个世界运转"，在无数生态系统中扮演关键角色，它们的消失存在巨大的风险——人们最终还是认识到了这一点。最近，人们开始关心全球范围内忽然失踪的蜜蜂和其他授粉昆虫（我们有三分之二的农作物和水果依靠风媒传粉，但其余三分之一都需要昆虫授粉）。或许你会说，至少我们会保护好授粉昆虫。但我敢用1英镑跟你打赌，就是现在，就在某个地方，有一个科学家正在考虑，我们是否可以对虫媒作物进行基因改良，让它们可以通过风媒授粉。不，昆虫数量远远超过我们的需求，它们必须得离开，正如其他许多生灵都要离开一样，那么多物种，那么多栖息地，那么多给我们带来喜悦的自然物，都要离开。自然万物，只要是人类能抓在手心的，就一股脑占为己有，其他没用的，管他呢。确定无疑的信号灯已经亮起，尤其是昆虫，在英国，昆虫的物种丰度已经在我这一生的时间里悄然消逝了，而随之一起消逝的，还有曾经非常奇异的现象，它们曾经多得数都数不清，令人叹为观止，那就是飞蛾暴风雪。

我们能做些什么呢？我们必须得喂饱我们的兄弟姐妹。我们要消除饥饿，这没人反对吧？迄今为止，有谁能够叛离自己的物种，否认另一个人吃饱肚子的权利？可是地球会怎样呢？万一我们人类的需求把它压垮了呢，万一我们亲手将它生机勃勃、奇异美好的生灵送进了历史的垃圾堆呢——我们又会作何反应？太糟糕了？

其实，人们一直在努力尝试，想要系统地保护大自然，至今已经快150年了：他们对于荒野有着粗浅的欣赏，对此我在前面描述过，美国人是先驱，黄石公园在1872年被指定为世界上第一个国家公园。（在英国，这个时刻的到来要晚很多，并且是作为英国及皇室自然保护促进会的组成部分，在1912年由查尔斯·罗斯柴尔德〔Charles Rothschild〕创立。也可以说是罗斯柴尔德早期购买了剑桥郡的威肯湿地〔Wicken Fen〕，并捐赠了这块湿地的一部分给初创的全国托管协会，并约定这块区域要用来保护燕尾蝶）。从那以后，自然保护运动声势浩荡地发展起来，具有了一定规模，并且越来越国际化。现在我们有遍及全世界的保护区网络，涵盖几乎每一个国家，同时也有大量富裕、有力且坚定的无政府组织，专注于保护自然极其生物多样性，这样的组织遍布全球。

环保运动令人肃然起敬，然而，在关注大自然的行动中，更为令人敬佩的还是个体所扮演的角色，毕竟保护自然的压力越来越大。给大家举一个英国的格外动人的例子吧。丰满、华丽的仙履兰是英国土生兰花里拥有最非凡美貌的一种，人们相信，它在20世纪早期就已趋于灭绝，原因是兰花搜集者的巧取豪夺。结果，1930年，有人在偏远地区的旷野里发现了一株仙履兰。接下来的 40 年里，这个原本眨眼间就会被人连根拔起揣进大口袋的植物，被一小撮植物学家顽强地保护了下来，他们最主要的工具就是"保密"。1970 年以后，对仙履兰的保护都在某个委员会的监督下进行（秘密的），这个委员会由政府支持，规模较小。每到花季，委员会便组织志愿者 24 小时不间断监护。最终，直到 20 世纪 90 年代，皇家植物园邱园在实验室内攻克了杓兰如何繁殖的秘密——这个问题非常棘手，人们一直未能找到答案——就这样，英国仙履兰得救了。

它是被少数人拯救的，这些人都是出于对自然的热爱才如此奉献。还有其他类似的例子。这种爱是真实的，并且能够创造奇迹。一个人将保护自然作为日常工作，时刻在欧洲相对安全的氛围里保护大自然，取得的成就确实令人动容，但与某些人的牺牲相比会立刻黯然失色。比如，1990 年到 2010 年之间，在刚果民主共和国，有近 150 名护林员为了保护维龙加国家公园（Virunga National Park）被杀害，那里是威猛的山地大猩猩的家园，它们属于全世界最为珍稀的野生动物，但同时，他们的家园也是非洲中部最可怕的战场。与此同时，在另一片大陆上，从 2002 年至 2014 年，至少有 57 名环保积极分子在秘鲁被杀害，他们试图阻止非法劳工破坏雨林。

如今，形势愈发明朗，自然保护运动声势壮阔，好像完全不用担心个体、组织和资金投入，似乎能阻挡在 21 世纪即将爆发的毁灭。每个国家可能都有自然保护区，但是，在地图上圈出一片保护区和让保护区顺利运转是两码事，尤其是在发展中国家，在那里，经常出现暴力甚至非法入侵国家公园的情况。入侵者要么就是带走木料，开采黄金，要么就是杀死动物，或者砍伐森林用作农田——如今，针对自然界的攻击不断升级，这是最令人心碎的。例如，大约 10 年前，南非克鲁格国家公园（Kruger National Park）里的犀牛成为偷猎对象，因为根据亚洲传统医学，人们深信犀牛角有很强的治疗效果，于是，在这个还算是保护区的地方，犀牛的屠杀量猛增，简直难以置信。2007 年，13 只犀牛死去；2008 年，变成了 83 只；2009 年，122 只；2010 年，333 只；2011 年，448 只；2012 年，668 只；到了 2013 年，这个数字已经达到了 1004 只。自然保护运动为什么在全球范围内败下阵来，原因显而易见：攻击规模太大，它本身就直接反映了人类事业的规模。遭受攻击的不仅仅是自然的一部分，也不只是那些处于危险中的自然生物，受攻击的就是自然本身。保护是零散的，循序渐进的，而威胁则是全面的，一击即中的。

245　　一开始我就批评了两种官方确立的防御方式，这两种方式都是有计划地计算威胁量，检查自然的损毁，即可持续发展理论和生态系统服务价值。我相信这两者都是崇高的事业，已经为环境保护做出了重大贡献，并将继续做出贡献，但是，正如开头所说，我认为它们是有问题的：可持续发展取决于人类的善良，但是很多人本身并不善良；而生态系统服务价值的限制则在于，这个概念可能本身就需要寻求保护。现在，我不得不说，其实有些不可或缺的东西我们从一出生就失去了，那就是信仰。

　　两种官方措施都能吸引有识之士的关注，但是两者又都无法

吸引人们的想象。在 20 世纪 90 年代晚期，英国政府拿出 4100
万英镑，建立可持续发展的世界中心，姿态很高，世界中心。这
个项目以南约克郡的唐卡斯特附近的废弃煤矿为基地，打算吸引
大规模参观者。结果根本就没什么造访者。2001 年 5 月，中心开
业，仅仅维持了 3 年就关门了，如今人们已经完全把它忘记了。
没人会因可持续发展观就动摇自己的灵魂，没人会为它写诗，要
知道，他们甚至会为生态系统和生物多样性经济学（TEEB）写
诗。可持续发展也好，生态系统服务也好，二者确实必不可少，
但又都是纸上谈兵，它们可以占据决策人的思想，却无法抵达人
们内心。

能够直达人心的只有信仰，我的意思是崇高的信仰。让我们
以最快速度浏览人类历史，就能看到点燃了人们内心的信仰能做
到什么：基督教的传播，伊斯兰教的传播，文艺复兴的力量，宗
教改革的力量。这些都是伟大的事件，可以与我们对自然的大破
坏相抗衡。在我看来，只有与此类似的崇高信仰，才有机会挽回
一切。

那种信念，那种信仰，是可以找到的：那就是信仰自然的价
值。人们会为此写诗，人们这样做已经有几千年历史。但是如
今，在对自然的热爱里，这种举动缺席了。春日的花朵与鸟鸣，
新年伊始的万物复苏，这些都能带来喜悦；海豚与破晓的鸟鸣都
能带来惊奇。可是喜悦也好，惊奇也好，都不见了诗歌的踪影。
我们和自然之间有一条古老的纽带，深深留存在体内。对这条纽
带，我们需要一种更为现代的理解，要知道它并不是什么奢侈

品，不是什么可有可无的附加品，甚至不是什么狂喜，它就是我们本质的一部分而已。自然是我们心灵的家园，我们在这里不仅能找到喜悦，还能找到和平，破坏了自然就是破坏了我们自身的基石。若我们失去了这一块基石，那我们就不再完整，不再是进化到如今的我们，也不可能找到真正的和平。

很多人已经感受到了自己对大自然的热爱，如果我们在热爱之上再加入这种理解，那我们就能拥有一种全新的爱。那可能会是一种有学问的爱，是承认自然界存在诸多威胁的爱，是能因为一朵花、一只鸟、一块草地、一片沼泽、一汪湖泊、一片森林或者草原而感到喜悦的爱。我们明白，这些事物可能明年就不在原处了，于是拼尽全力去保护自然，拯救自然。那是一种汹涌澎湃的爱。

如此壮怀激烈的信仰才能成就奇迹。哪怕只是一个人怀抱这样的爱，也能创造实际价值，更别说成千上万份这样的爱。这些爱拥有真正的力量，要知道，普通人的感受就是政治意愿的开端。

如今，21世纪就像海啸一样将自然界激荡粉碎，四处作恶，毫无怜悯、不计后果地进行破坏，现在就让我们表达出这种爱吧！

致　谢

　　这本书中有关自然以及其面临的严峻威胁的主题，在过去几年中，大多数主题我都同一小群博物学家和写作伙伴详细探讨过：马克·艾佛里、蒂姆·伯克希德、安迪·克莱门特、马克·考克、皮特·马伦和杰瑞米·麦若特；我在自然艺术团体——"新自然网络"（New Networks for Nature）中就这些主题进行了更深刻的探讨，这个团体由麦瑟斯·伯克希德、考克、麦若特联合约翰·范肖于 2009 年建立（事实上，写作本书的直接灵感来自我在 2010 年的第二次新自然网络大会上的讲话，我的发言着眼于自然丰度的消失，名为"自然的失去与失去的自然"〔The Loss of Nature and The Nature of Loss〕）。我希望感谢他们所有人，也感谢其他与我不谋而合的新自然网络成员，尤其是卡特里娜·波蒂厄斯和露丝·帕德尔。

　　在写作上给予我莫大帮助的人实在太多太多，无法一一列出他们的丰功伟绩，只能在这里写下他们的名字。他们是尼克·艾斯丘、菲尔·阿特金森、克里斯·拜恩斯、海伦·贝克、乔娜·布罗姆利、马克·卡沃丁、布莱恩·克拉克、达瑞尔·克里夫登 - 得伊、弗兰克·库尔尚、迈克·克罗斯比、萨拉·道金斯、保罗·多纳德、理查德·福克斯、罗伯·富勒、鲍勒·吉本斯、林恩·格林斯特里特、克里斯·休森、莱斯·希尔、安德鲁·胡德里斯、尼格尔·贾特勒、保罗·奈特、乔治娜·梅斯、格拉汉姆·玛奇、路易斯·马什、哈瑞尔特·米德、皮特·梅尔切特、理查德·莫斯、伊恩·牛顿、大卫·诺曼、约翰·佩吉和简·佩吉、黛比·潘恩、马克·帕森斯、费昂娜·雷诺德、菲奥娜·罗伯茨、克里斯·史密斯、理查德·史密斯、丹尼斯·萨默斯-史密斯、保罗·斯坦克里夫、迈克·汤姆斯、保罗·汤顿、吉尔·特纳、凯特·文森特、凯文·沃克、马丁·沃伦、卡斯·韦德、科林·威尔斯、伊恩·罗兹等。

我要单独感谢身在韩国的尼尔·摩尔斯，还有斯派克·米林顿和查理·摩尔斯；首尔的戴维·巴特沃斯和金镇英，他们给了我莫大帮助；我还要感谢帮助我在一个夏天之内亲眼见到58种英国蝴蝶的人们：马克·艾弗里和罗斯玛丽·艾弗里、罗宾·柯蒂斯、克莱夫·法雷尔、波利·弗雷曼、曼蒂·格拉斯、利兹·古德伊尔、丹·霍尔、尼尔·胡尔默、大卫·兰伯特、安德鲁·希德尔顿、马修·欧茨、史蒂夫·皮奇、汤姆·普雷斯科特、杰瑞米·托马斯、马丁·韦恩、戴维·维恩莱特、迈克尔·沃尔特、马丁·沃伦、伯纳德·瓦茨、肯·威尔莫特等。

在研究及编辑过程中，我要感谢丽贝卡·劳伦斯和玛丽戈尔德·阿特基，同时还要感谢革新俱乐部的图书馆长西蒙·布鲁戴尔和伦敦林奈学会的图书馆长琳达·布鲁克斯。我还要特别感谢伊恩·牛顿和杰瑞米·麦若特，他们阅读了全部书稿。书中的任何错误都是我的责任，不能归咎于他们。

　　我还要感谢安德鲁·戈登和罗兰·菲利普斯，他们一眼便看到了这本书的核心观点，使这本书的出版成为可能。最后，就我的个人问题而言，我要感谢安德里亚·萨巴蒂尼和拉德·本特利，他们修补了我的内心，同时也要感谢乔·雷维尔，是他给了我全新的开始。

　　作者与出版人希望感谢以下公司及团体对版权使用的许可：埃德蒙·布伦登《复苏》，出自《诗选》(*Selected Poems*, 罗宾·马萨克〔Robyn Marsack〕，1982 年编，经 Caranet 出版有限公司许可再版）；摘自谢默斯·希尼的《一首新歌》(A New Song，出自《1966~1987 新诗选》〔*New Selected Poems 1966–1987*, 2002版，Faber and Faber 有限公司出版〕）；摘自菲利普·拉金的《降临》(Coming，出自《诗集》〔*Collected Poems*，2003 版，Faber and Faber 有限公司出版〕）；摘自瓦尔特·德拉·梅尔的《野兔》(The Hare) 和《一切过往》(All That's Past)（选自《沃尔特·德·拉·梅尔诗歌全集》〔*The Complete Poems of Walter de la Mare*，1971 版，经沃尔特·德·拉·梅尔文学作品代理人及作家学会的许可，作为经典再版〕）；摘自狄兰·托马斯的《序言》，出自《狄兰·托马斯诗歌选：全新百年版》〔*The Collected Poems of Dylan Thomas: The New Centenary Edition*, 2014 版，由 Orion 出版，经大卫·海姆协会许可再版〕）。

译后记

一封写给自然的浪漫情书

2019 年秋天，我与先生去了塞尔维亚，大部分时间都是开车穿行于山野，农舍散落田间，偶尔牛羊拦路，窗台点缀繁花。我们住在深山的小木屋里，燃柴生火，听鸟鸣、枕流水、捡野果，脑袋里想的全是阿尔卑斯山的少女海蒂，还有绿山墙农舍的红发安妮，这是我童年时代对田园生活的向往。

火光在寂静深夜熊熊燃烧的时候，我想起麦卡锡在书中说，欧洲极少真正意义上的荒野，欧洲的荒野更多的是农田，依旧与人类生活密不可分。这一趟三千公里的自驾和许多个山中的夜晚，让我忽然明白了他的意思。

而在城市里，街头、广场、餐馆的户外位置，古老要塞的城墙上，被游客宠爱的鸽子迈着蹒跚步伐，摇晃着肥硕身躯，低头啄食面包屑。鸽子的数量明显多于麻雀，偶尔能看到麻雀在喷泉处喝水，我竟然兴奋地拍下一张照片，对先生说："你知道吗，伦敦的麻雀已经灭绝了，至今没有人找到原因，这种最擅长在人群中谋生的鸟类却在人类社会销声匿迹，与气候、环境变迁脱了不干系。"

"你怎么知道这种事情？"先生问我。

我说："是我刚刚翻译完的麦卡锡的书里写到的。"

依然是在塞尔维亚，周转伊伏丁那地区的山中修道院时，明媚阳光下，空中密密麻麻飞着各种各样的昆虫，似乎有瓢虫，有蜜蜂……就像照片里密集的噪点，完全成了空气的组成部分。我是个胆小的人，一直以来都很害怕昆虫，可是那一天，我走在密不透风的昆虫迷阵里，心里冒出的念头却是，这里的生态一定好极了，才会有那么多的虫子漫天飞舞，幸好，还有这样的地方存在。

那一刻我知道，如果不是因为翻译了麦卡锡的这本自然随笔，我永远也不会有这样的念头，我不会觉得虫子铺天盖地振翅而飞有什么可庆幸，也不会觉得街头还有麻雀出没有什么大不了。我不知道在韩国的新万金有那么一条丑陋的堤坝，斩断了滨鸟千万年来未曾更改的迁徙线路，导致了大量滨鸟的灭绝。我不知道在亚马孙和南非的草原上，有人因为保护野生动植物而献出生命。不知道我们每一天都在失去我们在这颗蔚蓝星球上的同伴。不知道有一些科学家为了让一朵花、一种鸟不灭绝而偷偷守护它们开花、繁衍，甚至二十四小时轮班值守，只为它们不从地球上消失。

我相信，大多数人都和我一样，对这些曾经发生或正在发生的事情一无所知，我想这或许就是本书的意义所在。关于地球，关于我们的家园，关于我们的邻居，我们总应该知道点什么。风暴终将来临，我们至少应该知道是谁亲手掀起了这场风暴。

很奇怪，读过很多或悲或喜的小说都没掉眼泪的我，在翻译这本书的过程中，却一再抹眼泪。麦卡锡没有说错，我们与自然之间的天然纽带从未消失，只是在喧嚣便捷的城市生活中被掩埋了起来，对田园的向往，对自然的热爱，是深植骨血的本能，是镌刻在基因里的密码。

我们是在意自然的，我们对野生动植物是有共情能力的。我们学会了许多定理与公式，背诵了很多历史与常识，在漫长的学习与生活中，是否认真了解过大自然？

或许，读一读这本书，就是一个合适的开始，麦卡锡说，如果我们能够真正喜欢上自然，也许自然还能够得救。我们的环境、气候、生态这样的宏大命题是否真的有解，我不知道，但我知道，这本书能够让你真正喜欢上自然。或许它不会成为扭转地球命运的英雄，但它一定能像一双温柔的手，轻轻扣动你的心弦。因为，它更像是一封写给大自然的浪漫情书。

当隆冬二月，麦卡锡在追踪 5 只杜鹃迁徙的卫星定位系统上看到追踪信号从非洲南部慢慢北移时，他想跑到街上告诉所有人的，不是"你们看，杜鹃是二月份开始向北迁徙的"，而是"春天从数千公里外起程了"。

这是多么深沉而梦幻的浪漫！

当鸟类学者热泪盈眶地讲述夜晚轮渡上看见发光的海豚缓缓

游弋，我想象着那个画面，觉得日常里我们执念的一切在这样的奇观面前，都是那么微不足道。

麦卡锡的母亲去世后，他寻遍整个英国，林地、湖区、高山，找全了英国的 58 种蝴蝶，以此献给自己挚爱的亲人。

……

通宵写作之后，破晓的鸟鸣让作者惊奇不已，那一刻他知道，原来黎明不但能看见，还能听见。

翻译完这本书后的一个雨后清晨，我被响亮的鸟鸣吵醒，不止一种鸟，不止一种鸣唱，或起或伏，或缓或急，或绵延或清脆，或高亢或婉转，像一场蓄谋已久的大合唱，在夹杂着雨水气味的清晨为睡梦中的城市人倾情演出。

而几乎算是彻夜工作的我，在鸟鸣中醒来，竟然有点想哭，心想，真好啊，我还能听见你们的歌唱，我还能听见日出的声音。

姚瑶

2019 年 10 月于北京

索　引*

Ablett, Gordon (author's
　uncle), 2, 4, 10, 34, 225,
　230
Ablett, Mary (*née* Day; author's
　aunt), 2–4, 9–10, 34, 230
　and sister Norah's death,
　225
Adams, Douglas, 199
Adams, Richard: *Watership
　Down*, 137
Adonis blue (butterfly), 167
Aethelstan, King of the
　English, 40
agriculture *see* farming
Agriculture Act (1947), 99
alien big cats (ABCs), 205
Allee effect, 112
Alonissos (Greek island),
　196
Alps, 44
Amazon, river, 171–2
Anders, William, 17–18
Anthropocene period
　(geological), 65
Apollo 8 (spacecraft), 18
Armstrong, Neil, 27, 134, 204
art, 156

Asian brown tree snake, 239
Attlee, Clement, 90
Audubon, John James, 38

baiji (freshwater dolphin), 71,
　87, 178
Baines, Chris, 102–3
Baird, John Logie, 22–3
Baker, Helen, 111, 118–21
Bazalgette, Sir Joseph, 182,
　188
Beatles, The (pop group), 54
beauty, 156–60, 162, 169
Benét, Stephen Vincent, 40
Benson, Miss S. Vere, 37
Bible, Holy: on moths, 100
Bigfoot (rumoured animal),
　205
bioluminescence
　(phosphorescence), 212–13
Bird Lover's League, 37
BirdLife International, 69
birds
　author's interest in, 34–5,
　42, 49–50
　colour, 162–3
　dawn chorus, 202–3

---

* 索引中的页码为英文原书页码，即本书边码。

birds – *contd*
  effect of modern farming
    on, 92–4
  illustrated books on, 37–40
  migratory, 50–1, 69–70
  records and surveys, 97
  of seashore, 49–50, 52–3,
    66–7
  species decline and
    extinction, 73, 84, 98–9
Birds Korea (organisation), 78,
  219
birdsong, 28–9, 153
Birkenhead, 40–1
Birkhead, Tim, 116
Birmingham Wildlife Trust,
  102
blackbird, 203
blackthorn, 149–51
Blean Woods, Kent, 236
blossom, 147–51, 153
blue (colour), 160, 163–70,
  193, 208
bluebells, 159–60, 163, 167, 169
bluefin tuna, 17
Blunden, Edmund
  'The Recovery' (poem),
    217–18
  Undertones of War, 219
Blunden, Margi, 219
bonobo (pygmy chimpanzee),
  206
Borman, Frank, 18
Brazil, 191–3
Breeding Bird Survey, 97
brimstone (butterfly), 133,
  135–6

Britain
  Geological Survey, 173
  modern farming methods,
    89–91
  wildlife losses, 87–9,
    96–100, 106
  wildlife surveys and
    censuses, 97–8
British Ornithological Union,
  38
British Trust for Ornithology,
  110–11
  cuckoo project, 141–4,
    146
Brooke Bond (company), 36
brown hairstreak (butterfly),
  236–7
brown trout (*Salmo trutta*),
  175–6
Brunanburh, Battle of (937),
  40
Brundtland, Gro Harlem, 21
buddleia (bush), 4–5, 13, 210
Butcher, Greg, 162
Butser Hill, Hampshire, 232–3
butterflies
  allure, 5, 7–9, 189–90,
    193–4, 210–11, 231
  blue, 167
  decline and extinctions in
    Britain, 98–9
  first appearance in year,
    133
  and moths, 101
  search for all British species,
    232–4, 236–7
  valued, 28

Butterfly Conservation (BC; charity), 101, 104, 208, 232, 235, 237

Candlemas, 132–3
Carroll, Lewis: *Alice in Wonderland*, 137
Carson, Rachel: *Silent Spring*, 93
Carwardine, Mark, 199–200, 212
Catullus, 107, 116
chalk: landscapes and streams, 173–8
Chauvet (cave, France), 7
chequered skipper (butterfly), 234
Chess, river, Chilterns, 176
Chester, 40
China
  effect on nature and environment, 70–2, 80, 87, 105
  river pollution, 178
Christmas *see* winter solstice
Clifden nonpareil (moth; blue underwing; *Catocala fraxini*), 101, 207–9
Clifton-Dey, Darryl, 187
climate change, 240
clouded yellow (butterfly), 236–8
colour, 155–6, 160–3, 167–9
Colum, Pádraic, 1
Common Agricultural Policy (European), 95
Common Bird Census, 97

common blue (butterfly), 167
Congo (Congo-Brazzaville), 144
Congo (Democratic Republic of), 144, 244
Conrad, Joseph, 28
conservation, 188, 242–5
Conservation of Wild Creatures and Wild Plants Act (1975), 96
Costanza, Robert, 26
corn bunting, 100
cornflower, 164–5
cryptozoology, 205
Cuba crisis (1962), 54
cuckoo: movements tracked, 141–7
curlew, 50, 53, 85
  far eastern, 83–4

Daily, Gretchen (ed.): *Nature's Services: Societal Dependence on Natural Ecosystems*, 24–5
Daily Mirror, 191–2
Darwin, Charles
  on natural selection, 58
  On the Origin of Species, 46
David, Père, 4
dawn chorus, 202–3, 216
DDT (pesticide), 93
Dee, river and estuary, 40–2, 49–52, 54–5, 65–6, 69, 75–7
Dee Crossing and Reservoir Scheme, 76
deforestation, 71
de la Mare, Walter, 137, 202
Deng Xiaoping, 70

Deraniyagala's beaked whale
see whales, Deraniyagala's
beaked
Dickinson, Emily, 166
dinosaurs: extinction, 64
Doig, Russell, 185
dolphins, 196–200, 203, 216
bioluminescent, 212–13
see also baiji
Dowling, Miss (teacher), 3
Driscoll, Melanie, 205
Duke of Burgundy (butterfly),
232–3

Earth Centre, near Doncaster,
245
Earthrise (photograph), 18, 63
East Asia/Australasia Flyway
(EAAF), 69, 73
East Atlantic Flyway, 69
ecology: as science, 23
Economics of Ecosystems and
Biodiversity, The *see* TEEB
ecosystem
as concept, 23–4
evaluated, 25–8, 245
egalitarianism, 157
egrets, 163
elephants: and ivory trade, 72,
239
Eliot, T. S., 172, 226
The Waste Land, 158
Emerson, Ralph Waldo, 45
'Nature' (essay), 195–6
English Nature, 116
environmentalists/
conservationists, 18–19, 26

European Union
environmental laws, 77
evolutionary psychology, 58–9
extinction: of species, 16–17,
64, 239

Farjeon, Eleanor: *The Silver
Curlew*, 53
farming
deleterious effect on
wildlife, 89–94
and food supply, 90, 95–6,
241
modern methods criticised,
95
First World War, 218–19
Fleming, Sir Alexander, 22–3
Flipper (film), 198
flowers *see* wild flowers
fly fishing, 174, 176–7
flyways, 69–70, 73
food supply (global), 240–1
form: in nature, 170
Fortean Times, 205
Fowles, John
The Collector, 11, 189
The Magus, 204
Frickley Colliery, near
Doncaster, 106
Friends of the Earth
(organisation), 198
Fry, Stephen, 200
FUNAI (Brazil's national
Indian foundation), 192–3
Future of Food and Farming
(British government report),
240–1

garden tiger (moth), 104
Gawain (knight), 48
genetically modified organisms, 241
George IV, King, 182
Geum river and estuary, South Korea, 83–5
Glasdrum Wood, Argyll, 233
Gluth, Mandy, 235
golden toad, 17
goldeneye (duck), 54
gorilla, mountain *see* mountain gorilla
Graffham Down, Sussex, 96
Grand Tour (European), 44
Great British Butterfly Hunt, 232, 236–7
Greene, Harry Plunket: *Where the Bright Waters Meet*, 177
Greenham Mill, Newbury, 186
Greenpeace (organisation), 198
Grey of Falloden, Edward, Viscount, 176
Guam (Pacific island), 239
Guinness Book of Records, 81

Hamilton, Emma, Lady, 40
harebell, 165–7
hares, 136–41
hawthorn, 151
hay and haymaking, 91–2
Heaney, Seamus, 168, 173
heath fritillary (butterfly; *Melitaea athalia*), 236

hedgerows: destroyed in Britain, 90–1
Hepburn, Ronald, 195
Heracleitus, 171
Herodotus, 197
Heuvelmans, Bernard: *On the Track of Unknown Animals*, 205–6
Hill, Les, 209
Hills, John Walter: *A Summer on the Test*, 177–8
Hoare, Dan, 232–3
Holocene period (geological), 65
Hopkins, Gerard Manley, 9, 75–6, 222
horses: decline of working, 91
Housman, A. E., 153, 173
How Hill Nature Reserve, Norfolk Broads, 235
Hughes, Ted, 173
'October Salmon' (poem), 146
Hulme, Neil, 237
human beings
evolution and culture, 58–60
and health, 60–1
and liberal secular humanism, 19–20, 57, 240
as part of nature, 59–63
threat to natural world, 13–19, 21
see also nature
hunter-gatherers, 58–9

Independent (newspaper)
  and Great British Butterfly
    Hunt, 232, 236–7
  sparrow campaign, 111, 116
insects
  biomass measurement, 114–15
  decline and extinction in
    Britain, 99
  future, 241–2
  killed by pesticides, 93–4
International Union for the
  Conservation of Nature
  (IUCN), 72, 84
Italy, 190
ivory, 71–2
ivory-billed woodpecker *see*
  woodpecker, ivory-billed

Japan: environmentalism, 79
Jarrett, Nigel, 211–12
Jefferson, Thomas, 46
Jersey tiger (moth), 161, 208
Jesus Christ, 217
John Summers & Sons
  (steelworks), 52
John XXIII, Pope, 54
Johnson, Lyndon B., 48
joy
  defined, 33
  in nature, 29–30, 32–3, 55,
    62–3, 75, 123, 127–8,
    154–5, 179, 194, 238
  and self-knowledge, 215–16

Kant, Immanuel, 195
Keeler, Christine, 208
Kennet, river, 186

Keulemans, John Gerrard,
  38–9
Kew: Royal Botanic Gardens,
  243
King, Andy, 237
kingfisher, 168
Komodo dragon, 206
Korea, South, 66–8, 74, 78–81,
  83–4, 87, 105, 211
Kruger National Park, South
  Africa, 244
Kyra Panagia (Greek island),
  196

lady's slipper orchid, 209, 243
Laing, R. D., 2
Lake District, 44
landscape: form, 170
large blue (butterfly), 235–6
large copper (butterfly), 160,
  163, 168
large yellow underwing
  (moth), 208
Larkin, Philip, 130
Lascaux (cave, France), 7
Last Chance to See (radio
  series), 199
Lawrence, D. H.: 'Bavarian
  Gentians' (poem), 164–5
Lennon, John, 163
Lepidoptera, 101
  see also butterflies; moths
Lewington, Richard, 150
liberal secular humanism,
  19–20, 57, 240
Lilford, Thomas Littleton, 4th
  Baron: *Coloured Figures of the*

Birds of the British Islands, 38
Loch Ness Monster, 205
Lodge, George Edward, 38
London
    population, 181
    sewage, 181–2, 188
    sparrows decline, 106,
        109–11, 117–21
London Natural History
    Society, 111, 119
Lord God Bird (*Campephilus
    principalis*), 207
love: and nature, 246
Lovegrove family
    (Maidenhead), 182
Lovell, Jim, 18

McCarthy, Flora (author's
    daughter), 196, 200–1, 231
McCarthy, Jack (author's
    father), 1–3, 224–5, 230
McCarthy, Jo (author's wife),
    77, 196, 200
McCarthy, John (author's
    brother)
    adult problems, 224–5, 230
    and author's mental
        confusion, 227, 229
    piano-playing, 222–4
    troubled boyhood, 1, 3–4,
        8, 10, 34–5, 222
McCarthy, Michael (author)
    close relations with mother,
        223–4
    confused reaction to
        mother's death, 226–30
    lung collapses, 191

McCarthy, Norah (*née* Day;
    author's mother)
    author dedicates butterfly
        sightings to, 233–6, 238
    author's confused feelings
        for after death, 226–30
    close relations with author,
        223–4
    death, 225–6
    encourages son John's career,
        222–3
    mental disturbances and
        recovery, 1–4, 9–10, 34–5,
        221–2, 230
    qualities, 223–4, 230
    relations with sister Mary,
        10
McCarthy, Seb (author's son),
    168–9, 196, 200, 231
Maclean, Norman, 171
magnolia, 148–9, 156
magnolia warbler (bird), 162
magpie, 112
mammoth, woolly, 206–7
mangroves, 25–6, 72
Marren, Peter, 98
Marsh, George Perkins: *Man
    and Nature*, 46–7, 48
mayfly, 176
Medici, Lorenzo de', 190
Melchett, Peter, 102
Melville, Herman: *Moby-Dick*,
    197
Mersey, river, 40–1
Mississippi, river, 172
Mitchell, Joni, 224
monitor lizard, 206

Montefeltro, Federigo da, 190
Moore, Henry, 96
Moores, Charlie, 78
Moores, Nial, 66–7, 73, 78–80, 84, 219–20
morpho butterflies, 167, 193–4
moths
  characteristics, 100–1
  collected by boys, 36
  in Normandy, 152
  numbers, 13, 100, 102–5
  species numbers, 101
motor vehicles: pollution, 114, 117
mountain gorilla, 244
mountain ringlet (butterfly), 234–5
Muir, John, 47–8
Murdoch, Iris: *A Fairly Honourable Defeat*, 156
mystery: and wonder, 201, 204–5

Na So-Yeol, 83
national parks, 242–4
National Wilderness Preservation System (USA), 48
natural selection, 58
nature
  age, 201–2
  beauty in, 155–60, 162, 169–70
  belief in preservation, 245–6
  and conservation, 242–4
  destruction and loss, 64–5, 239–40, 245
  and ecosystem, 23–4
  and effect of farming, 43
  exploitation, 46
  form in, 170
  human feelings for, 5–7, 12, 30–1, 60–3, 127, 169, 216, 220–1, 246
  human threat to, 13–16, 21–2
  joy of, 29–30, 32–3, 55, 62–3, 75, 123, 127, 154–5, 179, 194, 238
  and poetry, 29
  power and endurance, 219–21, 238–9
  and self-knowledge, 215–16
  and sustainable development, 21
  and transformation, 202–3
  valuing, 28
  and wildernesses, 42–8
  and wonder, 194–7, 201, 203, 209–11
  and world urbanisation, 125–7
Nature Conservancy (Britain) founded, 110
Newman, L. Hugh, 10
Nicholson, Max, 109–10, 112–13
Niger, river, 172
nightingale
  decline, 17
  and wonder, 194–5
Normandy, 152, 164, 168

Observer's Book of Birds, The, 37–8
Observer's Book of Butterflies, The, 9, 191, 232
Observer's Book of Opera, The, 37
oceans: animal life, 207
Oedipus, 19–20
Office for Science (British), 240
orchards: destroyed in Britain, 91
Orians, Gordon, 59
Ovid: *Metamorphoses*, 202

Pain, Debbie, 211–12
painted lady (butterfly), 237
pangolins, 72
Paris: sparrows, 111
Parsons, Mark, 104, 209
peace, 216–17, 238
peacock (butterfly), 231
pearl-bordered fritillary (butterfly), 99–100
peregrine falcon, 109
Perrin's beaked whale *see* whales, Perrin's beaked
pesticides, 93–4
Peterson, Roger Tory, Guy Mountfort and P. A. D. Hollom: *The Field Guide to the Birds of Britain and Europe*, 53
Petrarch, 157
petrol: pollution by lead-free, 114, 117
Picturesque: concept of, 44

Piero della Francesca
    Resurrection, 190
pigeon (feral), 109, 120
Plantlife (charity), 98
plants: flowering, 155–6
poetry: on birdsong, 29
pollination, 23
pollution: of rivers, 177–8, 180–3
poppies, 163
population: world growth, 14–15
porpoises, 198
Potter, Beatrix, 37
Prescott, Tom, 233–4
Profumo, John, 208

Queen of Spain fritillary (butterfly), 9

rabbits, 137
rainbow trout, 163
rainforests
    animal life, 207
    as ecosystems, 24
red admiral (butterfly), 5, 8
red-backed shrike *see* shrike, red-backed
redshank, 50, 53, 55
rhinoceros
    hunted for horn, 244
    Vietnamese, 16–17, 207
Rio de Janeiro: Earth Summit (1992) and Rio+20 (2012), 22
rivers, 170–3, 175–83
Romania, 209–10

Rome: Twentieth Legion
(*Valeria Victrix*), 40
Rossetti, Christina, 165–6
Rothamsted research station,
Hertfordshire, 104, 114
Rothschild, Charles, 243
Rothschild, Miriam, 102
Rousseau, Jean-Jacques, 44
Royal Parks Wildlife Group,
110
Royal Society for the
Protection of Birds (RSPB),
34, 77, 110–11
Rutherford, Ernest, Baron,
22–3
ryegrass, 92

Saemangeum, South Korea,
66–8, 70, 74, 78–82, 84–5,
87, 105, 211, 219
salmon (*Salmo salar*): in
Thames, 180–8
San Jacinto lagoon, Baja
California, Mexico, 200,
212
sandpiper, spoon-billed, 73–4,
211–12
saola (or Vu Quang ox), 206
savanna hypothesis, 59
Save the Sparrow (campaign),
111
Science (journal), 60
Scott, Sir Peter, 73
seashore: birds and, 50
Second World War: food
supply and farming
development, 90

Shakespeare, William, 202
King Lear, 202
The Tempest, 134–5
Shanghai, 70–1
sharks: destruction, 72
Shoard, Marion: *The Theft of
the Countryside*, 95–6
shrike, red-backed: near-
extinction in Britain, 97
Sierra Club (USA), 48
Sixth Great Extinction, 64–5,
239
skylark, 174
Slimbridge, Gloucestershire
Wildlife and Wetlands Trust,
73, 211
sloes, 150
Smith, Adam, 27, 47
snowdrops, 131–3, 136
Society for the Promotion of
Nature Reserves for Britain
and the Empire, 243
solstice *see* winter solstice
Sophocles: *Oedipus Rex*, 19–20
spade-toothed whale *see*
whales, spade-toothed
sparrow, house (*Passer
domesticus*)
behaviour, 107–9
decline in London, 106–7,
110–12, 119–21
reasons for decline, 112–18
sparrowhawk, 112
spirits (supernatural), 134–9
spoon-billed sandpiper *see*
sandpiper, spoon-billed
spring, 130–1, 136, 147

stonechat, 37
Sublime: concept of, 44
Summers-Smith, Denis, 107,
    111, 113–18
    The House Sparrow, 108
sunset, 129–30
Surui (Amerindian tribe),
    192–3
sustainable development, 245
swallowtail (butterfly), 190–1,
    211, 235

Tansley, Sir Arthur, 22–3
Tasmanian tiger, 206
tea cards, 36–7, 39
TEEB Project (The
    Economics of Ecosystems
    and Biodiversity), 27, 245
Thames, river, 179–88
Thames Salmon Rehabilitation
    Scheme, 184, 187
Thames Salmon Trust, 186
Thomas, Caitlin, 173
Thomas, Dylan, 53, 173
Thomas, Edward, 158
Thomas, Jeremy, 235–6
Thorburn, Archibald, 38
Thoreau, Henry David, 45, 48,
    55, 75
tiger: demand for bones, 72
Toulouse, 190
Town and Country Planning
    Act (1947), 89
Transcendentalists, 45
Tunnicliffe, Charles F., 37, 39,
    42, 49
    Shorelands Summer Diary, 39

Turner, Gill, 138–40
Tutt, J. W.: *British Butterlies*, 99

Ulrich, Roger, 60–1, 217
United Nations
    Millennium Ecosystems
        Assessment, 25, 27
    'Our Common Future'
        (report, 1987), 21
    World Urbanization Prospects,
        126
United States of America
    and agricultural poisons, 93
    farming and wildernesses
        separated, 89
    wildernesses, 44–8, 75
urbanisation, 125–7

Vatican Council, Second
    (1962), 54
Vincent, Kate, 115–16
Virunga National Park,
    (Democratic Republic of
    Congo), 244
Viscri, Transylvania, 210
Vivaldi, Antonio Lucio: *Nulla
    in mundo pax sincera* (motet),
    217

wagtail
    pied, 39
    yellow, 38
Wain, Martin, 234
Wainwright, Dave, 234
Wales: character, 51–2
Walker, Kevin, 98
Walter, Michael, 236

Warne, Frederick & Co.
    (publishers), 37–8
Warren, Martin, 232, 237–8
Watkins-Pitchford, Denys
    ('BB')
    Down the Bright Stream, 12,
        170
    The Little Grey Men, 11–12,
        170
Watts, Bernard, 235
Waugh, Evelyn: *Brideshead
    Revisited*, 224
whales, 197–201, 203
    Deraniyagala's beaked, 207
    Perrin's beaked, 207
    rare species, 207
    spade-toothed, 206
Wheeler, Alwyne, 183–4
Wicken Fen, Cambridgeshire,
    243
wild flowers
    decline and extinction in
        Britain, 97–100
    development, 156
    species numbers, 160
Wilderness Act (USA, 1964),
    48
Wilderness Water, Berkshire,
    186–7
wildernesses and wild places,
    42–8, 75
wildlife
    British recording schemes, 97
    conservation, 144, 188
    losses in Britain, 87–9,
        96–100, 106

Wildlife and Wetlands Trust,
    Gloucestershire *see*
    Slimbridge
Williamson, Henry, 173
willow warbler, 39
winter solstice, 128–31, 136
Wirral peninsula, 40–2,
    48–9
wonder, 194–7, 201, 203,
    209–13
woodpecker, ivory-billed, 205,
    207
wood-warblers, 162–3
Woodward, Bob, 27
Wordsworth, William, 6, 44,
    158, 210
Worldwide Fund for Nature
    (*earlier* World Wildlife Fund),
    110
Wrangel Island, Siberia, 206
wryneck: near-extinction in
    Britain, 97

Yangtze river, China, 71, 87
Yarrell, William: *A History of
    British Fishes*, 182
year: turning of, 127–36,
    151
Yellow river, China, 172
Yellow Sea, 68–70, 72–4, 84,
    239
Yellowstone National Park,
    USA, 242
Yeti (rumoured animal), 205
Yosemite National Park,
    California, 48

图书在版编目(CIP)数据

消失的飞蛾：自然与喜悦 / (英) 迈克尔·麦卡锡
著；姚瑶译 . -- 北京：社会科学文献出版社，2020.5
书名原文：THE MOTH SNOWSTORM
ISBN 978-7-5201-6000-1

Ⅰ.①消… Ⅱ.①迈… ②姚… Ⅲ.①纪实文学-英
国-现代 Ⅳ.① I561.55

中国版本图书馆CIP数据核字（2020）第011524号

消失的飞蛾：自然与喜悦

著　　者 / 〔英〕迈克尔·麦卡锡
译　　者 / 姚　瑶

出 版 人 / 谢寿光
责任编辑 / 杨　轩
文稿编辑 / 何彦彦

出　　版 / 社会科学文献出版社·北京社科智库电子音像出版社（010）59367069
　　　　　　地址：北京市北三环中路甲29号院华龙大厦　邮编：100029
　　　　　　网址：www.ssap.com.cn
发　　行 / 市场营销中心（010）59367081　59367083
印　　装 / 三河市东方印刷有限公司

规　　格 / 开　本：880mm×1230mm 1/32
　　　　　　印　张：9.5　字　数：205千字
版　　次 / 2020年5月第1版　2020年5月第1次印刷
书　　号 / ISBN 978-7-5201-6000-1
著作权合同
登 记 号 / 图字01-2019-3611号
定　　价 / 69.00元

本书如有印装质量问题，请与读者服务中心（010-59367028）联系